スタンダップダブル!

小路幸也

ハルキ文庫

JN181661

角川春樹事務所

contents

スタンダップダブル!

Top of the 1st Inning

あ、春の匂《にお》いがしてきたって思った。

三月の頭。まだまだ雪はどっさりと残っているけど街中の舗道から雪はすっかり消えて埃《ほこり》っぽくなってきて、そうしてここのところ続いた陽気であちこちから土の匂いが風に乗ってきて。

北国の春の匂い。忘れていた感覚。ちょっと嬉《うれ》しくなってしまう気持ちに慌てたけど、いいか、って思った。

「やっぱり歳《とし》取ったのよねー」

もっと若い頃に帰ってきたのなら、そんな気持ちを打ち消そうとしたんじゃないかな。だって、ここに戻ってきたくて来たわけじゃないんだから。だけど、そのまま受け入れてもいいかって思えるぐらいに歳を重ねてるんだ私は。

故郷に、北海道なんかに、帰ってくる気はまったくなかった。

あのまま東京に、いや東京じゃなくてもどこか他の土地でも、そこで死ぬまで働いて生きて骨を埋《うず》めようと思っていたのに、帰ってきてしまった。

いや、飛ばされてしまった。

北海道支局。

まぁさすがに人口百九十万人、日本の五大都市のひとつ札幌だから社屋のビルはどどん！　とそれなりに立派ではあるけれども、それでもここは北海道。我が新聞社不毛の地。全国的にはトップクラスの新聞社でございってデカい顔をしてはいても、北海道では地元新聞の陰でひっそりと咲く花。住み始めたマンションの郵便受けをこっそり観察してみたけれど、我が社の新聞が入っているご家庭をまだ見たことがない。一軒も。向こうは厳しいぞって言った男の顔が浮かんできた。

「ケチな男」

そのケチな男に惚《ほ》れて不倫関係になって何年もずるずると過ごしてしまったのは、他でもない自分なんだけど。そうしてその男に自己保身のために飛ばされた自分があわれで嫌になって。

「いや、ならないか」

ならないわよ。女三十歳。あと一週間で三十一歳だけど。伊達《だて》に完全男社会の新聞社で今まで丁々発止と渡り合ってきたわけじゃないんだから。自分がやってきたことに後悔なんかしない。三十一歳になるけど、まだまだこれから先は長いんだから。

どどん、とした社屋の玄関を入って社員証をかざして警備員さんに会釈して受付の女の子ににっこり微笑《ほほえ》んでエレベーターに乗って三階にある制作室に入っていって。

さて今日も頑張ろう、って思ったらデスクの席に見知った男の顔があった。その男がひょいと私に向かって腕を上げて笑った。

いや、東京での不倫相手で私をここに飛ばしたあのケチな男じゃなくて。

「工藤《くどう》のおじさん！」

「よぉ、絵里《えり》ちゃん」

親戚《しんせき》のおじさん。ええっと、お母さんのお姉さんの旦那《だんな》さんの弟。つまり、義理の伯父《おじ》さんの弟。

お昼ご飯を一緒に食べようってことで、社屋から少し離れているけど、他の人はまったく来ない私の秘密の店に案内してあげた。

秘密というか、ゼッタイに新聞社の記者なんか来ないオシャレで若い女の子ばかり集まるカフェ。むさくるしいオッサンなんか連れて来たくないところだけど、幸いにも達也《たつや》おじさん、見かけはけっこうシブいのよね。若き日の若林豪《わかばやしごう》みたいで。

「まさか新任のデスクが達也おじさんとは」

「まったくだよな」

私はここにやってきて二週間。そのときのデスクだった小嶋《こじま》室長に挨拶《あいさつ》したときに「実は僕もすぐに交代するから」って言われてて、そりゃあ新着同志で、しかも直接の上司っていいかもしれないって思ったんだけど。そう言ったらおじさんも頷《うなず》いていた。

「新着同志、助け合わなきゃな」

とかく縄張り争いとか、派閥が多い我が社。競争意識を高めるために必要なものでもあるなって思う反面、ほとんどが鬱陶しいものであることも確か。同じ時期に新しい部署や支局に行った記者同士は、それまでのそこの慣習や仲間意識といろんな意味で戦わなきゃならない場合が多くて、社内では〈新着同志〉って言葉があるぐらい。つまり〈新しく着任した者同士は同志のように仲良くやらなきゃやってけない〉ってこと。

「まぁそんなの抜きにしても、せっかく絵里ちゃんと仕事できるようになったんだから、しっかりサポートしてあげるよ」

「よろしくお願いします」

素直に頭を下げた。達也おじさんが同じ新聞社で働いていることはもちろん知っていたけど、縁故入社とかは一切ナシ。そもそも縁故と言えるほど全然近くないし、本当に単なる偶然。それに、おじさんはどうやら出世コースからはとっくに外れている〈離れ組〉らしくて、ええっとおじさんのお兄さんにあたるお母さんのお姉さんの旦那さんも苦笑いしてるってお母さんから聞いた。

「確か、岩手にいたんですよね」

「そうそう。その前は新潟だったし、何の因果か雪国ばかりさ」

「寒さに強くなりました？」

確か生まれは九州だったはず。おじさんはダメだなって苦虫を噛《か》み潰《つぶ》したような顔をした。

「寒さにだけはいまだに慣れない」

そうなのか。

「絵里ちゃんは、何年ぶりなんだ」

「住むのは、高校卒業以来ですから、十二年ぶりですね」

おじさんは小さく頷きながら、微笑んだ。

「まぁ、いろいろあるんだろうけど、札幌自体はいい街じゃないか。頑張ろう」

「そうですね」

故郷ではいろいろあった。あったけどそれは過去のことだし、本当に街自体は嫌いじゃない。適当に都会で適当に田舎で。何をするにしても不自由はないし、東京より選択肢は少ないけど、その代わりにいろんな意味での自由さがある。

「スポーツだよな」

「そうです」

私は入社以来、スポーツ畑一筋。野球大好き少女だったのも、中高とソフトボール部だったこともおじさんは知ってる。そしておじさんも大の野球ファン。話が合うのは、結婚式や法事で顔を合わせていた以前からわかっていたんだ。

「高野《こうや》の取材は始まってるんだろ？」

「やってます」

そう、高野こと、高校野球。我が社がもっとも力を入れるところ。私も小さい頃からずっと追いかけてきた憧《あこが》れの場所。

甲子園《こうしえん》が舞台の、花形スポーツ。

もちろんその他のものをないがしろにするわけじゃないけれど、なんといっても主催側だし、甲子園を目指す高校球児たちの記事は人気が高い。他の百倍違うと言っても過言じゃない。それ故に、人気があるが故に、そして我が国の野球ヒエラルキーの弊害故にとても記事にはできないことも山ほど、うんざりすることもあるんだけど。

それでも、憧れの甲子園を目指す野球部員たちは、純粋なのだ。

お酒飲んじゃったり暴力振るっちゃったりするバカも実はたくさんいるけれども、そのバカだって厳しい練習に耐えてあの場所を目指している。

私は、本当に大好きなんだ。一生かけても追いかけていきたいぐらいに。

「夏の北海道大会は、北北海道と南北海道の二ブロックだったな」

いつも思うんだけどなっておじさんは続けた。

「二つじゃ少なすぎないか？　北海道って日本の国土の五分の一あるんだろ？」

確かに広い北海道。面積から言えば代表校が二つって少なすぎで、それこそ十校ぐらいあってもいいぐらいなんだけど。

「総人口は、兵庫県と同じぐらいですからね」

「今年はどうなんだ。釜旭《かまきょく》は行けそうか」

七年前に誰もが驚くとんでもない快進撃を見せて、北海道に初の優勝旗をもたらした釜《かま》大《だい》付属旭川《あさひかわ》高校。まったく私の主観だけど、でもたぶん大体の野球好きが頷いてくれると思うけど、高校野球においてもっとも重要なのはピッチャー。甲子園に行けるかどうか、そして甲子園で勝ち抜いていけるかどうかの六割はピッチャーの存在に因る。まぁそれは野球というスポーツそのものの構造でもあるんだけど、高校野球においてはそれが顕著に表れる。

「悪くはないんですけど、小粒な感じが否めません」

もちろん、小粒な印象のピッチャーがたくさんいて、それで勝ち上がってしまう場合もあるにはある。高校野球は、勝利への方程式が立て難《にく》い。ムリだなって思う学校が、運を味方にして勝ち進んでいくうちに選手たちに自信が漲《みなぎ》り、まったく違うチームに変貌《へんぼう》してしまう場合もあるし、あぁやっぱりムリよねって納得してしまう場合もある。

わからないから、おもしろい。皆が熱中する。

スカウティングや日程やその他もろもろいろんな問題があることは、高校野球ファンだったら誰でも知ってる。

でも、そんなことには目をつぶらせてしまう魅力が、高校野球にはあるのだ。

「今年気になるところはどこなんだ。追っかけたい候補は」

食後のコーヒーを頼むと、おじさんはそう訊《き》いた。そうなの。決して多くはない、っていうか二人しかいないスポーツ担当だからこの広い北海道、追いかける学校の数は絞らなきゃならない。デスクであるおじさんにはそこのところも話して、きちんと企画書を通して許可を取らなきゃならないんだけど。

「それがですね」

「ないのか」

「いや、あるにはあるんです」

榛《はしばみ》学園が本命だって思っていたんだ。去年一年生ながら甲子園のマウンドに立った投手を抱える札幌市内の私立の榛学園。

でも。

「ちょっと、おかしな、というか不思議というか、気になるところがあるんです」

「おかしくて、不思議で気になるところ？」

高校野球を表現するのに適当な言葉ではないことはわかってる。でも、まだそうとしか表現できない。材料が少なすぎて。

「どういう意味だ？」

おじさんは首を傾《かし》げた。

「そこを見つけたのは偶然だったんです。夏の甲子園の後追い取材で北海道に来たんですけど」

去年の秋口の話だ。それは、札幌に飛ばされる伏線でもなんでもなくて、いつものルーティンワークのひとつだった。夏の甲子園の代表校だったところを取材して、まだ時間があった。それじゃあついでに来年のためにも、どこか有力なところをアポなしでぶらっと見て回ろうかなって思っていたら、馴染《なじ》みの関係者から教えられた。

「不思議な中学校があるって」

「中学校？」

　高校野球関係者が、リトルリーグやリトルシニアリーグ、そして中学校のスカウティングをしているのは周知の事実だ。金の卵は中学校はおろか小学校時代から目をつけられて育てられる。

「すごい選手がいたのか？」

「ただ練習試合を観《み》ただけなのですごいかどうかはまだ」

「試合を観れば、すごい選手かどうかわかるだろう」

「それが、わからなかったから、不思議でおかしいんです」

　眉間《みけん》に皺《しわ》を寄せておじさんはさらに首を傾げた。

「どういうことだ？」

　本当に不思議な試合だった。地域区分としては北北海道の旭川地区だ。聞いたこともないごく普通の町立中学校。

「町立？」

「そうです。田舎の、再来年には統合されて廃校になるんじゃないかっていうぐらいの、生徒数もものすごく少ない小さな中学校。野球部員は十名しかいませんでした」

「ギリギリだな」

「それも、そんなに巧《うま》くもありませんでした」

もちろん、普通に試合をできる程度の技術はあった。でも中学校の大会でもそんなには勝ち進めないだろうなって思えるような感じ。

「それで、何が不思議でおかしいんだ」

「外野ゴロでアウトを取るんです」

おじさんは身を乗り出した。

「外野ゴロでアウト？」

そうなのだ。この眼《め》を何度も疑った。

「ピッチャーは、ものすごくいいフォームでした。この子はきちんとした指導者についたら伸びるんじゃないかって思いました。球筋も素直で、でもそれ故によく打たれていたんです」

「ありがちだな」

球筋が素直というのは長所だ。すなわちコントロールをしっかりできるということに繋《つな》がる。でも、素直ということは予測もしやすくて打ちやすい球でもあるってこと。

「対戦校の打者はいい音を立てて、きれいに外野に打ち返していました。でもですね。全然ヒットにならないんです。センターにきれいに抜けたはずの打球なのに、アウトになるんですよ」

おじさんの眼がきらりと光ったような気がした。

「外野のポジショニングがすごいってことか」

「そうなんです！」

私も思わず力を入れる。

「ピッチャーの頭上を一直線の強いライナーできれいに抜けてセンターの前に落ちるだろうって思ったら、もうセンターはその低い放物線上にいて、キャッチするんです。それもものすごいファインプレーのランニングキャッチとかダイビングキャッチじゃないんですよ。まるで正面に飛んできた当たりのように普通に取るんです！」

「本当にか」

同じようにピッチャーの横をきれいに抜けた強いゴロの打球は。

「ショートがダイビングキャッチを試みて、でもあっという間に抜けていったのにもかかわらず」

「センターがそのすぐ後ろにいて捕球してすぐに一塁、そしてセンターゴロアウトになるのか」

「そうです」

本当に、眼を疑った。

「センターだけじゃなく、レフトでもライトでもそうなんです。さすがにレフトへのヒット性のゴロがファーストでアウトになるようなプレーはありませんでしたけど」

それは、明らかにレフトの肩が弱いからだった。あれで強肩だったらレフトゴロだってありうる。そんなのプロでも滅多に見たことない。

「それでもサードやショートのすぐ後ろでレフトの選手が捕球してるんだな？」

頷いた。

「キャッチャーの指示か？」

守備陣形の指示は、おおむね監督からキャッチャーを通じて全《すべ》ての選手に伝えられる。でも。

「ベンチにいた先生からは、特に指示している様子はありませんでした。キャッチャーも特に指示はしていません。それに気づいてからものすごく注意深く見ていたんですけど」

残念ながら遠くからでは何もわからなかった。確かにその中学校の選手たちはよく声を出していたので、その声が守備陣形の指示だったのかもしれないけれど。

「するするっ、と動くんです。ピッチャーが投げる瞬間に外野陣が動くんですよ」

おじさんは眉間に皺を寄せた。

「おかしいですよね？　明らかに予測の範囲を超える動きだったんです」

普通、あんなふうに投げる前に動くことはありえない。前に出ていって大きな当たりを打たれたら、シングルヒットが二塁打三塁打、中継プレーが鍛えられていない中学生ならランニングホームランにだってなってしまう。

「それなのにその中学校の外野は動くんですよ」

「打つ前に、なのか？」

「打つ前に、です」

プロなら、優れた外野手ならば、バッターが打った瞬間にその打球音とボールの上がった角度である程度の予測判断をする。それで動き出すことができる。名手と呼ばれる外野手は皆そういう動きができる。でも、そんな名手でもバッターが打つ前に動くなんてことは、ほとんどない。あったとしてもそれは本当に調子の良いときの、閃《ひらめ》き。悪く言えばただのヤマカン。

「一回や二回ではなく、ほぼ毎回です。それが本当になんでもないような自然な動きだったので、相手の選手たちも『運が悪かった、あいつらいいところに守ってるな』、って感じなんですよ。実際、その気になって見ていないと気づかないぐらい本当に自然な、いわゆるシフトを採っているのかって動き方なんです」

外野にボールが飛ぶ度に彼らはそういう動きをしていた。試合は、四対二の比較的ロースコアでその中学校が勝った。打撃力にはまったく差はなかったから、明らかに守備力の差だった。

「確かに、それは不思議だな」

「試合が終わってから取材を申し込んだんですけど、うちはそんなんじゃないからと断られました。じゃあ記事にはしないから、せめて片付けをする間だけでも生徒さんと雑談させてくださいって頼んだんです」

そういうときには女で良かったって思う。いかつい、もしくはむさくるしい男の記者よりはるかに周りはゆるく接してくれる。

「いかにも田舎の中学校の子供たちって感じで、皆にこにこしながらいろいろ話してくれたんですよ。元気いっぱいで、可愛《かわい》かったんですよ。でもですね。外野の守備の件に関して訊いたら、皆が皆、偶然でラッキーだったねって言うんです」

「皆が？」

そうだった。まるで。

「まるで示し合わせたみたいに、皆が、『偶然だよお姉さん』とか『ラッキーだったよねあれは』って」

明らかに嘘《うそ》をついてる、ごまかしてるって確信していた。中学生のガキどもの嘘を見抜けないほど人生経験浅くないし、なめるんじゃないわよ坊やたちって感じ。

達也おじさんは頷いた。

「すると、その中学生たちが」

「そうなんです」

センターと、ピッチャーとキャッチャー。その三人はその時点で中学三年生。

「三人とも同じ高校へ行くって言ってました。すぐ近くの公立校、〈道立神別《かみべつ》高校野球部〉へ入るって」

「その三人がチームの中心だって感じたんだな？」

「そうです」

「名前は？」

確認できた。

「キャッチャーは村上信司《むらかみしんじ》くん、センターは青山健一《あおやまけんいち》くん、そしてピッチャーは青山康一《こういち》くん」

うん？　という顔をおじさんはした。

「そうなんです」

青山健一と康一。それはあの守備には全然関係ないことかもしれないけど、センターとピッチャーの彼らは双子だった。

さらに関係ないことだけど、けっこうイケメンの。

Bottom of the 1st Inning

「ねぇ」

めぐみがノートから顔を上げて呼んだ。

「ん？」

ボール拭《ふ》きの手を止めて見たら、鉛筆をぐるぐる回しながらニコニコしてる。

「なんだよ」

唇が、にいっ、って感じで横に広がった。

「うれしい」

「なにが？」

鉛筆を持ったままノートをこっちに向けた。野球部メンバーリストが書かれたマネジのめぐみ専用の日誌ノート。

「やっと、皆の名前を、ポジションと一緒に書けた」

「あぁ」

そうか。頷いてやった。

「そうだな。やっとだもんな」

「うん」

プレハブの部室の窓から入ってくる夕陽《ゆうひ》のオレンジ色の光の中で、めぐみの眼が少し潤んでいたけれど、もちろんからかったりしないで、ニコッと笑っておいた。

気持ちは、すっげぇわかるからな。

あの日から、ずっとずっと夢見てきたんだから。甲子園を目指すメンバーが全員ここの野球部に揃《そろ》う日を。

めぐみがその嬉しそうな顔のまんま、自分で書いたメンバーリストを見ている。

「ねぇ、そのうち私がこれをアナウンスなんてすることあるかな？」

「あぁ、あるんじゃねぇ？」

練習試合で、設備の整ったところなんかはマネジがアナウンスしてるのを見たことある。

「練習していい？」

「なにを？」

「アナウンスの練習」

笑った。

「どうぞどうぞ」

めぐみが、ニコニコしながら姿勢を正した。鉛筆をマイクみたいに持って自分の口のところに持っていった。

「一番ファースト、三年生下山達人《しもやまたつと》くん。二番セカンド、二年生神田由雄《かんだよしお》くん。三番ショート、三年生磯崎清矢《いそざきせいや》くん。四番キャッチャー、一年生村上信司くん」

「俺が四番かよ」

それは先輩たちがイジけるだろ。

「だって、いちばん打つじゃない」

「まぁそりゃそうだけどさ」

実力主義！　と叫んでからめぐみは続けた。

「五番センター、一年生青山健一くん。六番サード、二年生山本桃太郎《やまもとももたろう》くん。七番ライト、三年生遠藤匠《えんどうたくみ》くん。八番レフト、二年生林幸次郎《はやしこうじろう》くん。九番ピッチャー、一年生青山康一くん」

「コーイチ九番？」

「史上最強の九番だよ。これでうちの打線にはまったく穴がないよっ」

「ありすぎだっつーの」

打って勝てるチームだったら苦労しない。

足が速くて選球眼もいいタツさんとヨッシーがなんとかして塁に出て、セイヤと俺で帰して、ケンイチで追加点を取る。それがうちの攻撃のパターンだ。下位打線のモモとタックさんとコージさんに長打はあまり期待できないけど、セーフティバントやファウルで粘ってピッチャーに球数を投げさせることはできるからそれで疲れさせる。あわよくば単打で塁に出て足で稼ぐ。

「まぁ」

コーイチが九番っていうのはいいと思う。

エースピッチャーを九番に置いとけばとりあえず相手は油断する。あぁこいつは投げるだけなんだなって思う。それでチャンスがないときには適当に三振とか凡退しておけば、最後の最後に必要なときにホームランで点を取れる可能性が増える。

コーイチはうちで最高のホームランバッターだ。あいつぐらい球をバットに乗せて運ぶバッティングができる奴はいない。だけど、残念ながら九回を投げ抜くためには体力を目一杯温存しなきゃまだムリ。しくじってヒットになって毎回塁間を全力疾走なんてまださせられないんだ。絶対的なエースだからスライディングさせて下手に怪我《けが》でもされた日には泣く。

「とりあえず、高校生の体力がつくまではそうしておいた方がいいよな」

「うん」

めぐみの考えることに間違いはない。きっとこのチームで野球のことをわかっているベストスリーに入ると思う。めぐみより上なのは、俺とケンイチだ。そんなこと言ったら先輩たちがまたイジけたり怒ったりするけど、間違いない。

「早く入学したいね」

「そうだな」

まだ学校は春休み。野球部の練習にはもうずっと前から参加しているけど、俺とケンイチとコーイチとめぐみが一年生になって、神別高校野球部に正式に入部するのは三日後。

「行けるかな、甲子園」

「行けるかな、じゃなくて、行くんだ」

そのために、皆でここに来たんだ。

公立で、今まで北北海道大会どころか旭川支部予選だって勝ち抜いたことのない弱小野球部。実際いまだに公式試合では一勝もしていないはず。

そんな高校で、甲子園を目指す。いや、この地区で唯一の公立校がそういう学校で良かったんだ。俺たちにとっては、ちょっと表現はおかしいけど、最高の環境だったんだ。

「みんなのためにな」

言ったら、めぐみが頷いた。

「そうだね」

バラバラになってしまった、離れ離れになってしまってひょっとしたらもう一生会えないかもしれない仲間のために。

俺たちの家族のために。

甲子園に行く。

そこで戦ってる、一生懸命にやってる俺たちの姿をテレビで観てもらう。

「ねぇシンジ」

「おう」

「新しい監督さんってどんな人だろうね」

「それなんだよなー」

部員は俺たちが入っても全部で十三人で、あとは顧問で責任教師の岩谷《いわたに》先生しかいないはずだったんだ。

タックさんの話じゃ岩谷先生はあんまり野球に詳しくない。だから練習方法も部員任せでそれも俺たちにはめちゃ好都合だったのに、突然今年から野球部に監督がつくことになったって、今年三年生でキャプテンになったタックさんが言っていた。

「話だと欽《きん》ちゃんの紹介らしいんだけど、欽ちゃんそんなこと何にも言ってなかったのにな」

「うん」

神別中学校の教頭先生の欽ちゃん。

「ケンイチとコーイチもびっくりしてたしな」

「がんばって探してくれたんじゃない？　私たちの目標のために」

「まぁそうなんだろうけどな」

欽ちゃんが、俺たちの邪魔をするはずがない。何もかもわかってて応援してくれる。だから、きっといい監督さんなんだと思う。

でも。

「慎重にやんなくちゃな」

「うん」

「たぶん、マネジのお前がいちばん監督さんと話をすることになるんだろうから、気をつけろよ」

「わかってるけど、監督さんだよ？　たぶんすぐ気づいちゃうよ」

そうなんだよな。ゼッタイ素人じゃないんだと思う。高校球児だったとか社会人野球を経験したとか、たぶんそんな人だと思うんだ。だったら、俺たちがやってる野球のおかしなところにすぐ気がつく。どういうことなんだって疑問に思う。そうして、訊いてくるはずだ。

訊いてきたら、説明するしかない。言葉では信じられなくても、プレーで見せればそれが本当なんだって理解できる。そうして何もかも説明して、一緒になってやってもらうしかないんだ。

甲子園に行くために。

「何も言ってこなかったら、様子を見る」

それはもうみんなとも打ち合わせ済み。

「でも、きっと大丈夫だよ」

めぐみが笑って言う。

「別に悪いことしてるわけじゃないんだし、目標は同じなんだからきっとわかってくれるよ」

「だといいけどな」

めぐみはしっかりしてるところはすっごくしっかりしてるけど、なんか、そういうところはまるで子供みたいに、田舎の女の子みたいに純朴だ。いや実際に田舎の女の子なんだけどさ。

「あ、帰ってきた」

声が外から聞こえてきた。揃ってランニングする足音も聞こえてきた。めぐみが立ち上がって部室を出ていった。

開けっ放しのドアの向こうから、めぐみの大声が聞こえる。

「ラストー！ グラウンドごしゅー！」

オイサアッ！ ってみんなの声がすぐに響く。声の張りがいいからへばってはいないね。

これならすぐにランニングの距離を延ばしても大丈夫。

「俺も早く治さなきゃ」

チャリで転んで足首を捻《ひね》るなんて、サイテーだ。キャッチャーが、正捕手が練習に参加できなくてどーするってんだ。


「田村敏幸《たむらとしゆき》です。どうぞよろしく」

「ザッス！」

全員で声を揃えて帽子を脱いで、礼をして監督に挨拶をした。頭を上げて帽子を被《かぶ》ったけど、みんなが同じ印象を持ってるのがわかった。

〈なんか、意外と頼りなくねぇ？〉

田村監督は、身長たぶん一七五センチぐらい。いやもうちょっとあるかな？　でも一八〇はない。どっちかというとやせ型で、ユニフォームの下の身体《からだ》にあんまり筋肉は感じない。顔だって、なんか俳優みたいにいい男だけどめちゃ優しそうな雰囲気だ。迫力やイゲンはまったくなし。

「えぇっと」

岩谷先生が田村監督の方をちらっと見た。

「監督は、D学院で甲子園に出場した経験をお持ちです」

どよめいた。マジか。あの名門D学院のレギュラーだったのか。でもあそこって関東じゃないか。

「そうして、フェイマスという会社で社会人野球も経験されました。レギュラーでやっていたのですが、今回、神別中学校の青山教頭先生のご紹介で、我が校野球部の監督を引き受けてくださいました」

なんでこんな北海道の田舎に来てくれたんだ。っていうか欽ちゃんどんな関係だったんだこの人と。そこまで言ってから、岩谷先生は笑った。

「ということなので、あとは監督に全部お任せできるので、安心しました」

みんなで少し笑った。岩谷先生はいい先生なんだ。優しくて、俺らの気持ちをとても理解してくれる。野球のことも一生懸命勉強して頑張ってくれてる。でも、すっごい心配性で、いっつも俺たちが怪我をしないかどうかってオロオロしてるんだ。それはそれでありがたいんだけど、ハッキリ言ってその気持ちは勝つためにはジャマになることが多い。

「じゃ、後は」

岩谷先生が田村監督に言うと、監督はにっこり笑って頷いた。

「今日は初日です。なので、皆の様子を確かめたいと思っています。岩谷先生の話だと、一年生も春休みから練習に参加していたって話だけど、そうなのかな？」

「そうです！」

キャプテンのタックさんが答えた。

「じゃあ、まずはいつものように、僕が来る前にやっていたような練習を開始してください。そうして身体が温まったところで、紅白試合をしましょう。といっても」

俺たちを見渡して苦笑した。

「人数がいないので全員参加で実戦形式の練習をします。そこで、皆の特徴やそういうのをきちんと摑《つか》みたいと思います。いいですか？」

「ザッス‼」

返事をして、ストレッチは終わっていたのでタックさんの号令ですぐに全員で軽くランニング。俺をケンイチとコーイチが挟んで、すぐ後ろにタックさんがついた。声を出すのは、先頭に立ったタツさんに任せた。

「どうする」

小声でタックさんが訊く。

「どうするもこうするも」

ケンイチがニヤッと笑った。コーイチもおんなじように笑ったけど、双子でまったく同じ顔をしてるのにどういうわけかケンイチの方が邪悪っぽく見える。やっぱ性格の違いだよな。

「隠したってしょうがないだろ」

ケンイチが言うとコーイチも頷いた。

「そうだよね」

「じゃ、最初から？」

タックさんが確認した。

「全力で行こうぜ。オレがセンターにいるときには。それ以外は普通にやろうよ」

「了解」

タックさんがゆっくり下がりながらみんなに伝えているのがわかった。

「甲子園球児だってさ」

ケンイチが言った。

「そうだな」

「ポジション訊くの忘れてたね」

どこかなぁってコーイチは嬉しそうに言う。

「ピッチャーだったら、いろいろ教えてもらえるのになぁ」

「監督をやりに来るぐらいだから、どんなポジションでもきちんと教えてもらえるさ」

そうでなきゃ、監督の意味がない。

「オレは、キャッチャーだと思うな。監督のポジション」

ケンイチが言った。なんで、って訊いたらまたニヤッて笑った。ケンイチはこの邪悪な笑みさえ気をつければモテると思うんだけどね。

「さっき、軽く準備運動していたとき、しゃがんで爪先立《つまさきだ》った格好がものすごく安定していた。そして身体がものすごくリラックスしていたからな。間違いないよ」

「そっか」

じゃあ、監督はキャッチャーだったんだ。ケンイチの読み取りはゼッタイに外れないから。

コーイチが嬉しそうに頷いた。

「じゃ、僕の球も実際に受けてもらって教えてもらおう」

それがいいな。ある意味じゃピッチャーより良かったかもしれない。俺もいろいろ教えてもらえるし。

なんたって高校野球じゃバッテリーが生命線。つまり俺とコーイチのふんばりが勝負を左右することが多いんだから。

「じゃ、康一くんの肩も温まったみたいだから、やろうか。レギュラーポジションも決まっているんだね？」

田村監督が隣りに立っためぐみに訊いて、めぐみが頷いていた。人数が少ないから、レギュラーがポジションについて補欠から打席に立っていく。補欠が全員打席に立ったら、今度はレギュラーが順番に打席に立って、補欠がそのポジションに入って、打っていく実戦形式の練習。

俺は、キャッチャー。

小学校のときからずっとコーイチの球を受けてきたんだ。コーイチのピッチングをいちばん知っていて、そして高めてやれるのは俺しかいないって自負してるし、肩だってチームでいちばん強い。

「よぉーし、しまっていくぞ！」

叫んで、マスクを被る。審判は監督。バッターは三年生で二番手ピッチャーのシロー。シローの球も、小学校のときからずっと俺は受けてる。身長が高くて投げ下ろすって感じで球速はコーイチよりずっとある。だから、二回三回ぐらいは普通に持ちこたえられる。ただし、球種はストレートとカーブしかなくて、そのカーブでカウントが取れないことがちょっと多い。でもものすごく変化するから、そこさえなんとかできれば先発だってできると思うんだけど。

（行くぜ）

マウンドのコーイチにサインを出す。シローがいちばん好きなのは外角低め。下から上に振り上げるアッパー気味のスイングがいちばん打ちやすいコースだ。

それで、センターにライナーを打たす。

コーイチが頷いて、本当にきれいなフォームで振りかぶる。田村監督が小さく「おっ」って言ったのが聞こえた。フォームがいいのに気づいたんだ。振りかぶるだけでわかるってさすがだよな。

そのきれいなフォームから、これもきれいな腕のしなりでストレートが、ものすごく自然な軌道で飛んでくる。小気味いいリズムがバッターに何の違和感も感じさせない。

本当に素直な球。しかも打ちごろのスピード。

バッターは何の迷いもなく、バットを振り抜ける。

金属バットの音が響いて、ボールがピッチャーとセカンドベースの真上を通ってセンターの方にライナーで飛んでいく。

（いいね）

おあつらえむきに、普通ならきれいにシングルヒットになる軌道。監督もすぐにそう判断したはず。

でも。

「センター！」

指示の声を出しながら反応を確かめたくて、ちらっと監督の顔を見た。審判のマスク越しに見えた監督の表情が、「え？」って感じで歪《ゆが》んだ。やっぱりね。わかるよね。

センターのケンイチは、ほぼ定位置ですって感じでそのライナーを基本通りの拝み取りでキャッチ。

「ワンナウト！」

ケンイチがそう叫んでボールを回して、最後にコーイチのところに戻った。コーイチも一本指を立てて、みんなの方を順番に見る。監督はちょっとだけ首を傾げた。

次のバッターは俺と同じ一年生で右打ちのゲンキ。ゲンキは高めのボールを引っ張る癖があるから、それを生かしてレフトに打たせよう。足が速いからクロスプレーになるはずだ。そう思ったんだけど、ゲンキは力を入れすぎてショートゴロになってしまって、これはもう普通に処理。でもショートのセイヤの守備の巧さは監督もわかったはず。本当にセイヤは身体が柔らかくて、フィールディングがうっとりするぐらいなんだ。

次は、二年生で右打ちのカズさん。内野でも外野でもこなして、しかもピッチャーもできる便利な人。バットコントロールも巧いから、外角低めのコーナーギリギリをついて、ライトに流し打ちをしてもらおうかな。

サインを出す。コーイチが頷く。

コーイチのコントロールは、はっきり言って天才的だ。もちろんその天才的なコントロールを身に着けるためには努力もしたけれど、天性のものなんだ。

コーイチは、双子の弟青山康一は自分の細胞と話ができる。

冗談でそう言っているけど、本当だってみんな思ってる。

あいつは、類《たぐ》い稀《まれ》なる身体感覚の持ち主なんだ。それはもう生まれ持ったもので、誰が逆立ちしたって敵《かな》わない。自分の筋肉がどう動いて、どう力が伝わって、どれぐらい指先に力を込めればどれぐらいボールが回転するか、そしてどうボールが進んでいくかがはっきりと感じ取れる。

冗談抜きで、あいつはストライクゾーンを三十六分割して、そこにきっちりボールを投げられる。

天才なんだ。

ただし、スピードはあんまりない。せいぜい一二〇キロ出ればいいぐらい。そしてフォームも球も素直だから、ものすごくタイミングを取りやすくて打ちやすい。

タイミングが取りやすいと、球が打ちやすいとどうなるか。

一生懸命練習している奴ほど、そしてバッティング技術を持っている奴ほど基本に忠実に打ち返すんだ。

つまり、センター返し。正確には、センターの守備範囲内に打ち返す。

そしてそこには、もちろんセンターがいるんだ。
双子の兄の、青山健一が。
天才の弟以上に天才の、ケンイチが。

Top of the 2nd Inning

最初に感じたのは胸の動悸《どうき》。

まるで音が聞こえたように感じるぐらいに大きく波打って、その次には身体《からだ》中から血の気が引いたようになって、立っていられなくてその場に座り込んじゃった。

（ダメ。立って）

本能的にそう思った。ここで身体の力を抜いてしまってはたぶん気を失う。無理やりにでも立たないと。

足に力を入れてふんばって立ち上がると、身体中から汗が噴き出してきた。嫌な汗。呼吸が浅くなっているのがわかったので大きく息を吸って、吐いて。深呼吸が気持ちを落ち着けるって本当だから凄《すご》いと思う。

腰を屈《かが》めて、手を伸ばして、道路に落ちている自分のカバンを拾い上げた。

大丈夫、街灯もある。周りにある家には明かりがついている。何かあれば、叫べば、きっと気がつく人がいる。それに、このカバンを奪おうとした人間は、あの男は確実に向こうに走り去っていった。それは間違いないんだから、もう脅《おび》えなくても大丈夫。

前橋《まえはし》絵里、あんただっていっぱしの新聞記者でしょ。三十過ぎた独身女でしょ。独身は関係ないけど。

引ったくりにカバンを奪われたぐらいで脅えるんじゃない。犯人は追われて、こうして諦《あきら》めてカバンを放《ほう》り投げていったんだから。

携帯で警察に電話しようかと思ったけど、待った。犯人の姿はまるで覚えていない。不覚にもただただびっくりして、視界には入っていたけどまるでその姿を認識できなかったんだ。ちょうど街灯の切れ間で暗かったのもあったかもしれない。

それに。

あの人は。

犯人を追いかけていったあの人はどうなったのか。カバンを引ったくられた私が一瞬呆《ほう》けているそのすぐ脇を、「待て！」って叫びながら犯人を追いかけていったあの人は。

もう少し待って、駅前にある交番に行こう。

（確認しなきゃ）

ぶちまけられたカバンの中身は。

深呼吸した。落ち着きなさい絵里。こうして身体には何事もなかったんだから。暴行魔とかじゃなくて良かったって思いなさい。

「よし」

確認。財布、ない。

やっぱりね、財布だけ取ってカバンを投げ捨てていったのか。すぐにカード会社とかに電話しなきゃ。その他、化粧ポーチはある。読みかけの文庫本もフリスクも飴《あめ》もある。ICレコーダーもデジタルメモのポメラもあるし部屋の鍵《かぎ》がついたキーホルダーもある。

「あ」

手帳が、ない。

「なんで?」

手帳に何か貴重品でも挟んでいるって思ったんだろうか。思わず下唇を噛《か》んじゃった。悔しい。財布を取られるよりずっと悔しい。

記者にとっては命より大事な手帳。あの中には取材のメモも行動予定も大事な人の名刺も全部入っているのに。もちろんパソコンの方にもデータとして移してはいるけれども、やっぱり手書きのメモがいちばん大事なものなのに。

「あぁ、もう」

手帳に連絡先を書いていた人たちには、念のために連絡しておいた方がいいかもしれない。これこれこういう事情で手帳を盗まれたので、申し訳ないですけど注意してくださいと。

足音がした。

走っている足音。

思わず身構えて周りを見渡してしまった。道の向こうから走ってくる人影。

背の高い男の人。白いシャツに、ジーンズ。

ホッと息を吐《つ》いた。あの人だ。引ったくりを追いかけていってくれた人。あの赤いスニーカーに見覚えがある。だってあのスニーカー、私も持ってるナイキのやつなんだもの。

「あの！」

その人が立ち止まって、かなり遠くから声を掛けてきた。

「引ったくりに遭った人ですよね！」

たぶん、私を怖がらせないようにしてくれたんだ。わざわざ街灯の真下で立ち止まったのも気を遣ったのかもしれない。精悍《せいかん》な顔つきではあるけれども、優しそうな眼《め》をしている。

「そうです！」

お辞儀をした。

「これ、あなたのですよね？」

手に持っているものを私の方へ向けた。私の財布だ。手帳も！　思わず私の方から走り寄っていった。その人も、何歩か前に出て来て、私たちは道の真ん中で向かいあった。

「すみません、犯人には逃げられました」

これだけは取り返したんですけどって差し出した手帳と財布。でも、その手に血が滲《にじ》んでいた。

「怪我《けが》を！」

その人が自分の手を見て、「あぁ」って苦笑いした。

「大丈夫です。タックルして転がったときに地面に擦《こす》っただけで、大したことありません」

タックルしたんだ。捕まえようとしてくれたんだ。

「中身、確認してください」

財布を渡された。頷《うなず》きながら中身を見た。

「大丈夫です。カードもあります」

現金も、無事。

「良かった」

その人が微笑《ほほえ》んで手帳も渡してくれた。私もそれを手にして、もう胸に抱えたくなるぐらい安堵《あんど》して、涙が出そうになってしまった。実際に滲んできてしまって、慌ててちょっと下を向いてまばたきを繰り返して。

「あなたは、怪我とかはないですか？」

優しい声。顔を上げたら私を見つめていて、その顔が本当に心配そうで逆に申し訳なくなってしまって。

「私は、大丈夫です。本当にありがとうございました」

その人が安堵の息を吐くのがわかった。

「どうしましょうか。警察に行きましょうか？　よければそこの交番までご一緒しますけど」

僕は犯人の風体をある程度見ていますから証言できますと言ってくれた。

「いえ」

盗まれたものは何もないし、見ず知らずの人にそこまで迷惑は掛けられない。財布をしまって、手帳を広げた。

「私、新聞記者なんです」

「記者さん」

その人がちょっと驚いたふうに眼を大きくした。少し奥眼で、彫りの深い顔立ち。こんな状況じゃなかったら割りとイイ男じゃないとか思っていたかも。

「覚えている特徴だけ教えてください。自分で行ってきます」

「そうですか」

「それと」

はい、ってその人は答える。さっきは少し息切れしていたけど、もう呼吸が安定している。体つきからも何かスポーツをやっている人かもしれない。カバンから名刺入れを取り出して、一枚、名刺を差し出した。

「助けていただいてありがとうございました。前橋絵里と申します」

名刺には二種類ある。会社の電話とメールアドレスしか書いていないものと、自分の携帯番号も書いてあるもの。この人は大丈夫、もしくは確実に連絡先を教えたいと思った人には自分の携帯番号が書いてあるものを渡す。

長年記者をやってると、少し話すだけでわかってくる。この人は大丈夫。ましてや見ず知らずの私のために引ったくりを追いかけて、自分が怪我することも恐れないで捕まえようとしてくれたんだから。

「あぁ、すみません」

名刺を受け取ってから、少し恥ずかしそうに笑った。

「今、名刺も何も持っていなくて」

「いえ、いいんです」

ジーンズのポケットに携帯が入っているのは見えたけど、本当に何も持っていなかった。この近所に住んでいて、財布と携帯をポケットに入れてちょっとコンビニに買い物に出たって感じの風情。

「山路《やまじ》といいます」

「ヤマジ、さん」

山に道路の路だと付け加えて、少し笑った。口元から覗《のぞ》いた歯が白かった。

「そりゃ災難だったな」

「まったくです」

車で旭川に向かう途中で、三日前に引ったくりに遭ったんですよって話を達也おじさんにしていた。

「まぁ何事もなくて良かった」

ＪＲで行くつもりだったんだけど、おじさんが突然自分も行くって言い出して社の車を出して運転してくれている。楽でいいんだけど、おじさん本当にいいのかしら、デスクがデスクを離れてばっかりで。

六月の爽《さわ》やかな空気と陽差《ひざ》し。飛ばされた身だけど、北海道に帰ってきて本当に良かったかもって思えるのはこの気候。鬱陶《うっとう》しい梅雨《つゆ》なんか欠けらも感じられない青空と冗談抜きで澄み切った空気。冬場を除けば、こんなに環境のいいところで野球ができる北海道の球児たちは幸せだと思う。

「それにしても」

「なんですか？」

「読みは当たったな。神別高校」

そう。あの双子たちがいる神別高校は春季北海道大会で準優勝したのだ。それまで一度も公式戦で勝っていないというのに。それはかなり凄いこと。

そうしてこの爽やかな季節。夏の甲子園へ向けての高校球児たちの戦いは始まっている。北北海道地区大会旭川支部予選での彼らの活躍を確かめるために、こうして旭川へ向かってる。

「結局春季大会はビデオでしか観《み》られなかったけど、あの双子たちが加入したからチーム力が上がったのに違いないですよね」

「そうだな」

中学でのあの不思議な守備はそのまま神別高校の守備に受け継がれていた。ということは、やっぱりあの三人が、キャッチャーとピッチャーとセンターが中心になって行われていたということを示してる。

おじさんもあの不思議な守備を見たんだ。生憎《あいにく》と家庭用のビデオの映像だったのではっきりとはわからなかったんだけど、明らかにヒット性の当たりを何事もなかったかのように、センターの双子の片割れはアウトにしていた。

「ようやく実際にこの眼で確かめられるのは楽しみだよ」

「ひょっとして、そのために一緒に来たんですか？」

当然じゃないかって、達也おじさんは笑った。

「あのチームに、いったいどんな野球の魔法が掛かっているのか知りたいからな」

旭川市の花咲《はなさき》スポーツ公園の一角にある〈スタルヒン球場〉。あの伝説の大投手の名前を冠した球場。国道沿いにあるんだけど、道路の向こうには自衛隊の敷地が延々続いている。

「祖母がこの近くに住んでいたんですよ」

「へぇ、そうだったのか」

そりゃ知らんかったなっておじさんは言う。

「朝晩の、起床ラッパと消灯ラッパが聞こえていたんだって言ってましたよ。あと、夕方の、たぶんその日の仕事の終わりを告げるラッパが物悲しい旋律で好きだったって」

報道の腕章を貰《もら》って、スタンドの一角に陣取っていた。旭川に着く頃には陽差しが消えて薄曇りになっていたけど、暑くもなく寒くもなく、眩《まぶ》しい陽差しに邪魔されることもない絶好の試合日和《びより》。

神別高校の一回戦の相手は市内の強豪館上《たてうえ》高校。過去四度の甲子園出場を誇る古豪ではあるけれど、ここ八年間ほどは地区大会止まりなんだ。

「でも、今年のエースはいいですよ」

「そうか」

二年生でエースで四番の池《いけ》ノ端《はた》くんは身長一八〇センチの大型投手。長身から繰り出される伸びのあるストレートはMAXで一三六キロという話。

「そりゃ中々だ」

「コントロールに難があるということですけどね」

「ありがちだな」

ありがちだけど、ハマれば強い。それだけ速いストレートにどろんと縦に曲がり落ちるカーブが武器。その他にも鋭く曲がるスライダーがあるそうだから、かなりの好投手じゃないかと思う。

試合前の練習に神別高校の選手たちが登場してきた。元気な声が出ている。この時間が結構好き。

どの選手たちにもやる気が漲《みなぎ》っていて、それでいて落ち着け落ち着けって全身で言っているような雰囲気。これは地区大会でも甲子園でも同じ。

でも。

「落ち着いているな」

おじさんが私と同じ感想をもらした。

「そうですね」

春季大会で準優勝してそれなりに注目されたはずの神別高校ナイン。注目されれば記事にもなる。その記事を読めば否応《いやおう》なしに意識はするはずなんだけど、その練習風景には気負いも緊張も何も感じられなかった。

皆の顔には笑みが浮かんでいる。これから始める試合が楽しみでしょうがないとでもいうように。

「あの監督は、何者なんだ」

ノックをこなしているまだ若い監督。

「えーっとですね」

メモ帳をパラパラとめくった。

「田村敏幸監督、三十六歳ですね。出身は東京です。D学院で甲子園を経験しています」

「ほう」

「ポジションはキャッチャーで。その後東京のフェイマスという会社で社会人野球を続けていますね。この春から神別高校で監督をしています」

どんな縁があったんだ？ っておじさんは訊《き》いた。

「東京と北海道じゃ普通は縁がないだろう」

「そうなんですけど、そこまでは確認していません。田村監督もこれが初めての監督ですよ」

確かに、地縁はまるでないように思えるから、何かしら他の縁があったんだろうけれども。

「そのフェイマスではレギュラーだったのか？」

「そうみたいです」

レギュラーの座を蹴《け》ってまで、しかも社会人という立場を捨ててまでやってきたのだ。それなりに何かしらのものがあったとは思うんだけど、そこまで突っ込んで調べてはいない。

「田村ね。D学院か」

三十六ってことは、十八年ほど前かっておじさんはぶつぶつ呟《つぶや》いている。

「後で、甲子園の記録を調べておきますね」

「そうだな」

もしこの神別高校が勝ち進むようなことがあれば、甲子園に出場を決めたのなら監督の来歴も記事の資料になる。

「あのピッチャー、少し身体の線が太くなりましたね」

「そうか」

一年生でエースナンバーを背負った青山康一くん。双子の弟の方。この双子は本当にそっくりで、体つきも同じようだから本当にどっちがどっちなんだかわからない。かろうじて、この康一くんの方がどことなく優しそうな印象がある。

「相変わらず素直できれいなフォームだな」

「そうですね」

ストレートとカーブ、そして右打者の内角に鋭く食い込むシュートも持ってる。そのどれもが素直なボール。慣れればきれいに打ち返せるんだけど、神別高校は本当に守備がいい。打たせて取る野球が徹底している。

しかも、不思議な守備。

今日こそ、あの外野の守備の秘密を見破ろうって思っていたんだ。

どうやって、クリーンヒットになるような当たりをセンターゴロにしてしまえるのか。きれいに抜けるはずのライナーを、平凡な野手正面の当たりにしてしまえるのか。なってしまうのか。

「やっぱり、読み、しか考えられないよな」

達也おじさんが言う。

「まぁそうですよね」

だとしたらその〈読み〉の能力はどこから来ているものなのかを調べなきゃ。プロ野球の選手ですら獲得できないものすごい〈読み〉の能力。

持っているとしたら、やっぱりセンターの双子の兄の青山健一くん。

「二人合わせて〈健康〉っていうのは、ご両親の愛情を感じますよね」

「まったくだ。健康であってくれれば、それだけで充分だってな。親なら誰しもそう思うものさ」

機会があれば双子のご両親にも会ってみたい。あれだけイケメンくんの二人だから、きっとご両親もイイ男か、美人さんなんだろうなぁ。

私は通路のすぐ脇に座っていて、その私の横を男性が通り過ぎて二つ前の席に腰掛けた。何気なく見ていたんだけど。

その立ち居振る舞いに、雰囲気に覚えがある。すぐにそう思った。

立ち上がって、通路に出て一歩前に進んでその人の横顔を斜め後ろから見た。柔らかにウエーブした髪、彫りの深い顔立ち、しなやかな筋肉を感じさせる身体。おじさんが、どうした？　って顔をして私の様子を見ているのがわかった。後で説明しようと思って、もう一歩前に出た。

「山路さん？」

声を掛けると、驚いたように振り返った。やっぱりそうだった。

「あぁ」

含羞《はにか》んだような笑顔に白い歯。明るいところで見ると、俳優にしてもいいようなシブい雰囲気と顔立ち。

びっくり。こんなところでまた会うなんて。

「ドライバーなんですよ」

よろしければ一緒に、とお誘いして、山路さんは私とおじさんの間に腰掛けた。この間会ったときとほぼ同じような服装。おじさんにも紹介して、どうしてここに居るのかという話になった。

「ドライバー？」

「説明しにくい職業なんですけど、向こうに陸上競技場がありますよね」

山路さんが外野の方を指差した。

「ありますね」

「今日はそこで陸上の大会も行われているんです。私の会社はタイム計測をする会社でして」

「タイム計測」

陸上などでよくゴールのところに何秒掛かったかタイムが出ているのがありますよねって言うので、私もおじさんも頷いた。

「あのタイム計測を専門に行う会社なんです」

あぁ、とおじさんが納得している。私も一応スポーツ畑の人間だから、聞いたことはあった。

「一年中日本全国で、様々な陸上競技会が行われているでしょう？」

「そうですね」

「だから、私たちの会社の社員もほぼ一年中日本全国を飛び回っているんですよ。人員は飛行機や電車で移動しますけど、計測機器類は非常にデリケートなものばかりなので、専用の車に乗せて移動するんです」

そうか。

「山路さんがその車のドライバーなんですね」

「そういうことです」

競技会が終わって撤収したら、スタッフとは別行動で山路さんだけが車で先行する。機材を次の現場に届けたら、手伝うこともあるけれども、基本、その現場が終了するまで山路さんはオフタイム。正社員ではなく、契約社員なのだとも付け加えた。

「そこで、今日はちょうどここで野球があったので来てみたら腕章で入れました」

山路さんの腕には、〈報道〉ではないけれど、〈係員〉という腕章。その陸上競技場もこの球場もきっと同じ管理体系なのだろう。

「野球がお好きなんですか」

「大好きですね」

にこっ、と微笑んだ。

「すると、そういう会社にお勤めで、失礼ですが見たところスポーツをやっていらした体つきだ」

おじさんが、野球をやっていたんですかって訊いた。

「本格的には、高校までですけど」

無名の学校の、ただの高校球児でしたって苦笑いした。やっぱりそうだったんだ。おじさんはそのまま少し身体を反らすようにして山路さんを眺めて、おいくつですか？　って訊いた。

「今年で、三十六になりました」

感心したようにおじさんが頷く。

「じゃあ今でもけっこうやってるんじゃないですか？　高校卒業して十八年も経《た》つのに、いい身体をしてる」

山路さんは、照れたように笑った。

「離れられませんからね。一度染まってしまうと」

野球からは、って照れくさそうに、でも誇らしそうに言った。

「それにしても今日は偶然でしたね」

まさか、こんなところでまた会えるなんて。

「本当に。驚きました」

山路さんが、ほんの少し頷きながら言った。

Bottom of the 2nd Inning

北北海道地区大会旭川支部予選一回戦の相手は館上高校。

「まさに相手にとって不足なしって感じじゃん」

ケンイチが椅子《いす》の上にふんぞり返りながら言った。

「やっぱりいいカーブだね」

スコアブックを腿《もも》の上に置いて、鉛筆を握りしめながらめぐみが言った。

「だな」

先攻は俺たち。

一番バッターのタツさんがネクストバッターサークルで、相手ピッチャーの投球練習に合わせて素振りを繰り返している。

二番は俺。バットを持って座って待っていた。

タツさんは出塁率の良さと足の速さで一番に座ってる。出塁率がいいのは、ボテボテの凡打でも足で内野安打にできるのと、落ち着いていて眼がいいからだ。うちの中ではピカイチの動体視力の良さかもしれない。内野に転がすバントだってチームでいちばん巧《うま》い。

本当に頼りになる一番打者。

「あのカーブを打てれば、勝てるよ」

めぐみが大きく頷きながら言う。

「そうだな」

ストレートは確かに速い。速いけど、ここからフォームを見る限り、特に癖のある投げ方でもないし、タイミングは取りやすいはず。ここぞというときの決め球にはあのカーブを使ってくるのはわかってる。ストライクゾーンよりわずかに高いボールの軌道からストライクのコースを通って外れていくから本当に打ち難《にく》いはず。

でも、決め球を打てば勝てる。

監督のタムリンはベンチのいちばん端っこに立って、腕組みしながらグラウンドを見ている。

タムリンっていっつも微笑んでいるんだよな。それが地顔らしくて、なんかカワイクて、ついたあだ名がタムリン。もちろん面と向かってそうは呼ばないけどさ。

カワイイけど、監督としてはめちゃくちゃ有能だと思う。それはもうこの何ヶ月かで充分わかった。相手の全《すべ》てを丸裸にしちゃう眼と感覚はものすごいし、誰も発想しないような戦い方もスゴい。

それにやっぱりついこの間まで現役だったからプレーも凄いんだ。俺は同じキャッチャーとして、監督のプレーを見ているだけで自分のレベルが上がったのを感じたぐらい。

構え方、スローイングの仕方、キャッチングの仕方、とにかく何から何まで巧くてそれを全部教えてもらった。いちばん驚いたのはコースが微妙なボールのキャッチングの仕方だ。ストライクに取ってほしくてつい内側にミットを動かしちゃうんだけどそれは逆効果だって。横じゃなくて縦に、上に微妙に動かすんだってさ。そうすると審判はボールが伸びてきてるんだと思う。球が伸びるっていうのは〈良いイメージ〉だ。するとそれは〈ストライク〉っていう〈良いイメージ〉と結びつく。だからついボール臭いのもストライクと言ってしまう場合があるんだってさ。そんなこと考えたこともなかったけど、監督は高校時代からそれを実践してたって。

高校時代はどんなに凄いキャッチャーだったんだろうって思うよ。きっと相棒のピッチャーはものすごく安心だったんじゃないかな。タムリンのサイン通りに投げていれば絶対に大丈夫って思っていたはずだ。

それに、タムリンは俺らを信頼してくれている。

どんなときでも俺らの気持ちを第一に考えて戦術を組み立ててくれる。

よく選手の自主性に任せるって言葉があるけど、それって監督にしてみたら大変なことで、実はそんな風に監督をやっている人なんてほとんどいないはずなんだ。

だって、選手に言うこと聞かせて自分の思うようにやった方がはるかにラクで、自分で責任も取れるんだからその方がいいに決まってる。

負けたら、自分のせい。自分が責任を取る。

監督の姿勢はそれが基本。

でも、それは潔く聞こえるけど、実はけっこう自分勝手なスタイルだって俺は思っててキライなんだ。

野球はチームプレイなんだ。どんなときでもそれは変わらない。揺るがない芯《しん》みたいなもんだ。

責任はチーム全員で背負うもの。負けたときの悔しさも勝ったときの喜びも全員で分かち合う。だから、戦術を組み立てる人間は、監督は、チーム全員の気持ちを酌み取っていきながらなおかつ自分のセンスやカンを信じる。そして選手は自分たちのことを常に考えてくれる監督のセンスを信じる。それではじめて、チームがチームとして機能する。

タムリンは言ったんだ。

「僕もこのチームの一人です。それ以上でも以下でもありません」

その言葉に皆がしびれたんだ。監督は命令なんかしない。俺たちと一緒になって戦ってくれる。

そして、タムリンの野球センスはスゴい。

プロになれなかったのは、あるいは行かなかったのはどうしてなのか、そのうちに訊いてみたいって思ってるんだけど。

ベンチから出てグラウンドを見回していたタムリンが俺の方を見た。

「シンジ」

「はい！」

それから俺の後ろに座ってたコーイチとケンイチも見た。

「今日は、最初はあれを封印しましょう」

え？　ベンチにいた全員が首を傾《かし》げた。

「どうしてですか？」

初戦で、しかも強豪館上高校。タムリンは地顔の微笑み顔を崩さないで言った。

「大丈夫。今日はなんとかなると思いますよ。ギリギリまで、あれを使わないで戦いましょう。いざというときには、解禁しますから」

今までだってなんとかなったでしょう？　って笑った。まぁそれはそうなんだけど。春季大会でもまったく使わないで勝ったこともたくさんあるし。後ろのケンイチとコーイチと顔を見合わせた。

「まぁ、な」

ケンイチが頷いた。

「やらないで戦った方がオレは疲労度は少ないし、他の学校に変に思われる確率は減るけどさ」

「僕はどっちでもいいけど」

コーイチも言った。実際どっちでもピッチャーのコーイチのやることはあんまり変わらないからな。

タムリンがそう言うからには何か勝算があるんだ。あれを使わないでも勝てるって思った何かが。

「わかりました」

ベンチを見回したら、全員が大きく頷いた。タムリンも、よし、って感じで微笑んだ。

「大丈夫。君たちは強くなってるから」

あの日からの練習は無駄じゃないって。

監督が最初にうちの高校にやってきた日。


攻撃は最大の防御。

俺たちのことを、俺たちがどんな野球をしているか、してきたかを理解した田村監督はそう言った。すぐに理解してくれたことにもちょっと驚いたんだけどさ。

「君たちが守備に関しては大いなる自信を持っていることは、びっくりしたけど、理解しました。守備は野球における基本です。点を取られなけりゃ負けることはありません。その点、君たちの野球には大いなるアドバンテージがありますね」

でも、って微笑み顔で続けたんだ。

「点を取らなきゃ、勝てもしない。だから、守備に自信を持つ君たちが次にやるべきことは、攻撃の形を作ることです。それが最大の防御になる」

俺もそう思っていた。このチームの弱点は攻撃。一点は取れても、次の二点目三点目を続けて取れる力がない。

つまり、ビッグイニングを作れない。いくらコーイチとケンイチの最強のセンターラインがあっても、ランナーを溜《た》められてホームランを打たれたらどうしようもない。三点差四点差になったときにそれを跳ね返す力がまだないんだ。

「そこで、今日君たちを見ていて、これからこの神別高校野球部が目指すべき攻撃の形を思いついたんだけど、聞いてくれますか？」

いやもちろん聞くけど。キャプテンのタックさんが答えた。

「お願いします！」

うん、ってニコニコしながら頷く監督。なんかやっぱり少し変わった人だな。

「機動力野球って言葉があるね。知ってるかな？」

監督が何故《なぜ》か俺に訊いた。

「知ってます。足の速さを生かす野球です」

「そうです。じゃ、スモールベースボールは？」

今度はケンイチに訊いた。

「機動力と小技を生かす野球です。ホームランバッターや強打者がいないチームが盗塁や犠打《バント》なんかで掻《か》き回して得点を重ねていくんだ。いや、です」

ケンイチの欠点は態度がデカいってことなんだけど、さすがに初日の監督には気を遣ったか。

「その通りだね。でもこのチームにはホームランを狙《ねら》えるバッターが二人いますね」

もう見抜いてるのか。びっくりした。

「キャッチャーの村上信司くんと、ピッチャーの青山康一くん」

「いやでも監督」

監督は俺の方に右手のひらを向けた。

「わかってますよ。えーと、弟の方の康一くんはエースピッチャー。完投してもらわなきゃならない。でも一年生でまだ体力がない。そのために打つ方は控えさせるって言うんでしょう？」

「なんでわかったんですか？」

なめるんじゃないですよって感じで笑った。

「それぐらいわからないで、監督はできませんよ」

でもまぁ確かにそれはそうだって頷いた。

「康一くんに、完投と打撃の両方をしてもらうための体力をつけさせるトレーニングは集中して行いましょう。練習方法は私が考えて教えます。それはつまりピッチャーとしての体力も養うことになるから一石二鳥ですね」

その通りだ。

「そして」

監督はにやっと笑った。

「僕たちが目指す攻撃の形は、フラッシュベースボールにしましょう」

フラッシュ？　え？　なに？　って言葉が皆の間を飛び交った。

「聞いたことないですよね」

「ないでーす」

全員で答えた。

「だって僕が考えたものだから」

ごめんね、って笑った。なんだよ。監督けっこうお茶目なんだな。でもフラッシュってなんだ。

「要するに、フラッシュのように、閃光《せんこう》のように瞬間的に爆発的に速いベースボールです。いちばんわかりやすいのは、先頭バッターにはそのチームでいちばん出塁率が高いバッターを当てます。まぁそれは基本ですけど、このチームでは誰ですか？」

めぐみが手を挙げた。ノートを開いて答えた。

「ファーストの、三年生下山達人さん、通称タツさんです」

「なんでフルネームからそんな情報まで」

タツさんが笑った。

「だって、監督さんがまだ覚えていないかもって思って」

監督も笑った。

「じゃあ、一番はタツですね。そして二番は、シンジです」

「俺ですか？」

皆が眼を丸くした。

そう訊かれて、そうですって答えるのはちょっと恥ずかしいけど、そう。

「だって、君はホームランバッターでしょう？」

「だったら、それで二点取れるでしょう？　タツが出塁して、シンジがホームランで帰すんです。ホームランできなくても長打になる、長打にならなくてもヒットを打つ、打てば常にエンドランをして塁を稼ぐ。つまり」

二人で最低一点、最高で二点を取る野球です。

監督はそう言った。

二人で一点か二点？

「三番は、当然出塁率が二番目の人間」

「それは、セカンドの二年生神田由雄さん、通称ヨッシーです」

「じゃあ、ヨッシーが三番ですね。仮にシンジが三振してもヨッシーが出ればランナーが二人になります。そうして四番は長打が期待できる青山兄のケンイチですね。もっと磨けばホームランも期待できるでしょう。つまり、こうやって組んでいくと」

最初のこの四人で。

監督はそう言って指を四本広げた。

「最高に上手《うま》く行って、初回に四点が取れる計算になります。まさにフラッシュ。電光石火の攻撃です」

すげぇ、ってケンイチが笑った。

「ホームランバッターを二番に持ってくるなんて、とんでもないじゃん」

「確かにとんでもないですね」

監督が頷いた。

「でも、その姿勢が大事だと思うんです。つまり、二人で一点取るぞと思う超攻撃的な姿勢。それを常に持ち続けることができれば、それは相手チームへのものすごい見えないプレッシャーになるんですよ。たとえば一番がポテンヒットで一塁へ出たとしましょう。次の打者で一点を取るためにはランナーは盗塁を狙わなきゃならない。あるいは打者との間でヒットエンドランを仕掛けて一気にホームに突っ込まなきゃいけない。その攻撃的姿勢が相手にプレッシャーを与える。それが次々に襲いかかってくるんですよ？　ピッチャーは嫌でしょう？　さらにこのフラッシュベースボールのいいところは」

くるりと指を回した。

「二人が失敗しても次の二人が頑張ればいい、そしてまた次の二人、と気持ちのサイクルがものすごく速いっていうことです。一番か二番が出塁して犠牲バントで送って三番か四番がヒットを打って、という四人も使って一点を取るという考え方より切り替えが速くできる。ノーアウト満塁から連続三人アウトになって一点も入らない、なんていう失敗よりもはるかに精神的なダメージが少ないってことに繋《つな》がるんですよ」

スゴい。確かにそうだ。

「野球はスリーストライクでアウトです。そしてスリーアウトで攻撃が終わってしまいます。そういうルールになっているのでどうしても〈三〉という数字で頭がガチガチに固まってしまいがちです。一番が塁に出たら二番が犠牲バントで送って三番でホームに帰すというセオリーはそれを端的に表してますよね。セオリーは必要です。でも、それに囚《とら》われていては、ダメージまでもがパターン化してしまうんです」

仮に三者凡退しても、また次の二人で一点狙うぞって思えれば気持ちの切り替えは今までよりはるかに速くて、ダメージもめちゃくちゃ少ない。

そんな発想があったなんて。監督は昔からそんな野球をやっていたのか？

「あたりまえだけど、他のチームにはこの話をしないでくださいね？」

「ウッス！」

「そして、どうでしょう。僕のこの目指す野球に同意してくれますか？　皆が納得してくれなきゃ、どんな作戦だって失敗してしまいます」

話し合ってもいいよって監督は言ったけど、俺たちは皆で顔を見合わせた。

そして、頷き合った。それだけでわかる。わかりあえる。

キャプテンのタックさんが一歩前に出た。帽子を取って頭を下げた。

「よろしくお願いします！」

「ッ願いしぁーす‼」

全員で同じように帽子を取って、頭を下げる。

お願いします。

監督が来てくれて良かったです。

どうか、どうか、俺たちが甲子園に行く手助けをしてください。

心の中で、そう言った。

監督は笑って、それからマネジのめぐみを見た。

「中本《なかもと》めぐみさんでしたね」

「そうです」

少し、真面目《まじめ》な顔になった。

「そのノートは、マネージャーの記録ノートですか？」

「そうです」

「ちょっと見せてくれますか？」

めぐみは、はい、って素直に差し出した。監督はありがとうって受け取って、ものすごい大事なものを扱うみたいにしてページをゆっくりめくっていった。

何を見たいんだろうって思いながら、俺たちは待っていたんだ。

監督の顔はどんどん真剣になっていった。ずーっと笑顔が基本だったのに、眉間《みけん》に皺《しわ》が寄っていった。

「めぐみさん」

監督が顔を上げて呼んだ。

「はい」

「君は、一年生ですよね」

「そうです」

「どうして、こんなに凄い記録をつけられたんですか？　今の三年生が一年生だった頃からの記録があるみたいですけど、代々マネージャーに受け継がれてきたノートなのかな？」

めぐみが、いいえ、って首を横に振った。

「それは私のノートです」

「じゃあ、中学のときからここの高校の野球部の記録もつけていたってことになっちゃいますけど、そうなんですか？」

そういうことになる。それは、あたりまえだけど皆が知ってる。

「そうなんです」

監督は、元の笑顔に戻った。

「どうしてなんでしょう。いや、これは単なる疑問なんです」

言葉を切って、俺を見た。

「それはたとえば、一年生の君たちが、二年生の神田由雄くんを〈ヨッシー〉なんてあだ名で普通に呼んでることに繋がることなんですか？　通常は考えられないですよね？　後輩が先輩をあだ名で呼ぶなんて」

それはつまり、って続けた。

「君たちには、同じ野球部の仲間という繋がり以外に、何か深い繋がりがあるっていうことなんでしょうか？」

確信した。

田村監督は、スゴい。

俺たちはこの人についていける。

Top of the 3rd Inning

　館上高校の三番打者の二打席目。いかにもパワーヒッターって感じの体つきをしているし、またまた一球目からフルスイング。あれは、ピッチャーにとっては本当に怖い。うまく躱《かわ》していけばはっきり言って安パイの打者だけど、躱せなかったら一撃必殺。

　双子の弟のピッチャー、青山康一くんは確かに身体《からだ》が力強くなったように感じるし、球速も上がっているみたいだ。でも、やっぱりきれいなフォームにクセのない球。捉《とら》えられないはずがない。

　打者は三球目に快音を響かせた。

「行った！」

　達也おじさんが思わず声を上げたほどのセンターへの打球だったけど、センターの双子の兄、健一くんがフェンスギリギリでジャンピングキャッチした。走り込んでいくスピードと角度、そしてジャンプのタイミング。何より、フェンスに激突するのを恐れない勇気とさらに激突することをも計算した身のこなし。球場のファンは一瞬大怪我《おおけが》の予感に息を呑《の》んだけど、本人はケロッとしている。

これは、とんでもないファインプレー。

「確かにあのセンターは良い選手ですね」

山路さんが言った。

「打球への反応が良いし、足ものすごく速い。あの打球は並の高校生じゃ、いやプロだってなかなか取れませんよ」

「そうですよね」

でも、違った。

私が見たかったあの守備じゃない。

あのマジックのような守備はこういうのじゃない。本来の彼らの守備はああいう大飛球をも、まるで定位置のフライのように処理してしまうんだから。

山路さんには、なんとなく話の流れで、この神別高校の外野陣がどんなに凄《すご》い守備をするか教えてしまった。高校球児だったという山路さんは「外野ゴロでほとんどアウトにするんです」って言っただけで理解して驚いていた。

その守備の柱になっているのは双子の兄、青山健一なのではないか。彼が何らかの方法で打球の飛ぶ方向を察知しているのではないか。

山路さんも興味津々の様子だった。それが本当ならものすごいことだって。

でも、試合はもう五回の裏。ここまでその守備は出ていない。青山健一くんは確かに高校生離れした凄い外野手としてその能力を遺憾なく発揮しているけど、ただそれだけだ。

変な表現だけど、〈ごく普通の凄い守備〉だ。

「たまたま、偶然かなんかだったんでしょうかね」

苦笑いする山路さんに合わせて軽く頷《うなず》いた。彼らを初めて見る何も知らない山路さんにムキになって反論してもしょうがないから。

だけど、そんなことはないんだ。この眼《め》で観《み》ているしビデオでも確認している。でも、今日は全然その守備をしない。

おじさんも首を捻《ひね》っていたけど、言った。

「しかし、目立たないけど確かにこの高校は強いよ」

「そうですね」

山路さんも頷いた。

「キャッチャーがいいですよね。たぶん、ピッチャーの好投の半分以上は彼のリードによるものですよ」

「そうそう。もちろんそのリードに応《こた》えるピッチャーのコントロールの良さによるものもあるけどね」

そうなんだ。見る人が見ればわかる。キャッチャーの村上信司くんはリードも巧《うま》いし、肩が強い。盗塁を阻止するのはもちろんだけど、足が速い一塁ランナーへの牽制球《けんせいきゅう》がまず凄い。タイミングの取り方が巧いんだ。

「極端な肩の強さじゃないけど、タイミングと送球動作、特にスローイングか。スローで見てみないとはっきりは言えないけどかなり肩の関節が柔らかいんじゃないかな」

「そんな感じですね。予想もしない角度でボールを投げることができる」

「ピッチャーをやっても良かったかもしれませんね」

三人であれこれ話が盛り上がってしまう。そう、盛り上がってしまう何かをこのチームの選手たちは持っているんだ。

スコアは二対〇。初回に神別高校がツーランホームランで取った二点のみ。そこから試合は動かない。守備の良い神別高校は康一くんの打たせて取るピッチングを最大限バックアップして、隙《すき》のない守りを展開している。ヒットこそ打たれているけど、その後にきっちりダブルプレーを取ったり、盗塁を阻止したりして得点を許さない。

館上高校も決して弱いチームではないし、むしろ総体的な実力からいえば神別高校より上かもしれない。上位打線は皆かなりの好打者だし、足が速い選手も多い。ピッチャーの力もそう。実際初回の緊張感漂う中で二番のキャッチャー村上くんにホームランこそ打たれたけれど、それ以降は伸びのあるストレートと極端な変化をするカーブで抑え込み、ほとんどピンチらしいピンチになったことがない。

でも、打線は神別高校にしっかり抑えられている。

キャッチャーの村上くん、ピッチャーの康一くん、センターの健一くん。まさにセンターラインだ。

この太い柱が、神別高校の野球を支えている。実際、外野に飛んだフライはほとんど健一くんの守備範囲じゃないかしら。

まだ一年生。このまま成長していけば、プロは間違いなく、ひょっとしたら日本を代表する外野手に成長するかもしれない。

「うん？」

あれ？　って思った。

「どうした」

おじさんが言った。

「あ、また」

五番打者がセカンドフライに打ち取られた。捕球した位置はほとんどセカンドベースの真後ろ。

「なんだ」

「打球の飛ぶ方向、センター方向が極端に多くありませんか？」

「そうか？」

スコアをつけているわけじゃないからはっきりしないけれど。

「ショートゴロもセカンドゴロも、ほとんどセカンドベース寄りに飛んでいますよね。そもそもファーストゴロとかサードゴロがない」

そういえばそうだなっておじさんが頷いた。

「それは、あれじゃないですかね」

　山路さんだ。

「ピッチャーの、青山康一くん。彼のボールが素直だからですよ」

「素直だから？」

　うん、と、山路さんは頷いた。

「高校生は、まぁ中学生もそうですけど、バッティングは基本を叩《たた》き込まれるんですよ。変則打法やクセのある打ち方は歓迎されない。まぁ余程力のある超高校級の選手は別ですけど」

「なるほど」

「バッティングの基本はセンター返しです。ピッチャーの投げる球に、一、二の三、で打ち返す。それを徹底的に叩き込まれます。そしてあのピッチャーの康一くんは」

「そうか」

　おじさんがポン、と手を打った。

「フォームも球筋も実に素直。いちばんタイミングの取りやすい典型的なピッチャーだから」

「そうなんでしょうね」

　山路さんが投げる真似《まね》をした。

「まるでバッティングピッチャーですよ。タイミングがズレない。ちょうどいいレベルスイングでバットを振れば当たる。そんな風に思わせるピッチャーですね」

「だから皆が自然とセンター方向に打ってしまう」

「そんな感じじゃないですかね」

うーん、とおじさんが唸《うな》った。

「それなのになかなかヒットが続かないっていうのはあれかな。キャッチャーがリードで巧くはぐらかしているって感じかな」

「でしょうね。あるいは」

「あるいは？」

訊《き》いたら、山路さんは少し微笑《ほほえ》んだ。

「康一くんは、同じフォームでも違う球速、しかも微妙に違う球速を投げわけられるのかも」

「あぁ」

達也おじさんと二人で頷いてしまった。それはとても難しい投球術なんだけど、感覚的に易々《やすやす》とこなしてしまう選手がごく稀《まれ》にだがいるのだ。

「見た感じでは、彼はそのタイプかもしれませんね」

山路さんは続けた。

「まったくフォームに変わりはなく、球をリリースするタイミングも変わらないのに、球速だけがスピードガンの数値にはあまり表れない範囲で微妙に変わる。これをやられるとバッターはキツいですよ。芯《しん》で捉えたと思ったのに凡打になってしまう。しかも何故《なぜ》凡打になったのかがわからない。自分がタイミングの取り方を間違えたのかと思ってしまう」

「負のサイクルに陥っちゃうんだな」

「そういうことです」

それに加えて、と、続けた。

「カーブもシュートも小気味良いぐらいに正確にクイッと曲がる。毎回同じ感覚で曲げられるとその残像はいつまでも残ってしまうんですよ。リセットされない。リセットされないから他のボールに騙《だま》されて、空振りをしてしまう」

決して力投型ではないのに、取るときにはたやすく三球で三振を取っている康一くん。

「そういうことなんですね」

「そう。決して球種を絞らせていない。キャッチャーの村上くんの好リードですよね。ひょっとしたら神別高校には優秀なスコアラーがいて、相手チームの特徴を全部知った上で丸裸にしているのかもしれませんね」

それぐらい村上くんのリードには迷いがないって。スコアラーか。確か女子マネがやっていたっけ。今度取材してもいいのかもしれない。

試合は、八回に双子の兄、健一くんのタイムリースリーベースヒットで一点を追加した神別高校が、三対〇で強豪館上高校を下した。二回戦進出。

「これで神別高校がまた注目されますね」

「そうだな」

おじさんが頷いた。

「うちも今度こそきちんと取材しておいた方がいい。このチームには何かを感じる」

もとよりそのつもりですとも。あの守備がまったく見られなかったのは残念だったけど、それがなくてもこのチームの実力は本物。打力こそ、どうやら村上くんと健一くん、二人の長距離バッターに頼り切りの感じだけど、守備は完璧《かんぺき》だった。

「総合力としては館上高校の方が少し上だったと思うけど、残念だったな」

山路さんも私も頷いた。そうだと思う。特に打力は向こうの方が完全に上だったと思う。それは常にバットが快音を響かせたことが証明している。

でも、負けた。

野球ってそういうものなんだ。実力のあるチームが必ず勝つわけじゃない。そこにはいろんな要素が加わってくるもの。

たとえば、一回裏の攻撃。二番打者がショートの深いところに打った内野ゴロで一塁に出て、三番打者は迷いなく送りバント。ツーアウト二塁。四番打者の打球は快音を響かせてショートの頭上を抜けたと思ったら、タイミング良くジャンプしたショートストップのグラブに収まった。ショートがびっくりしたぐらいの、たぶん手を伸ばしたら入ったという感じの運が味方した結果。

抜けていれば間違いなく一点だった。

あれで、ラッキーという空気が神別高校を包んだ。反対に館上高校にはアンラッキーという意識が刻み込まれてしまった。

それ以降、館上高校の打者の良い当たりはことごとく、野手の正面をついてしまったり、センターの健一くんの素晴らしい守備に阻まれたりしてしまった。

流れを引き寄せることができなかった。

それから私とおじさんは残りの試合を観戦したけど、山路さんはそろそろ仕事があるからと途中で帰っていった。

帰り際、今度は名刺を渡してくれた。携帯の番号も手書きして。

「明後日《あさって》はこちらにいないんですか？」

勝った神別高校は明後日の二回戦に出る。山路さんはちょっとだけ首を傾《かし》げた。

「前橋さんは来られるんですか？」

「来ます」

「じゃあ、何とかして時間を作ります」

そのマジックみたいな守備が本当にあるなら、今度こそ観たいって言って微笑んだ。野球が本当に好きなんだなって思った。

⚾

「デスク」

私は膨れっ面でおじさんの机の前に行った。普段はおじさんでいいけど、社内ではもちろんデスクって呼ぶ。

「なんだ。なに怒ってるんだ」

「これ」

ビデオカメラを差し出した。昨日、球場でおじさんが三脚に据えて試合を撮影していたカメラ。

「録画したビデオを確認しようとしたら、入っていません」

「え？」

「撮り始めこそ入っていましたけど、途中で切れてます。バッテリー切れではないですから、間違ってストップを押しちゃったんじゃないですか？」

本当にか、っておじさんは顰《しか》め面《つら》をして、ビデオを受け取ってモニターで確認した。

「あら」

「まぁ、試合の内容は頭に入っているし、神別高校のあの守備も全然なかったからいいんですけど」

「すまん。いやしかし変だなぁ」

変だなぁって二回首を傾げたけど、どうしようもない。おじさんに任せた私も悪かった。といっても、達也おじさんはそんなヘマをするような人ではないと思うんだけど。

「前橋」

「はい」

首を傾げていたおじさんの表情が、おじさんからデスクになった。私も思わず背筋を伸ばしてしまった。おじさんの眉間《みけん》にほんの少し皺《しわ》が寄った。口を開けたから何を言うのかと身構えていたんだけど、おじさんは何かを躊躇《ためら》うように、そのまま少しの間、固まっていた。

「どうかしましたか？」

うん、と頷いた。それからまた首を捻った。

「あれだ、神別高校の監督、なんていったっけ」

「田村敏幸さんです」

「そうそう、彼のこと、少し調べておいた方がいいな。神別高校の今大会の活躍ぶりは彼の手腕によるものかもしれないから」

「はい」

もちろんそのつもりだったし、おじさんもそう言っていたのに、何を今さら確認するように。

「変なの」

高校の取材は気を遣わなきゃいけない。もちろんどんな取材だって気を遣うのはあたりまえだけど、未成年相手だから余計に。

新聞社の取材というのは、私たちは毎日の仕事だからそんな意識はもうなくなっているんだけど、普通の暮らしを営む人たちにとっては特別なことなのだ。何か事件でもない限り、取材を受けるなんてことはない。

スポーツの世界に飛び込んで実力を発揮すると、その特別な取材というものは段々と普通のことになっていく。学生だろうとなんだろうとたくさんの人に囲まれてあれこれ質問される。

その感覚は、ある意味異常なことなのだ。

好奇の視線、羨望《せんぼう》の眼差《まなざ》し、期待される重圧、それらの全《すべ》てがその人に注がれていく。

それによって、周りの人間の態度も変わっていく。

何もかもが、日常の暮らしとは違っていってしまう。

それは、その選手の、意識を変える。良い方に変われば、プレッシャーを撥《は》ねのけさらに強い精神力を手に入れて、アスリートとして成長できるのだけど。

そうならない場合だってある。

節度ある学校や関係者が取材に気を配り、拒否なんかをするのもそれを危惧《きぐ》するからだ。

時々、思う。

私たちメディアは、マスコミは、何のために取材をしているんだろうって。

これはぜひ皆に知ってもらいたい、このことを広く知らしめたい。私はスポーツ担当だから、その選手のことを皆に知ってほしいと思う。それは、応援する気持ちだ。応援してほしい、この選手はこんなに凄いんだ、頑張っているんだ。

でも、それは本当に必要なことなんだろうかって。

その選手のことを知らなくたって、野球を楽しむことはできる。プロならともかく、高校生を取材して記事にすることは、彼らの人生の中で突拍子もないことなのだ。

そんな、大きな出来事を私たちの勝手で、ただの高校生たちに与えて、ううん、ぶつけてしまっていいものだろうかって。

私たちの書く記事で、彼らは傷つくのではないか。あるいは、誰かが心を痛めるのではないか。取材されなかった者たちの気持ちはどうなるのだろう。

そんな思いに囚《とら》われると、手が止まる、足が止まる、心が固まる。仕事にならない。

だから、封印しちゃうんだ。そういう気持ちを。

好奇の眼ではなく、真摯《しんし》な気持ち。

あなたたちは素晴らしいものを持っていると思います。それを、私たちは言葉にしたい。

どうかお願いします。

それだけ。ただその気持ちだけを伝えるように、取材する。

神別高校野球部の皆は、一日置いての二回戦に備えるために今日も練習するだろう。まだ二回戦の段階だから大げさなことは言わない。勝ち進んだチームの簡単な取材をしている。学校や野球部の歴史、そうして今回のチームの特徴などを、顧問の先生や監督さんにお聞きしたい旨を電話で告げると、快く承諾してくれた。

電話に出た顧問だという岩谷先生は、生徒への取材はまだ勘弁してくださいと言った。

うん、大丈夫みたいだ。この時点で生徒への取材もいいですよっていう学校は、本当に何も考えていない良く言えば無欲天然、悪く言えば適当な学校か、過剰な期待をしているかのどちらか。

神別高校野球部はしっかりと考えられた運営をしているみたいだ。

「すみません、応接室でもなくて」

「いいえ」

通されたのは二階の教室。しかも理科室。どうしてって思ったけど中に入って窓際まで行って気づいた。

野球部のグラウンドが隅から隅まで全て見渡せた。

「ちょうど良い場所でしょう？」

笑顔で、顧問で責任教師の岩谷先生が言った。

「本当に。ここから写真とかは？」

「資料用の遠景なら構いませんよ。窓を開けましょう」

鍵《かぎ》を外して、窓を開ける。途端にはっきりと聞こえてくる打球の音、生徒たちの掛け声、走る音。

野球の音。

カメラを構えて、何枚か撮った。きちんと言われた通り遠景だけ。

「うちの学校の資料とかはこれです」

机の上に置かれたパンフレットと、Ａ４の紙。

「野球部の沿革も、といってもなきに等しいものなんですけど書いてあります。今回の大会のメンバー表もあります」

「すみません、ありがとうございます」

椅子《いす》を引いて、どうぞって勧めてくれたので頷いて座った。野球部の沿革が書かれた紙には、今年から監督になった田村敏幸さんのプロフィールも書いてある。年齢や出身高校に、社会人野球での成績など、調べれば簡単にわかるようなことだけ。そうして、もちろんこの程度のものは既に入手してる。

「田村監督が」

「はいはい」

「こちらの監督を引き受けた経緯というのはどういうものなのでしょう。昨年までは、監督がいなかったのですよね」

そうですねって、岩谷先生は頷いた。

「今年は有望な一年生部員がたくさん入部してようやく部活動も本格化しましてね。もうそれはわかっていたことなので監督もいた方がいいだろうと」

「先生のお知り合いとかですか？」

いえいえ、と笑って手を振る。

「幸い、学校関係者がお知り合いでしてね。その方が以前から田村監督の人柄などに惚《ほ》れ込んでいたのでお願いしましたら、ご快諾いただいたということで」

「そうですか」

さらに深く訊きたいところだけど、学校関係者、という便利な言葉を使った。ということは、詳細は話したくないということ。今はまだこの程度にしておいた方がいいわよね。

「田村監督と直接お話はできますでしょうか?」

「そうですねぇ」

背筋を伸ばして、窓の外を覗《のぞ》いた。

「もう少ししたら十五分休憩になると思うんですよ。そのときに、ここに来てもらいましょうか」

「お願いできましたら」

廊下に軽やかな足音が響いて、ドアのところに女子生徒が顔を覗かせた。柿渋《かきしぶ》色のジャージ姿。

「失礼します!」

「おっ、サンキュ」

先生が私を見る。

「野球部マネージャーの中本めぐみさんです。チームのことなら私より詳しいのでね。来てもらいました。部員への取材をお断りした代わりに」

「よろしくお願いします！」

めぐみちゃん。ぴょこんとお辞儀して、私を見た。黒髪のショートカットが小気味よく揺れる。つぶらな瞳《ひとみ》に、引き締まった口元。元気そうな、そして賢そうな女の子。

「中本さんは、何年生ですか」

「一年生です」

一年生なんだ。青山兄弟も村上くんも一年生。このチームはどこまでも一年生中心なんだろうか。そうか、監督も新一年生が入ってくると同時に依頼した。ということは、やはり彼らを中心にチーム作りすることを以前から、彼らが中学の頃から考えていたっていう証拠か。

「このチームの特徴って、一言で言うと何かしら」

「チームワークです。みんな、先輩も後輩もとても仲良しなんです」

少人数のチームにはありがちなパターンだけど、でも大事なこと。めぐみちゃんはにっこり笑って間髪入れずに答えてくれた。

でも、なんだろう。

それは、長年記者をやってると養われる勘みたいなもの。取材対象と面と向かったときに感じるもの。

この子は、答えを用意している。

そう感じたんだ。それはたとえばインタビュー慣れしているプロの選手にありがちな余裕じゃなくて、はっきりとした意志。

自分の中で用意した答え以外は何も話さないというような思い。

それは逆に言うと、何かを隠しているということ。

何だろう。この子は取材に来た人間に対して、何を構えているんだろう。何を隠しているんだろう。

Bottom of the 3rd Inning

今日の二回戦の相手、蓑畑《みのはた》高校はたぶん大丈夫。

余裕かますわけじゃないけどさ、これは皆の共通認識。もちろんやってみなきゃわかんないのが野球だけどさ。

この高校にはエースがいないんだ。その代わりに投手が三人。そして守っている野手の中にも投手をやるのが二人いるんだ。

徹底した継投野球。

まぁ悪く言えば、絶対的なエースがいないからごまかしながらやってきたんだよ。それでなんとか勝ってきているんだ。三人のピッチャーはそれぞれタイプがまるで違うからね。

先発は上から投げ下ろすオーバースローで、速球で押すタイプ。速球っていってもせいぜいが一二五キロ。全然余裕だよ。一度捉《つか》まえたら、連打できる。そして次は地を這《は》うようなアンダースローの軟投タイプ。確かにアンダースローは慣れないと打ち難《にく》いってのはあるけど、実は疲れてきてボールが浮いてきたらめっちゃ打ちごろの球になるのがアンダースローなんだよね。そこを突けばいいんだ。まぁ向こうの作戦としては二人目が疲れる前に三人目のやたら球種の多い奴に代えるんだけどさ。こいつは本当にいろんな変化球を投げる。ダルビッシュかっていうぐらい多い。あれぐらい凄かったらお手上げだけど、その代わりにコントロールが悪い。下手したら四球の連続で自滅ってタイプ。

大丈夫。三人とも何かしらの欠点を抱えているんだ。必ずどっかで攻略できる。

相手チームの情報はほとんど入っている。練習試合のビデオだって観ている。珍しいと思うぜ。この広い北海道で支部予選から相手のビデオまで揃《そろ》えてやってるっていうのは。

タムリンだってびっくりしていたからな。

全部、めぐみのおかげ。

中学生の頃から、俺たちを甲子園に連れていくために、一緒に甲子園に行くためにやってきたこと。

電車で行ける高校には休みの日にあちこち出掛けて行って、ビデオを回してきた。ネットや友達のつてをたどって北海道中の学校に知り合いをどんどん作って、遠過ぎて行けない高校にもメル友とかを作ってデータを取るのに協力してもらっていたんだ。その気になれば動画だって今は簡単にネットで送れるんだからね。

もちろん一人じゃできないから、中学校の教頭の欽ちゃんも協力してくれたんだけどさ。遠出するときの車の運転とか、どうしてもお小遣いが足りなくなってしまったときとか。

大人じゃないとできない部分もあるからな。

めぐみはスゴい。

あいつが知らない高校なんて、道内にはほとんどない。全部データになってる。俺たちは試合で勝つために毎日毎日厳しい練習をしてきたけど、あいつは毎日毎日俺たちを勝たせるためにデータを集めていたんだ。それを俺たちに伝えるためにきちんと資料にして整理して、〈勝つための〉情報にしてくれるのも、全部めぐみだ。

マジ、感謝してる。俺たちが試合に勝てるのはもちろん俺たちのやる気と練習と監督の指導のたまものだけどさ。

めぐみのデータも、根っこのひとつなんだ。どんなピンチになってもあいつのデータが頼りになった。それは俺やケンイチやコーイチの頭の中に全部入ってる。

何もかも。

まったく勉強もこれぐらい頭に入ったら俺らあっという間に東大に受かるぜってぐらい、完璧に入っている。

まぁ、あんまりにもデータ収集に打ち込み過ぎてるってのは、あるんだけどな。それはちょっと心配なんだ。皆ともよく部室で話すんだけどさ。

そう、昨日もその話になったよな。

⚾

二回戦の相手に決まった蓑畑高校のデータを、部室で皆で覚えていたんだ。タムリンとはもう打ち合わせをした。めぐみと一緒に翌日の買い出しに出掛けてる。

蓑畑高校のナインの名前、バッティングの特徴、一回戦のときのスコア、守備の穴、控え選手の特徴、とにかく現時点で調べられるほとんどのことをめぐみは調べて徹夜してこうやって資料にしてる。そして俺たちの汚れたユニの洗濯とかもやろうとするんだけど、ゼッタイ一人じゃムリだからその辺は俺たちも手伝ってる。

たった一人しかいないマネジに倒れられたら、困る。

「少し休めって言った方がいいんじゃないのか」

キャプテンのタックさんが言う。

「こんなに緻密《ちみつ》なデータ集めなくてもさ、だいたいでいいんだよ。そういうこと言ってやんなくちゃあの子本当にマジメなんだから」

タックさんは心配性だ。そして、チームの中でいちばん優しい。誰に対しても笑顔で優しく接してくれる。意見の分かれるところは一歩引いてクールヘッドで考えてくれる。だから、満場一致でキャプテンになった。それは小学校の頃からずっとそうなんだ。

「誰が言うんだよ」

同じ三年生のセイヤがシャツを脱ぎながら言った。

「めぐみは、昔っから言い出したらきかないんだから。初志貫徹ってやつ」

「そうそう」

シローも頷いた。

「年下のくせにさ、オレらにも向かってくるぐらい気が強いしさ。あれ、何歳のときだっけケンイチ」

「あれって？」

「オレがめぐみの大事にしてた人形をベッドの下に隠したことがバレたとき」

あぁ、って、知ってる皆が笑った。

「めぐみ、二段ベッドの上からセイヤにドロップキックしたんだよな。幼稚園のときじゃなかったっけ」

「小学校の一年生だよ」

コーイチが言った。皆がうんうんって頷いた。一緒じゃなかったタックさんたちも、俺らがいろいろ話しているから、あの頃のことは大体知ってる。

俺たちが、どんな暮らし方をしてきたか。

どんなことを考えながら、皆で、あの家で暮らしていたか。

「それがわかってるから」

タックさんが溜息《ためいき》をついた。

「余計に、なんか」

俺たちを見て、苦笑いした。

「お前たちに俺が言うのは何だけど、辛《つら》いんだよな。めぐみが頑張り過ぎるのを見るのはさ」

ケンイチが、唇を引き締めた。コーイチは小さく頷いた。タツさんもセイヤもヨッシーもモモもシローもゲンキも、ちょっとずつ頷いたり、顰《しか》め面をしたり、ちょっと下を向いたりする。

その話は、めぐみの前ではゼッタイにしないように約束している。二度と口にしないことも。

タックさんがこうやってわざわざ口にしたのは、わかってる。考えなしにしゃべる人じゃないんだ。普段、皆が胸ん中にしまっているからたまにこうやって、なんつーか虫干しみたいにして出してやんなきゃダメだって感じているんだ。

あの家で一緒にいなかったタックさんだからわかる感覚なんじゃないかな。

俺たちがバラバラになってしまった理由。ゼッタイに命を懸けたって甲子園に出るんだって決めたその理由。

原因を作ったのが、めぐみのオヤジだってことを。

俺たちはそんな風には思っていないけど、めぐみはそう思ってる。まぁ実際、現実問題として確かにそれが原因だったんだけど。

「まぁ、何度も確認してるけどさ」

セイヤだ。

「俺たちは、めぐみを甲子園に連れていってやるんだ。それだけが、あいつの、あいつが自分にかけた呪《のろ》いを解く方法なんだ」

うん。そうなんだ。

もちろん、俺たちは野球が好きだからやってる。野球だけやって毎日過ごしていられるんだったらそれだけでいいぐらい野球が好きだ。それは、全員そうだ。だから、甲子園が目標だっていうのはあたりまえ。全国の高校球児がそれを目標にしている。

でも、俺たちにとって、甲子園はただの目標じゃない。

生きる糧だ。

自分だけじゃない。自分たちだけじゃない。ここにいる皆だけじゃない。

あちこちに散らばってしまった仲間のために。あいつらに生きる希望を与えるために。

約束を果たすために。

そして、刑務所にいるハジメ先生に、伝えるために。

ゼッタイに、負けない。

甲子園に辿《たど》り着くまで。

そこで優勝するまで。

⚾

「シンジ」

「おう」

めぐみがスコアブックを持って隣りに来た。蓑畑高校の練習中。

「バックネット裏に来てるの。そっち見ないでね」

「誰が」

「昨日、学校まで取材に来た、女の記者さん」

あぁ、言ってたな。新聞社の記者さん。岩谷先生とタムリンとめぐみにだけ話を聞いて帰っていったって。

「あの人は、なんかアブナいんだ」

めぐみが顔を顰めた。

「アブナいってなんだよ」

「私たちにものすっごく興味を持ってる」

「いいことじゃん」

新聞記者さんに興味を持ってもらったら、記事になるかもしれない。記事になったら、仲間の皆が読んでくれる。読んでくれたら俺たちが頑張ってることをわかってくれる。いいことずくめ。

「でもさぁ」

ちょっと口を尖《とが》らせた。

「あんまり早くに注目されちゃうと、バレちゃうよ？」

俺たちの、秘密。

「それはだって、しょうがないだろう。いつまでも隠しておけるもんじゃないし」

「そうなんだけど、できれば注目されない方がいいんでしょう？」

「まぁ」

それはそうなんだ。野球好きなら、関係者なら、相手チームも。俺たちがやってる守備を目の当たりにしたらゼッタイ不思議に思う。あれはいったい何なんだって。取材もガンガン来るかもしれない。質問もされる。

でも、俺らが答えなきゃ、ゼッタイにその答えは出ない。

「めぐみ」

タムリンが寄ってきた。今の話を聞いていたのかもしれない。

「はい！」

ニコッて笑う。めぐみはタムリンはゼッタイモテモテだって言っていた。あの優しい笑顔にキュンと来ない女子はいないって。なんかクヤシいけどそうかもしれない。

「皆も、ちょっと集まって聞いてください」

外で素振りしていた奴も、キャッチボールしていたコーイチたちもベンチに入ってきた。

タムリンは腕組みしながら、あのいつも笑っているような顔で皆を見回した。

「これは、あるところから得た情報だけど、どうやら昨日やってきた新聞記者さんは、皆の守備の秘密を探ろうとしているらしいです」

「マジっスか」

ケンイチが言って、タムリンは頷いた。

「あるところからってどこですか？」

タックさんが訊いた。

「それは、ちょっと内緒です。僕にもいろいろツテはありますからね。そういうところからの情報で、間違いありません。そして、今日もその新聞記者さん、ネット裏でしっかり観ています」

皆でネット裏をちらっと見てしまった。めぐみが、ほらね？　って顔で俺を見た。さすがだ。めぐみマジでスゴい。

「実は一回戦のときも来ていて、それで一回戦はあれを封印したんです」

そうだったんだ。

「それであきらめてくれるかなって思ったんですけど、どうやら無理みたいなので、もうこれからは解禁しましょう」

「いいの？　ガンガン行って」

ケンイチが言った。相変わらず監督にタメ口きくんだからこいつは。タムリンはにっこり笑って頷いた。

「ガンガン行ってください。めぐみ、ぶどう糖は用意してありますね？」

「はい！」

ケンイチのために、あの守備をやるときには必ず用意するもの。ケンイチが言うには、あれはめちゃくちゃ頭を使って、ものすごく頭が疲労するそうなんだ。

タムリンが言っていたけど、ケンイチがあの守備をするときには、チェスや将棋、囲碁と同じようにとにかく脳をフル回転させて最大限の集中力を出しているんでしょうって話だ。そして疲れた脳への栄養補給には、集中力を持続させるためにはぶどう糖がいちばんなんだってさ。

「じゃあ、行きましょう。ただし、今まで通り誰に訊かれても、〈どうしてあそこで守っていたか〉は？」

皆で声を揃えた。

「偶然です」

「よし」

タムリンが笑う。

「大丈夫です。コーイチはバックを信頼して投げる。バックはケンイチを信頼して動く。絶対に点は取られません。取られても攻撃のときには」

「フラッシュ！」

「そうです」

ずっとケンイチの守備しか武器がなかった俺たちの野球に、タムリンのフラッシュベースボールっていう攻撃の武器が加わった。

はっきり言って、俺たち無敵だと思うよ。

油断はしないけどさ。

Top of the 4th Inning

あれだ。

出た。

蓑畑高校の五番打者のセンターへの飛球は健一くんが軽く一、二歩前に走って拝み取りした。そこだけ見たら何でもない普通の守備。おもしろそうな当たりだったけどセンターがいいところに守っていたね、で終わってしまう。

でも違う。

神別高校のセンター青山健一くんは、定位置より五メートルも前、つまり軽く走ればもうセカンドに辿《たど》り着いてしまうってところでキャッチした。そもそもその打球をセカンドもショートも追わなかった。いや、確かに打球に反応してすぐに動き出したけど、センターを見る前にもうその足が止まろうとしていた。

それはセンターがもうそこにいたのがわかったから。

尋常じゃない。あの打球はこの大会に出場している高校生なら、ううん、全《すべ》ての野球選手が、ショートもセカンドもセンターも必死で走り出すけど『やばいギリギリだ』とすぐに判断する打球。

つまり、ポテンヒットになるような打球。

それを青山健一くんは簡単に捕球した。そこに打球が来るのがわかっていたかのように。

「見ましたか?!」

思わず大きく声を出して、隣りの山路さんを見てしまった。山路さんは、私の方を見なかった。何か満足するように頷《うなず》きながら微笑《ほほえ》んでいた。なんか、そう、少し嬉《うれ》しげに、誇らしげに？

「見ました」

「どう考えても凄《すご》いですよね？」

「凄い、です」

そこでようやく私を見た。そして、ぐるりと球場を見渡した。

「どれぐらいの人が気づいたでしょうね。今のプレーに」

「そうですね」

こんな地方大会を観戦しに来ている人は、どう考えても出場選手の関係者かあるいは余程の野球好き。それでも、試合に集中してしまうとどうしてもバッターとピッチャーを注視することになる。野手の動きを見ているっていうのはそれこそ選手たちの家族とか身内とかそれぐらいだと思う。

「気づく人はあまりいないですよね」

「いないでしょうね。本当に野球を知ってる人間以外は」

私はこの試合、北北海道大会旭川支部予選第二回戦神別高校対襄畑高校の試合を、ほとんどセンターの青山健一くんの動きだけに集中して見ていた。今度こそ、あの守備が見られると思ってデジタルカメラも手持ちで構えていた。

残念ながら試合は凡戦といった感じ。一回の表に神別高校がまたしてもホームランで一点を入れたけど、そこから試合はまったく動かなかった。両ピッチャーの調子がいいというより、バッターたちがどうも調子が上がらないような雰囲気。配球を読み違えて凡打になり、良い当たりはしても普通に野手の正面、たまにヒットで出塁しても盗塁でアウト。どうにも全体にしゃきっとしない試合。

だから、私が期待したような神別高校外野陣の素晴らしい守備もまったく見られなかったんだ。たまに飛んだ外野フライはどれもこれも普通の外野の守備範囲。唯一、ライトの遠藤匠くんがライナー性のファウルを見事にキャッチしたけれど、あれは普通の、普通と言っては変だけど、ファインプレー。あらかじめその打球を予測してそこに居た、という守備じゃなかった。

試合は七回まで進んでしまって、そしてようやくこのプレー。

「どう思いました？」

山路さんに訊《き》いてみた。

「私は、明らかに健一くんは打球を予測して動いていると判断しているんですけど」

高校野球経験者の山路さんはどう思うのか。ゆっくりと頷いた。

「後でビデオを観《み》るとわかると思いますけど」

「はい」

「彼は、青山健一くんはピッチャーの康一くんがワインドアップで振りかぶった瞬間にもう動き出す体勢を取っていました。まぁそれは野手としては当然なんですけど」

「そうですね」

野手は、ピッチャーが投球動作を開始したら、どの方向にも動き出せる体勢を取る。それはもうあたりまえのこと。

「でも、健一くんはその段階で前に出る、という意識になっていましたね」

「そんなに早く？」

そこまでは気づかなかった。

「明らかに体重が前に掛かっていました」

そこで山路さんが私を見て、悪戯《いたずら》っぽく笑った。

「前橋さんは、彼らの守備をマジックって言いましたけど」

「ええ」

だって、本当に信じられないんだから。

「どうしてそんな風にできるのか、という可能性を考えると二つですね」

「二つ」

ニヤッと笑った。

「青山健一くんが超能力者だっていう可能性」

二人で笑ってしまった。

「マンガならありですけど、それはないですよね」

「ないでしょうね。だから、あれはデータのたまものだと思いますよ」

「データですか」

山路さんは頷いた。グラウンドでは神別高校の攻撃が始まろうとしている。

「彼らには、あの五番打者が振り回すタイプだというデータが入っていたんでしょう。そして好きなコースもわかっていた。おそらく相当綿密なデータを集めていたんじゃないかって思います」

誰が集めたのか。あの子の顔が浮かんできた。可愛《かわい》らしい一年生マネージャーの中本めぐみちゃん。

「振り回すってことはバットスピードが速いってことです。大好きなコースに投げれば相当力を込めて振ってきます。そこで微妙にそのコースを高めにずらして投げてやれば、自然と上がり過ぎの打球になるんです。つまり」

「外野にフライが飛ぶんですね」

「そうです。バッテリーには、こいつには単純に外野フライを打たそうという意図があったんでしょうね。もちろんキャッチャーの絶妙なリードとピッチャーの素晴らしいコントロール、そして決して長打にはさせないというタイミングのずらし方などの確信があっての話ですが」

そうなんだろう。とにかくこの試合でも弟のピッチャー青山康一くんのコントロールは素晴らしい。きっと、今回全国を見ても一、二を争うんじゃないかしら。まずこれまで四死球はゼロ。ファウルで粘られることはあっても、全打者にボール球を投げるのはツーボールまで。まだスリーボールになったこともないのだ。

「そしてそういうバッテリーの意図が、相手打者の特徴や作戦が、全ての野手に伝わっているのでしょう。だから、普通よりはるかに打球に対する心構えができている」

「なるほど」

「ただ、そこまでなら並の選手にもできます。センターの青山健一くんは、おそらく双子の弟である康一くんのフォームや雰囲気で、そのバッテリーの意図を確実に読み取っているんでしょうね」

「雰囲気、ですか」

うん、と頷いた。

「内野ならともかく外野からキャッチャーのサインまでは見えません。まぁおそろしく眼《め》がいいのかもしれないですが、とにかく健一くんは、康一くんの投げる球を、バッターのデータとピッチャーの雰囲気とキャッチャーの雰囲気で、打者にどんな打球を打たせるか、を、投げる瞬間に判断して動き出しているんですよ」

それは、とんでもない話だ。

「一歩間違えれば、外野の間を抜かれちゃうってことですよね」

「そうですね。だから」

山路さんが笑った。

「余程、自分の判断に自信があって、ナインもそれを信頼しているんでしょう。今日はまだそういうシーンはないけど、レフトやライトも事前に判断して前に出たり後ろに下がったりしているんですよね？」

「そうなんです」

「センターの健一くんが判断して、両翼の二人にサインか声掛けをしているんでしょうね。それで、シングルヒットになるはずの打球がライトゴロになったりする」

「とんでもないですね」

もしそれが本当なら、彼らの守備は完璧《かんぺき》だ。

「完璧なら絶対に点を取られない守備ですけど実際には点を取られている。今までの神別高校のスコアブックを調べればわかると思いますけど、たぶん、ボテボテの内野ゴロでセーフになって、盗塁されて、ジャンプした内野手の上をギリギリ越えるヒットを打たれて一点、などという取られ方じゃないですかね。あるいは単純なエラー絡みとか」

「つまり、予測はしていてもどうにもならない打球でしか点を取られていない」

そういうことです、って頷いた。

「ひょっとしたら」

「ひょっとしたら？」

私の顔を見た。

「前橋さんは双子の友人はいませんか」

「残念ですけど、いません」

「僕にはいるんですよ」

高校時代の同級生だって続けた。

「奴らはバスケ部だったんですけどね。同じコートで走り回っていると、やっぱり他のメンバーより感じ取れるそうなんです。お互いの感覚を。眼で確認しなくても〈こっちにパス出せばあいつがいる〉というような判断ができるとか」

マンガとかにはよくある話だけど。双子の間にある、特別な感覚。

「そういうのは本当にあるものなんですかね」

「ある、と僕は思いますよ」

双子とは限らなくてもと山路さんは言う。

「互いに信頼し合っているバッテリー間にも、そういう感覚は生まれます。阿吽《あうん》の呼吸というか、ピッチャーマウンドとホームベースの後ろという距離をなくしてしまうような一体感というのが。あの二人はそういうものが特別に強いのかもしれません」

「それは」

山路さんも経験したことなんだろうか。訊いたら、微笑んだ。

「あります」

「じゃあ」

山路さんは。

「ピッチャーでした」

⚾

試合は結局、スミ一という言葉があるけどその通りの展開、一対〇のまま進んで神別高校が二回戦も制した。確かに凡戦であったかもしれないけれど、別の意味では一点を争う緊迫した試合でもあったんだ。

神別高校のナインにしてみれば、そういう接戦も勝てるという意識を持てたことはとても大きいと思う。

試合後、どこかでお昼ご飯を食べませんか、という山路さんのお誘いに頷いてしまった。本当なら他の高校の試合を見ながらコンビニで買ってきたサンドイッチとかで済ますんだけど、なんとなく。

山路さんがけっこうイイ男だとか実はちょっといいなーって思ってるとか、まぁそういうのがないとは言いませんが、気になっていたから。

この人の持つ不思議な雰囲気というものが。

職業柄いろんな人に会う。もちろんスポーツ関係者が多いのだけど、その他の職種の人にだって会う。

私に記者のイロハを教えてくれた先輩の口癖は〈その人の後ろを見ろ〉だった。それは文字通りの意味ではなく、話をするときにその人の眼を見るのはあたりまえだけど、視点をその後ろに持っていけ、という意味。感覚としては真正面からその人の眼を通して後頭部辺りを見つめるような感覚。

抽象的な表現なんだけど、よくわかった。

人は、その人の表情や眼にごまかされてしまう。ごまかすというと表現は悪いけど言い換えれば囚《とら》われてしまう。

人には誰にでも他人には見せない何かがある。記者は事実だけを追うわけではない。事実の向こう側にあるものを把握しないとその事実を書いても説得力が出ない。

裏付けを取る、という記事の基本があるけど、その人物の裏にあるものを見透かすっていう意味合いもあるんだ。

その人の眼の向こう側に視点をやると、表情や瞳《ひとみ》の雰囲気を摑《つか》みながらもそれに囚われないでいろんなものを読み取ることができる。話し方、表情、ちょっとした癖、そういうものが視野いっぱいで感じ取れるようになるんだ。たまに、何もかも見透かされるような瞳の人がいるけど、そういう人はきっと相手の眼の奥の向こう側を見ている人。

山路さんは、とても摑み難《にく》い人だ。物腰は柔らかいし、言葉遣いも丁寧だし、紳士だと思う。でも、どこかに何か大きな壁みたいなものがあるような気がする。決して他人を近づけようとしない何か。こうやって気軽に私を食事に誘うほどに気安い雰囲気を醸し出しているにもかかわらず。

山路さんの車に乗って向かったのは、スタルヒン球場から十分ほども走った郊外のレストラン。お土産屋さんと併設されていて、観光バスも停《と》められるようになっていてやたらと広い駐車場のあるところ。うん、まぁ、センスを期待してはいなかったけど本当に普通のところ。

「こんなところですけど」

私の胸の内を見透かすように山路さんはレストランの入り口に向かいながら言った。

「味は抜群なんですよ」

「お詳しいんですね」

「本当にあちこち行きますからね」

広い店内は、山路さんの言ってることを裏付けるように活気に満ちていた。店の大きさもメニューもその辺りにあるファミレスと似通ったようなものなんだけど、どこか庶民的な雰囲気もある感じ。

席について、山路さんは黒豚の豚カツ定食、私はレディースランチというものを注文したときに、携帯が鳴った。

「あ、ちょっとすみません」

どうぞ、と山路さんが頷く。達也おじさんからだ。小走りに入り口まで走って外に出たところで電話に出た。

「はい、絵里です」

(今、大丈夫か)

「大丈夫です」

(どこだ、球場か)

「お昼ご飯を食べに近くのレストランに来ています」

一瞬、沈黙があった。

(あの、山路さんという男と一緒か)

「そうですけど」

ふぅむ、という唸《うな》り声が入った。なんだろう。

(山路さんは近くにいるのか)

「今、レストランの外に出て来ているのでいませんけど」

(神別高校の田村監督については詳しく調べたか)

「まだそれほどには」

受話器の向こうで何か紙をめくるような音がした。

(電話だから簡潔に言うぞ。田村監督の出身校はD学院で、甲子園に出ている)

「はい」

それはわかっているけど。

(彼はキャッチャーだった。そしてそのときのピッチャー、一緒に甲子園で戦ったエースの名前は、山路蓮《れん》という)

「え?」

山路?

(蓮は、ハスの蓮だ。くさかんむりのな)

「それって」

山路さんの名前。貰《もら》った名刺にそう書いてあった。珍しい名前だから間違えるはずがない。

(彼は高校野球経験者だと言っていたな)

「さっき、話の流れでピッチャーだったと聞きました」

そうか、っておじさんが言う。

(何せ十九年も前だからな。それだけ経《た》てば印象も変わるが、写真で見る限りは似た感じだ。年齢が同じだったのでちょいと気になって調べてみたら出て来たんだ。そしてだな、もし同一人物だとしたら、何故《なぜ》そのことを言わなかったのかと不思議に思ってな、さらにその山路蓮というピッチャーがその後どうなったのかを調べてみた)

「はい」

確かに。同じ高校で過ごした女房役、キャッチャーが神別高校の監督になっているのなら、何故一昨日、私たちに言わなかったのだろう。知らなかったんだろうか。単なる偶然なんだろうか。

（山路蓮という男、なかなか素質のあるピッチャーだったらしいが、素行は悪かったらしい。高校卒業後は何をどうしたのかは不明だが、同じ名前の男が暴力団にいたことがわかった）

「え？」

暴力団？

（うちのデータベースにその名前が出て来た。むろんこれも同一人物かどうかはまだ裏取りしていない。しかし〈山路蓮〉という名前はそうそう居る名前とは思えん。服役の経験もある男だ。もう十年以上も前の話だがな。出所後どうなったのかはわからん。所属していた暴力団からは抜けているらしいが）

服役。何らかの罪を犯して、刑務所に入っていた。

「何をしたんですか？」

（詳細は不明だがたぶん抗争だろうな。組の連中二、三人を半殺しの目にあわせたようだ。確かめた方がいいかもしれんな）

「わかりました」

おじさんは、一拍置いた。

（そこにいる山路さんは、悪い奴じゃないってのが第一印象だった。俺の勘は当たる。た

だし人畜無害な男という印象もなかった。どちらかと言ゃぁ、世を渡り慣れた男という感じだ。裏も表も含めてな）

確かめる際にも少し気をつけろっておじさんは言った。

（こういうご時世だ。何がどう巡り巡ってとばっちりを喰《く》らうかわからんからな）

「わかりました」

電話を切った。

「山路蓮さん」

呟《つぶや》いてみた。確かに極端に珍しくはないだろうけど、そんなにはない名前だと思う。きっと間違いなく同一人物。

大丈夫。小娘じゃありません。これでも三十一歳新聞記者生活十年目。ヤクザだろうとムショ帰りだろうと、肉体的な力に物を言わせるのでなければ軽くあしらってその場を納めることだってできます。

携帯を握りしめながら店内に戻った。いちばん奥の方の席で山路さんがぼんやりと外を眺めている。

もし、山路さんが、元D学院で甲子園を経験したピッチャー山路蓮だったとしたら、そして何かがあって暴力団に入り罪を犯したのだとしたら。

女房役だったキャッチャー、田村敏幸が監督になった高校の試合を観に来たのは偶然なんだろうか。

なんにしても、それを私たちに言わなかったのには、どんな理由があるんだろう。

Bottom of the 4th Inning

支部予選二回戦勝利。

でも、帰りのバスの中、はしゃいでる奴はほとんど、っていうかまるでいなかった。まぁ元からこのチームは皆わりと大人しくて、そんなにはしゃぐ奴はいないんだけどさ。まるでお通夜だった。

俺も。

悔しくてしょうがなかった。接戦を制したって言えばカッコいいけど、要は相手ピッチャーを、しかもそんなに全然良くもなかったピッチャーをまったく打ち崩せなかった。

原因はよくわからない。なんであんな大したことのないピッチャーの球を打てなかったのか。凡打ばっかりだったのか。試合中も何度も皆と話したんだけど、狙《ねら》い球を絞ろうとかタイミングを考えようとかいろいろ話したんだけど、ダメだった。

「なぁ」

隣りに座っているケンイチに声を掛けた。

「うん？」

試合が終わった後のケンイチはデクノボーだ。一応皆に気を遣って寝ないようにはしてるけど、何も考えられない状態。それぐらい、あの守備をやるとケンイチは疲労する。身体《からだ》より頭の方が疲れて、自分の名前さえ忘れるぐらい。いや、冗談じゃなく本当なんだ。きっと普通の人が集中する何十倍もの集中力を、九回の守備の間ずっとやっているんだ。俺たちには想像もつかないほどの集中力。

「きっとめぐみへコんでるからさ、隣りに座ってやったら？」

一番前の席で一人で座ってるめぐみ。いつもそうなんだ。試合が上手《うま》く行かなかったときには、今日みたいに勝ったときでも、きっと自分のデータ集めがヘナチョコだったせいだってヘコむんだ。俺らがいくらそうじゃないって言っても聞かない。

「大丈夫だよ。今日は勝ったし」

「そうは言ってもよ」

めぐみは、ケンイチのことが好きだ。そう、まるであの有名な野球マンガみたいな話なんだけど事実。でもそれは、なんていうか、あれなんだよな。

俺たちは、今はバラバラになっちゃったけど小さい頃からずっと一緒に暮らしてきた。ずっと兄弟みたいにして、家族みたいにして。

ケンイチとコーイチ兄弟は小さい頃から俺たちの中でも目立っていた。運動神経抜群のそっくりな双子っていうのもあったけど、その見た目のそっくりさと正反対の性格の違いで。

けどさ。

ケンイチは悪魔みたいで、コーイチは天使みたいだったんだ。それは今でも変わんない
天才的なイタズラを考えて実行するのはケンイチで、それで泣かされた連中に謝って回るのはコーイチ。どんなことにでも積極的で率先して行動するケンイチに、いつもぼーっとしていて最後まで残っているコーイチ。毎晩遅くまで起きていて先生に怒られるケンイチと、晩ご飯を食べたらその場でぱったり眠ってしまうようなコーイチ。

「本当にもうお前ら足して二で割れよ！」ってツッコんで「いやもう最初っから二で割ってるから！」ってのが俺たちの間でのお約束だった。

その二人と同時期にやってきたのがめぐみ。まぁ同時期なのは俺もそうなんだけどさ。

めぐみは、その頃からずっとケンイチの後を追っかけていた。追っかけながら、置いていかれるコーイチの世話を焼くのもめぐみだった。それは大きくなってもずっと続いていて、ケンイチはめぐみの恋人未満でコーイチはめぐみの弟代わりっていうのが、今の状態。

まぁケンイチたちは見た目はイケメンのくせに女にほとんど興味がないっていうのもあるし、何よりも今は。

恋より、甲子園。

めぐみのことは、皆が好きだよ。ケンイチだってそうだ。自分のことをずっと好きでいてくれるめぐみのことを大切に思ってる。

だからこそ、恋より甲子園。本当にめぐみのことを思ってるなら今はそれしか考えない。

それはめぐみもわかってる。わかってるから必要以上にケンイチとつるむことはない。まぁ俺たちは別にきっちりつきあってもらってもいいって思ってるんだけどさ。俺にだってカノジョぐらいいるし。

「オレが皆の前で直接なぐさめたら、あいつ余計に落ち込むだろ」

「まぁ」

ケンイチは、ゆるみまくってる顔で少しだけ笑った。

「大丈夫。あとで、メールしとくから」

「あぁ」

それから、ケンイチはちょっと息を吐いた。

「ハジメ先生、出て来れないかな」

小さな声で、俺以外には聞こえないような声で呟いた。俺も、小さく頷いた。めぐみが元気になってくれる、自分に掛けた呪《のろ》いを軽くできるきっかけのひとつ。いつかそれは来てくれるけど、少しでも早くそれが来てくれれば、俺たちの心も軽くなる。

前の方でタムリンが立ち上がった。

「さて、みんな」

通路に足を踏ん張って、椅子《いす》の背を摑んで俺たちを見た。いつものタムリンのさわやかスマイル。

「そろそろ自分の中で、今日の試合の整理がつきましたか？」

ずっとタムリンはスコアブックを見ていたよな。あれ、スゴいと思う。いや単純に俺は車の中で文字読めないから。酔っちゃうんだ。

「学校に着いたら、いつものようにクールダウンを兼ねた軽い練習をします。その練習の中で今日の反省点を修正するためにも確認しましょう。シンジ」

「オッス」

「キャッチャーとして、守備のときの反省点はありますか？」

実はそんなにはなかった。

「特になかったと思います。ただ、やっぱり併殺《ゲッツー》のときの連携をもっと厳しい状況で練習した方がいいなって思いました。三回のときのように、相手がヤバいっていうぐらい突っ込んできたときちょっと不安でした」

タムリンは、うん、と頷いた。

「その指摘とは違う見解のある人は？」

必ずタムリンは訊く。キャッチャーから観る風景と、ファーストセカンドショートサードレフトセンターライト、そしてベンチから観る風景は違う。同じ場面でも観る場所が違うと、別の見解も出てくるって。その見解を整理するのが最も大事だって言うんだ。

今回は誰も手が挙がらなかった。

「その通りですね。僕もそう思いました。ただ、練習ではどうしても厳しくするのは難しい。怪我《けが》してても困りますからね。なので、ＤＶＤでのイメージトレーニングを今夜はやっておきましょう」

タムリン特製のDVD。その場面、今回で言えば厳しいゲッツーを狙うクロスプレーの場面をプロ野球やメジャーリーグの試合から抜き出したDVDを皆で何度も観るんだ。頭の中にイメージがしっかりあれば、身体が動くっていうのがタムリンの持論だ。あのDVDもスゴいんだ。いったいどれだけ準備してきたんだっていうぐらい種類がある。

「他に守備の面で反省点がある人は？」

ファーストのタツさんが手を挙げた。

「個人的に、キャッチングした後に頭が下がってしまう癖が今日は何回か出ました。ボールを捕球してからすぐに全体を確認できるようにもう一度練習します」

「はい、わかりました」

ヨッシーもセイヤもタックさんも、それぞれに自分が気がついたことを言って、皆で確認し合った。バッティングはある程度はセンスに頼る部分が大きい。守備だってそうなんだけど、反復して練習することによってセンスが悪い部分をカバーできる。タムリンのポリシーだ。守備は厳しく、バッティングは楽しく。

「それで、今日の皆のバッティングですが、決して相手投手が良かったわけではないのに、凡打を繰り返していた。これはたぶん、一回戦を突破したことによって生まれた余裕のせいだと思います」

余裕？　そんなもの持っていないつもりだったんだけど。タムリンは続けた。

「余裕と言っても、皆が慢心していたという意味ではありません。人間の身体というのは正直です。余裕がなくても動かないし、余裕があっても動かない。一回戦は点こそ三点しか取れませんでしたけど、皆が気持ち良く打てていました。今日はその感覚の残像が残りすぎていたんですね」

「感覚の残像」

タムリンのすぐ横にいためぐみが小声で呟いたのが聞こえた。

「予選の一回戦というのは印象に残るものです。ここを勝たなきゃどうにもならないと気合いが入ります。そのテンションの高さがどうしても感覚の残像を身体の中に残してしまうんですね」

なるほど。

「それが今日のバッティングに影響してしまったということだと思います。大丈夫。決して君たちの調子が悪かったということではないです。ほんの少し、ちょっとだけ上手く行かなかったというだけです。今日明日の練習で気持ち良くバッティング練習をして忘れましょう」

タムリンはよく言う。〈忘れましょう〉って。リセットすることは何より大切なんだそうだ。

よく、いい感覚が身体に残ってるうちに試合をしたいとか言うけど、それは間違いなんだそうだ。試合は生き物。そのときそのときで全部違う。過去の経験の感覚に当て嵌《は》めて考えることほどバカらしいものはないって。

「今日もまた言いますよ。リセットしましょう。そして、自分のホームポジションに、ニュートラルな状態に身体も心も戻しましょう」

そう、それ。常にニュートラルな状態に自分を持っていけるように訓練しましょうって言うんだ。そのニュートラルな状態っていうのはどういうものなのかをまず自分で把握しなきゃならないし、おまけに俺たちは毎日身体も技術も心も成長するから、常にそのニュートラルな状態を更新していかなきゃならない。

パソコンのアップデートみたいなものです、ってさ。そう言われるとなんとなくわかる。ちゃんとできているかどうかはわかんないけど、俺らは皆そうやって意識付けをしているよ。

タムリンは、ニコッと笑って続けた。

「次を勝てば、支部予選突破で旭川支部代表として北北海道大会に出られます。勝つために頑張りましょう」

練習が終わって、タムリンから呼び出されたのは俺とケンイチとコーイチ。まぁそれは今までにもあった。センターラインってことで、例のやつを確認するためにも何度かミーティングしたし。

でも、今回は違った。学校の正門を出て歩いて二分のところにあるタムリンの自宅に呼び出されたんだ。三人だけで来てほしいって。

「何だろうね？」

歩きながらコーイチが言う。見た目そっくりで見分けが付かない二人の唯一の違いは、声。その性格と同じでコーイチの方が喋《しゃべ》り方もそうだけど、基本的に優しい声をしているんだ。

「特に思いつかないんだけどな」

ケンイチが首を捻《ひね》った。俺もさっぱり。

「何か新しい作戦でも考えたのかな」

三年生やキャプテンであるタックさんを差し置いてそんな話をすることはまずないと思うんだけど。

何だろうって言ってるうちに着いてしまうタムリンの家。まぁ学校から見える距離だからね。うちの地元は田舎で、どんどん人口が減ってる。俺らみたいな若い世代も全然増えていない。だからあちこちに空き家があって、タムリンの家も校長先生に紹介してもらった空き家のひとつだってさ。独身だから一軒家が広すぎてしょうがないって笑ってた。

ピンポンを押す。声が聞こえてくる。タムリン、モテそうなんだからさっさと嫁さん貰えばいいのに。

「あぁ、すみませんねわざわざ」

「おっす！」

「まぁどうぞ」

「失礼しますッ！」

タムリンが、微笑んだ。

「お腹空《なかす》いたでしょう？」

空いてる。っていうか、今急に空腹を意識した。だって入ったらいきなりカレーの匂《にお》いがするんだから。腹の虫が鳴りっ放し。

「一緒にご飯を食べましょう」

「え、でも」

「大丈夫、お家《うち》の方には電話してあります。ちょっと打ち合わせが長引くので、お腹が空き過ぎない程度に軽く食べさせますって言ってあります」

いつの間に。しかもカレーはいつ作ったんだ。

「いいんですか？」

「何を遠慮してるんです。いいんですよ」

ケンイチとコーイチと三人で顔を見合わせて、頷いた。何の話があるのかわかんないけど、遠慮なくいただきましょうっていう合図。

居間に置いてあったコタツに四人で入って、カレーを食べた。カレーなら何杯でも喰えますいや飲めますって感じだけど、そこは一杯だけで遠慮しておいた。帰ったらきっとご飯もあるし。

一応、俺たちは家でも気を遣わなきゃならない立場だからね。

食べてる間は、ってもほとんど一瞬だけどさ、普通の話をしていた。コーイチの肩を休ませるためにカズさんやシローを使うことも考えてるとか、そうなったときにケンイチの守備は何割ぐらい予測率が落ちるとか、そんなような、別に呼び出さなくてもどこでもできる話。

「さて」

食べ終わって、水を飲んで、タムリンが言った。

「わざわざ来てもらったのはですね。そろそろ周囲が騒いできたからです」

周囲？

「次を勝てば旭川支部代表です。そして、うちがやってるなかなか不思議な野球に興味を抱いている人たちも増えてきました」

「監督のところに、そういう情報が入ってくるんだ？」

監督に対してもラフな口調を使うケンイチ。でも監督はニコニコしてる。それは、ケンイチの意思を尊重するからだってさ。そうすることで常に自分をコントロールできて良い精神状態を保てるんだったら、タメ口きいても構わないって。もちろんそれには周囲の了解も必要だけどって。

周りがそれに不満を持って協調が乱れるのであればそれはダメ。でも周りもオッケーならそれでいい。ケンイチの場合は皆が納得してる。それでこそケンイチだってね。

「前にも言いましたが、入ってきます。それでですね」

俺たちの顔を見回した。

「野球のことだけなら、あの守備のことだけなら、いやぁ単なる偶然、カンがいいだけですよって押し通せますからいいんですが、この先は君たち三人、つまり神別高校の中心人物たちのプロフィールにまで取材が入る可能性があります」

そこか。三人で顔を見合わせた。

「僕は、神別中学教頭の青山さん、ケンイチとコーイチの今のお父さんからある程度の事情を聞いた上で監督に着任しました。そして、君たちからもそれぞれに話を聞きました。ただ、本当の事情、いちばん肝心な部分は青山さんからも聞いていません。それは、君たちが話してもいいと言ってから教えると言われていたからです。それは納得していました。監督としては野球を一緒にやるだけなら知らなくてもいいことですからね」

そうか、欽ちゃんそんなこと言ってたのか。タムリンは、ニコッと笑った。

「どうでしょう。この先のことを考えると、僕は事情を全部知りたいんですが、教えてもらえませんか?」

「取材先から守るためですね?」

コーイチが訊いたら、頷いた。

「何もかもわかってないと、逆に不審がられますからね。態度に出てしまう。記者という人種を」

そこで少し顔を顰《しか》めた。

「侮ってはいけません。有能な記者は非常に鼻が利きます。調べようと思えばどんなことでも調べてくる。その際に、こちらがはっきりとした答えを持っていないと疑惑を持って調べられてしまう。疑問ではなく疑惑です」

その違いがわかりますか？　って訊いた。ケンイチが頷いた。

「疑問は、単なるハテナ。疑惑は、マイナスのハテナ」

「その通りです」

なるほどね。

「こいつら何か隠しているな、という疑惑を抱いてしまうと何もかもマイナスの印象を持ってしまうものです。君たちが」

ニコッと笑った。

「今は解散してしまったある児童養護施設出身というのは、ある方面から見れば美談になります。望まずに不幸な環境にあった子供たちが、夢に向かって頑張っているという話ですからね」

「ですね」

それはもう、イヤってほど経験しているよ。頼むからそういうのは勘弁してほしいって気持ちと、まぁありがたいけどなって気持ち。

最近は、わりとありがたいって気持ちになることが多い。やっぱりね、人間歳《とし》を取ると丸くなるって本当だよ。いやまだ十六歳だけどさ。少なくとも十三歳の時より人の好意ってのを素直に受け取れるようになってきたよ。

「でも、何かを隠していると取られてしまうと、そこになにかあるのか？　となってしまいます。単純なスポーツ記者であればそこまで踏み込まないでしょう。でも」

「そうじゃねぇところもあるよね」

ケンイチが、邪悪な笑顔を見せた。コーイチが不安そうな顔をする。

そう、俺たちはそういうのも経験している。ケンイチとコーイチと三人でまた顔を見合わせた。それから、頷いた。ケンイチが顎《あご》をくいっと動かして、お前に任すって顔をした。

はいはい、いいですよ。キャッチャーは全体のまとめ役だからね。

「全部、教えます」

「ありがとう」

タムリンが、背筋を伸ばした。

「もちろん、僕は決してそのことを誰にも話しません。監督としても、一人の男としても約束する」

頷いた。大丈夫だよタムリン。俺たち、皆タムリンのことを信頼してる。

「俺たちは、児童養護施設〈そよ風学園〉の出身で、今のチームの半分以上がそうなんですけど」

　タムリンが頷く。それは誰でも知ってるあたりまえのこと。

「俺たちが、全員野球好きでしかもこうやって高校野球でなんだかんだやっていけるっていうのも、園長、皆はハジメ先生って呼んでた橋場肇《はしばはじめ》さんっていう人が」

「橋場肇さん？」

　タムリンがちょっと動いた。

「その方は」

　さすが、知ってたか。

「そうです。元プロ野球選手です。昔あったチームの、セネターズで最高の野手って言われた橋場選手です」

　驚いていた。

「そうだったのか。それで」

　そう、俺たちは鍛えられたんだよ。最高のプロ野球選手に小っちゃい頃から。

「俺たち、全員が野球が大好きだったんですよ。もう毎日毎日野球ばっかりやってました。テレビも野球中継を観るのが基本でした」

　でも。

〈そよ風学園〉はなくなってしまった。解体させられてしまった。

「施設が解散しちゃった本当の理由は、ハジメ先生が人を殺してしまったからです。誰を殺したかっていうと」

めぐみの、父親。

Top of the 5th Inning

記者になっちゃったからなのか、それとも元々そういう性格だったのかもうわかんないけど、私は不意打ちが嫌い。

まっさらな状態での不意打ちだったら、逆に記者根性が顔を出してワクワクしちゃうけど、自分が今その渦中にいるのに、そこでの不意打ちっていうのが凄《すご》くイヤ。つまり、ある程度調べているにもかかわらず、自分のまったく予想外の事実が出てくるっていうのは結局自分の取材力のなさとか、想像力のなさとかに繋《つな》がるってことだから。

山路さんは、明後日の神別高校の支部代表決定戦も観《み》に来ますって言っていた。じゃあまた一緒に観ましょうと約束した。

だから、明後日会うまでに完璧《かんぺき》に調べる。

山路蓮さんは何者なのか。

達也おじさんの調べでおそらく大体合っていると思うんだけど、最大の疑問は、何故私たちに、神別高校の監督に就任した田村敏幸さんとバッテリーを組んでいたことを言ってくれなかったのか。知らなかったわけじゃないはず。観戦中の会話に何度も私たちは田村監督の名前を出していた。D学院の出身だということ。単に恥ずかしかったのか。それとも過去に何かあって二度と思い出したくないのか。でもそれだったら試合を観ようなんて思わないだろうし。

そこにどんな理由があるのか。

その前に、D学院で甲子園のマウンドに立ったピッチャー山路蓮と、元暴力団構成員山路蓮と、そして私と一緒にスタンドで観戦した、本当に野球が大好きなんだとすぐにわかる横顔を見せていた山路蓮さんは同一人物なのかを確定させなきゃならない。私がただの野球好きの独身女性だったら別にいいんだけど、私は新聞記者。しかも、甲子園大会を主催する側に属する人間。

この時期、危険なものに迂闊《うかつ》に近寄るわけにはいかない。特に、元とはいえ、暴力団構成員には。

本人に訊《き》けばいちばん手っ取り早いんだけど、そうもいかないと思う。彼が、山路さんが何かを意図的に隠しているのなら、その意図を読み取っておかないと。推測しておかないと不意打ちを喰《く》らう。

スポーツ畑一筋とはいえこれでも国内トップクラスの新聞社で記者生活を九年間もやってきたんだから、それなりにあちこちに人脈だってできてます。

まずは、暴力団関係。

「もしもし？」

（よぉ、絵里姫かい。故郷はどうだ？）

「おかげさまで快適です。ハシさんは痔《じ》の調子はどうですか」

（快適なわけねぇだろバカヤロ。そういや高校野球も始まった頃だな。そっちでどっか目ぼしいところはあるのか）

「ないこともないんですがハシさん、今ちょっといいですか？」

　暴力団絡みなら、ハシさん。

（いいぜ。なんだ）

「うちのデータベースに××組の山路蓮という元暴力団構成員の名前があるんです。傷害で喰らったらしいんですけど、名前に覚えがあります？」

　少し沈黙があった。

（どんなヤマだ）

　声の調子が変わった。これはマジになったハシさんだ。

（トバクか？）

　野球賭博《とばく》のこと。そうなんだ。悲しいかな高校野球にはそういう話がどうしてもついて回る。だからこそ私たちは慎重にならなきゃならない。

「まだわからないんです。今回はそれじゃないとは思いますけど」

（じゃあ何で絵里姫が山路蓮の名前なんか出すんだ。まったくお前さんとは関係ないだろうが）

「知ってるんですね？　山路蓮を？」

（どんなヤマか教えてくれねぇと話せんな）

「まだヤマじゃないんです。単純に私、こっちで山路さんと知りあったんです」

（知りあった？）

　ハシさんが驚いた声を上げた。

　あの引ったくりに遭ったところから全部ハシさんに話した。ハシさんはものすごく気のいい先輩なんだけど、こちらの手のうちを全部晒《さら》さないと何にも話してくれない。おまけにその鼻が凄く利くの。ちょっとでも隠し事してるとすぐにわかってしまう。

（なーるほどね。そういうことか）

　声の調子がまた変わった。これはいつものハシさんだ。

「どうですか？　甲子園球児だった山路蓮と、暴力団員だった山路蓮は間違いなく同一人物ですか？」

（それは間違いねぇな。奴が甲子園で投げたピッチャーだったのは事実だ。それにしてもあいつが元気なことがわかって嬉《うれ》しいぜ）

　え？　ってことは。

「嬉しいってことは、それなりに親しいんですか？」

（親しいってわけじゃねぇ。そもそもあいつは俺のことは知らん。俺が取材の過程で勝手に調べただけのことなんだけどよ。こうして覚えてるってことは、奴の生い立ちがそれな

りに印象深かったってことよ。長くなるからあとでメールしとく。ひとつだけ教えとくけどな、絵里姫)

「はい」

(山路蓮は確かに暴力団員だったが、根っからの悪人じゃあねぇ。むしろ善人と言ってもいいほどだ。そっちで真っ当に暮らしてんなら多少の過去には眼《め》を瞑《つむ》って惚《ほ》れても構わねえぞ)

カラカラと笑う声でプツッと切れた。そんなんじゃありません。

ハシさんからのメールは三十分後に来た。随分長いメール。ありものの添付資料じゃなくて、わざわざ書いてくれたんだ。

〈山路蓮の生まれは東京。確か足立区だ。父親は車の整備工、母親は同じ会社の事務員。七つか八つか離れた妹がいた。家族構成はそれだけだ。〉

妹がいた? いた、ってことは?

〈小学校の頃から野球が巧《うま》くて、リトルリーグでもけっこう有名だったらしい。中学でもかなり活躍して名門のD学院に入ることもできた。ところが、高校の入学式の帰り、奴の晴れ姿を観に車でやってきた両親と妹は事故で死んじまった。相手はトラック。居眠り運転だった。奴は入学式の日に、自分のためにわざわざ来てくれた優しい家族を、一瞬にして全部失っちまったんだ。〉

何ということ。

誰の身にも振り掛かるかもしれない悲劇。でも、滅多にないはずのそれが山路さんの身に。

記者なんかやってるとそういう悲劇がほとんど日常の事件になってしまう。慣れてしまう。慣れるけれど、溜息《ためいき》は毎回出る。どうしてそんなことが起こってしまうのかしらって毎回思う。たぶんだけど、記者に神様を信じている人なんかいないんじゃないかしら。そうでもないのかな。

〈幸いにして親戚《しんせき》の援助で高校には通えた。若さだよな。事故のショックからも立ち直って野球部で才能を発揮して二年生のときにはエースとして甲子園にも出た。ところが、あれだな、絵里姫も何度も見てるだろうけどよ、悲劇ってのは自分の獲物にとことん喰らいつくんだよな。奴は肩をやっちまって三年のときにはマウンドに上がれなかった。よくある話かもしれんが、そこで面倒を見てくれていた親戚と折り合いが悪くなった。欲深い連中だったらしくてな、才能のあった奴がプロに入って稼いでくれることを、自分たちの暮らしを楽にしてくれることを大いに期待していたらしい。それが無理だってなると手のひら返しやがった。高校だけは何とか出してくれたが、その後はさっさと就職して働いて、今まで掛かった金を返しやがれときたもんだ。〉

これにも、溜息しか出ない。私はどっちかっていうと人間の善の心っていうのを信じている方なんだけど、これもやっぱり記者なんかやってると、本当にそうなんだろうかって思うような事件ばかりに遭遇する。そもそも、事件なんだから善の部分を見ることなんかほとんどないんだ。

〈荒れるなって方が無理だと思うぜ。そんなことからどっかの悪ガキとケンカになって訴えられた。あとはあっという間にお決まりのコースだ。気がついたら街のチンピラに拾われて手かせ足かせ付けられて晴れて弟分ってことだ。ところがだな、奴は確かに荒れたんだが、元々正義感の強い善人だった。暴力団なんかに居られないって何度も抜けようとした。組も面倒くさくなって、しょうがないってんで、まだ若いから使えるだろうと表の仕事に就かせたんだ。知っての通り暴力団だって営利企業だからな。表面的には真っ当に見える仕事だっていくつかはある。そこに山路蓮は就職したんだ。一生懸命働いて、メンツを気にする組の兄貴分に借金返して立ち直ろうとしていたんだが、やっちまったんだ。ピンハネばかりしてしまいにゃあ弱い立場の障害者の同僚を殺しかけた別の兄貴分を二、三人半殺しの目に合わせた。そりゃあ奴は、元々将来を嘱望された野球選手だぜ。ケンカの仕方を覚えてマジになりゃあその運動能力がモノを言う。むろん、一方的に暴力を振るったわけじゃない。半分ぐらいは正当防衛だ。〉

確かに。一流の素質を持ったスポーツ選手がケンカを覚えたら、ちょっとそこらの人間じゃ敵《かな》わないと思う。

〈表向きは一般企業だったからな。組も隠し切れなくて奴は傷害罪で捕まった。一年ばかしの実刑だったかな。模範囚ですぐに出られたらしいがな。組ももう揉《も》め事《ごと》はごめんだってんで破門状回した。皮肉なことに奴は前科者になってようやく組を抜けられたってことさ。山路が善人だっていうのはこっからでな。前科持ちなんて気にしない太っ腹のコンビニの店長に拾われてそこでのバイトをふりだしに、とにかくありとあらゆるバイトをやって、親戚には世話になった分の金を全部返した。さらには放《ほう》っておけばいい組の兄貴分にも借金を返しに行った。お世話になりましたご迷惑をお掛けしましたって挨拶《あいさつ》までしてな。これはその親戚からも兄貴分からも聞いた話だから確かだ。笑っちまうぜ、組の兄貴分なんかは感激して、奴に自分がしていたバカ高い時計を餞別《せんべつ》だってあげちまったってさ。〉

そういえば山路さん、クラシカルな高そうな時計していたっけ。それが暴力団の兄貴分から貰《もら》った時計なんだろうか。

〈とまぁこんなところだ。ご存知の通り俺も野球好きだからな。甲子園投手が何故そんなことになったんだってあの当時調べたのさ。そこから先、山路蓮がどうなったのかは俺もわからんかった。さっきお前さんから聞いて真っ当に暮らしているってわかって嬉しかったぜ。〉

山路さんは、優しい笑顔をしていた。あの笑顔に嘘《うそ》はないと思う。元々がそういう人なんだと思う。でも、どこかで歯車が狂ってしまって、事件は起きてしまった。

〈もしこれからも会うんなら、確認できたら聞いておいてくれ。奴がかばって助けた障害者にはな、優しい姉さんがいたんだ。健常者だ。名前は浅川満里恵《あさかわまりえ》。奴と恋仲になっていたはずだ。めっぽう美人でな。片親しかいないので、障害者の弟を本当に優しく可愛《かわい》がっていた。山路蓮がムショに入っている間に転居して行方不明になっちまった。一度だけ会って話を聞いたんだが本当にいい娘《こ》でな。あれからどうなったのかしばらく気になっていた。幸せになってくれてればいいんだがな。〉

何十年も生きた人の話じゃないんだ。高校を卒業してからほんの二、三年ほどの間に、山路さんはそれだけの人生を生きた。生きてしまった。なんて、そう表現して良いのなら、密度の濃い日々をあの人は過ごしてきたんだろう。

どんな思いを重ねてきたんだろう。想像もできない。

そこからもう十何年も経《た》っている。

どんなふうにして今まで暮らしてきたんだろう。浅川満里恵さんという人は、今、どこでどうしているんだろう。

今も一緒に暮らしているんだろうか。

⚾

旭川支部から北北海道大会に出られるのは三校。代表決定戦での神別高校の相手は甲西《こうせい》学園。ここ何年かで急速に力をつけてきた高校だ。

「ピッチャーは二年生ですけど、ノーヒットノーランの経験もある腰前《こしまえ》くん。ちょっと凄いでしょう？」

「いいですね」

投球練習を観ていた山路さんも眼を輝かせて大きく頷いた。

「ものすごく安定したフォームだ。よっぽど走り込んで下半身を作ったんでしょうね」

「そう思います」

腰前くんはいわゆるサブマリナー。珍しいアンダースローのピッチャーでとにかくキレのある球。右に左に、さらには高低とコントロールも抜群。

「彼がとんでもないのは、投球の途中からサイドスローへも自在に変化できるんです。その際に球速は三キロはアップします。唯一の欠点はアンダースローよりかはコントロールが悪いこと」

「でもそれは欠点ではないでしょう。いきなりサイドスローになって高めに速い球投げられたら思わずバットが出ちゃいますよ」

「そうなんです。過去の対戦相手もことごとくその投法の餌食《えじき》になってます。下馬評では間違いなく支部代表候補」

「前橋さんもそう思いますか？」

「私は」

ちょっと違う。

「打撃の弱さが気になってます。ここまで、去年もそうなんですけどほとんどの試合が一点差二点差の勝利。彼がゼロに抑えているからこそ勝ててきた学校。そういう学校は結局崩れると早いです」

「そうですね」

山路さんも大きく頷いた。

「ということは控え投手の層も薄いんでしょうね」

「そうなんです」

これで控え投手が強ければ鬼に金棒だったんだけど、残念ながら二番手三番手のピッチャーにはほとんど期待できない。それでもまぁ、支部予選ならなんとかなるのかもしれないけど。

「ここまで神別高校を観てきましたけど」

山路さんは微笑《ほほえ》んで言った。

「打線の繋がりがおもしろいですよね。あれは監督の意図なんだろうな」

「何がですか？」

ベンチの前で素振りをしている神別高校ナインを山路さんは指差した。

「ホームラン、あるいはランナーを出してからのツーベーススリーベースの長打で点を取ることが多いですよね？」

「ええ」

「しかもここまで必ず初回にそのパターンで点を取っています。打順が普通の考え方じゃないですね。二番に持ってきてるキャッチャーの村上くんは本来四番を打つタイプの選手でしょう。バットにボールを乗せて飛ばすのがとにかく巧い。典型的なホームランバッターですよね」

あ、そうか。

「一番と二番で点を取ってしまおうって発想なんですね？」

「そういうことだと思いますよ。その後の打順もたぶん長打力を持った選手を一人置きに配置しているんじゃないかな。打線を繋ぐというより、発想としては二人で一点を取るということなんでしょうね」

二人で一点。それは気づいてなかった。まだまだだな私。

打順の構成は、特に上位打線と呼ばれる一番から五、六番までの構成の仕方はもう決まり切った常識。セオリーみたいなもの。一番と二番で何とかして塁に出て三番四番でチャンスを広げるか点を取るかというもの。

二人で点を取るというのも発想としては同じだけど、スピード感がまるで変わってくる。

そうか、神別高校にいつも感じていたテンポの良さはそんなところにあるのかもしれない。

「大胆な発想をするんですね、田村監督」

ここで訊くのがいいんじゃないかって思った。質問は記者にとっては日常業務。どこでどんなタイミングで訊くのが最適なのかを教えてくれるのは、経験とセンス。

「田村監督は、高校時代からそんなおもしろい考え方をする人だったんですか？」

訊きながら、じっとその横顔を見つめた。

どんな反応をするかと思ったけど、山路さんはグラウンドの方を見たまま、ほんの少し微笑みを大きくするだけだった。少し間があって、山路さんは横を向いて私を見た。

「そうですね。あいつはあんな優男《やさおとこ》な感じなのに、とにかく人と同じことをするのが嫌な奴だったんですよ」

わかっていたんだ。私が気づいていることを。ちょっと悔しくなって、下を向いて考えた。考えてから、言った。

「山路さん」

「はい」

「どうして、田村監督とバッテリーだったと最初に言ってくれなかったんでしょうか」

ホームベースのところに両校の選手が整列した。間もなくプレイボール。神別高校が支部代表になれるかどうかの試合が始まる。今日の神別高校は後攻。一回の表からあの守備をするだろうか。

山路さんは、少しだけ驚いた顔をした。

「あれ？」

「え？」

「言ってませんでしたっけ？」

とぼけるつもりなのか、それとも本当にそう思っているのかしら。

「ええ、聞いてませんでした」

「それは済みませんでした。てっきり教えたつもりになっていました」

どうやって返そうかと思ったんだけど、そこで山路さんは軽く手を広げた。

「というのは、冗談です」

「冗談」

「いつ言ってくるかと思ってました」

とりあえず、と、山路さんは続けた。

「試合が終わった後に、どこかで食事を一緒にしてください。そのときにきちんと謝ります。今は」

私の方に身体《からだ》を向けて、軽く頭を下げた。

「周りの眼もありますから、これで勘弁してください」

「謝られるようなことじゃありませんけど」

「いや」

頭を下げたのは、田村とバッテリーだったことを黙っていたことじゃないと言った。

「まぁ繋がってはいるんですが、本当にきちんと謝らなきゃならないことを、私はしたんですよ。あなたに」

「私に？」

声の調子を落として、山路さんは言った。

「偶然じゃありません」

「え？」

「あなたとこうして知り合ったのは、偶然なんかじゃないんです。私は、仕組んだんですよ」

仕組んだって。

「どういうことですか」

「あの引ったくりは、私が知人に頼んでやってもらったんです。あなたがどんな人間であるかを確かめて、そして知り合いになるために」

Bottom of the 5th Inning

ブルペンで投球練習してるときとマウンドに立ったときのピッチャーの調子がガラッと変わっちゃうことってあるんだよな。ホント、ピッチャーにしかわからない、いや、ひょっとしたらピッチャーにもわからない何か微妙なもの。大抵は調子が悪くなっちゃうんだけど、今日はその反対。

ピッチャーマウンドに走り寄ってミットで口元を隠しながらコーイチに小声で言った。

(今日はマジすげぇ)

(僕もそう思う)

(ノーヒットノーラン狙《ねら》っちゃう?)

(そのつもりでもいいかも)

笑って、ミットでコーイチの胸を叩《たた》いて別れた。ホームベースにちょっと掛かっていた土をはらって、座った。

俺の定位置。

好きなんだ。ここからの眺めが。

ピッチャー、ファースト、セカンド、ショート、サード、レフト、センター、ライト。ナイン皆の姿が見える。全員が身構えてこっちを見ている。野球って、本当におもしろいんだぜ。ワクワクしてくる。

甲西学園の一番打者がもうバットを持って待っている。思いっきりコーイチにガンつけながら軽く素振りをする。審判が促して、バッターボックスに入った。

「プレイボール！」

審判の声が響く。さぁ、始めようぜって気になる。おもしろいゲームをやろうぜって。

一番の白石《しらいし》ってのは、めぐみメモによると気が強い選手。積極的で足も速い。初球からセーフティだってやってくるけど、実はそんなに巧《うま》くもないし背も低い方。勢いだけで動く選手なんだ。勢いがいいから成功するとすごく巧く見えて、コワい存在に思えてしまう。そういう選手がノッてしまうとマズいんだ。だから、その勢いさえ止めてしまえばいい。

徹底的にコーナーをつく。普通に打ったら届かないギリギリのコースをついて三球三振を狙う。出鼻をくじかれたらもうこいつは勢いにノれない。まずは内角ギリギリの足下。

コーイチはどんなコースを要求してもきっちりそこに投げることができる。大体そこ、じゃなくて本当にきっちりミットに収まる。

見る人が見たらすぐにわかるさ。試合中俺のミットが動くことがほとんどないって。いったいどんなコントロールをしてるんだって青くなるはず。

「ツライク！」

ほらな。少し足を引いて見逃しでストライク。あそこはさすがにバントもできない。

「ナイコー！」

コーイチにボールを返す。いいよマジで今日は。コントロールの良さはいつものことだけど、ボールにキレがある。球速もいつもより少し上がってるんじゃないかな。

二球目は、まったく反対側のコース。外角のギリギリ。ボール半分がベースにかかる感じ。大丈夫。さっきのボールもそうだったからこの審判は取ってくれる。

コーイチの身体はいったいどうなっているのか、調べてみたいって本当に思うよ。天才には違いないと思うんだけど、なんだろうな。俺は現国ダメだから上手い言葉が思いつかないんだけど、感覚の天才。

あいつにしてみれば、ボールを狙ったところに投げるっていうのはあたりまえのことなんだ。むしろできないことが不思議でしょうがないって感じらしい。たとえばって話したことがあるけど、マス目の中にきちんと字を書きましょうって言われたら書けるけど、それと同じぐらい簡単にできる。

投げたボールはいろんな抵抗や影響を受ける。空気の抵抗や地球の重力やボールの回転や速度やそういうもの。それを全部計算して同じところに投げることができる人間なんているはずがない。そんなのはコンピュータのするような計算だしマシンのやることだ。

でも、コーイチはそれを感覚でやってのける。

そのコースにカーブを投げるためにはどうすればいいのかってことを、自分の身体と、細胞と話しながら決めてやってのける。強風の日だって、「風の通り道が見えるから」って平気でバカなこと言うからねあいつは。まぁ見えるってのは言葉のアヤで、感じるんだろうけどさ。投げ損じなんか一球もないんだ。筋肉が疲れてきたらその疲れさえ感覚の中に取り入れてきっちりコントロールする。冗談抜きで、リリースポイントを一ミリずらすとか、腕の振りをコンマ一秒早くして投げるとかあいつ言うんだぜ。そういうことをやってるってさ。

これでプロ並のスピードボールが投げられるようになったら、マジであいつはメジャーでも完全試合できると思うよ。それも何回も。

天才的な音楽家は素人にはまったくわからない音の違いや何かを聴き分けるっていうじゃないか。コーイチにはそういう感覚があるんだろう。俺ら凡人にはまったくわからない、信じられない感覚。

でも、このままでプロで通用するとは思えない。そもそもコーイチもプロに行きたいなんて言ってないし。それはケンイチも同じ。

俺らは、ただただ甲子園に行きたいんだ。

そこで勝ちたいんだ。

優勝して、その瞬間に全員でマウンドに集まりたいんだ。

そして、旗を掲げる。俺たちの旗を。

ただそれだけ。

三者連続三振。しかも全球ストライク。スタンドへのファウルを二本打たれたけどそれだけ。ベンチに引き上げるときにスタンドからも拍手が起きた。

「今日はラクできそうじゃん」

ケンイチが笑って肩を叩いてきた。

「イケるよな」

皆で声を掛けあっていたら、タムリンがベンチの中に向かって言った。

「どうやらコーイチの調子がいいようですね」

にっこり笑う。めぐみが言ってたけどタムリンの笑顔はまるで王子様みたいだって。まぁなんとなくわかる。

「シンジ、コーイチ」

「オッス！」

「今日はできるだけ球数を少なくして内野ゴロもしくは三振に仕留める。そういう投球をしましょう。そしてケンイチ、あれはしばらく封印です。普通の守備をしましょう。気力体力を温存しておいてください」

「オッケ！」

タムリンが頷《うなず》いた。

「相手のピッチャーには手こずるはずです。どっちが先に点を取るか、我慢比べになると思います。先に点を取ればかなり有利になりますから、コーイチ」

「はい」

「最初の打席から全開でホームラン狙ってください。体力を温存しようとか思わないで」

「わかりました！」

そう来るか。そうだよな。ここで負けちゃ話にならないんだから。

「シローとカズキも、ゆっくり身体を温めておいてください。出番が来る可能性は高いですよ」

「ウッス！」

そしてそのときは、だよな。

「甲西の打線は決して怖くはありません。コーイチなら〇点に抑えていけるでしょう。けれども今日は支部代表決定戦。向こうも必死です。何が起こるかわからないからとにかく先制点を取るために必死になりましょう。もしコーイチが交代したらケンイチ、あれを全力で行きますよ」

「りょーかい！」

ケンイチの守備はあたりまえだけどコーイチがピッチャーのときに百パー完成する。

でも控えのシローやカズさんが投げてるときでもできないわけじゃない。双子じゃないから予測するのがはるかに難しくなってケンイチの負担が増えるっていうだけ。ケンイチが言うには、コーイチのときには普通のグラウンドを走る感覚で、シローやカズさんのときには雪がめちゃくちゃ積もったグラウンドを走るぐらい違うんだそうだ。だから、二回や三回ぐらいならなんとかなるけど長くはムリ。

だから、最初は温存。

うん、考えピッタリ。タムリンは本当に俺らのことをわかってやってくれる。もう何もかも話したから、隠し事は何にもないし。

「めぐみのお父さんを？」

「はい」

「殺した？」

「そうなんです」

タムリンが今まで見たことない顔をして、びっくりした。だよね、驚くよね。もうそれは動かしようのない事実だし、何年も前のことだから俺らは考えても話しても動揺はまったくない。

でも、イヤな気持ちにはなる。殺してなんか、いや殺そうとなんかしてない。正当防衛だったのにって。

タムリンは、ゆっくり息を吐いた。

「最初から、話してください」

俺らが過ごした児童養護施設〈そよ風学園〉の園長さんは、元プロ野球選手の橋場肇。俺らはハジメ先生って呼んでた。

「理事長だよ」

ケンイチに訂正された。

「園長じゃなくて理事長」

「そう、理事長。とにかく、ハジメ先生が〈そよ風学園〉をやっていたんです。そして俺らに野球を教えてくれた」

とにかく皆、野球が大好きだった。いやいややってたわけじゃなくて、とにかくヒマさえあったらバットとボールを持っていたんだ。

「家《うち》には、〈そよ風学園〉には野球グラウンドがあったんですよ。ちゃんとバックネットも芝生もあるグラウンド。道具も全部揃《そろ》ってた」

それは、ハジメ先生の夢だったんだって言ってた。ちゃんとしたグラウンドがあって、そこで子供たちと一緒に野球をやるっていうのが。

「ハジメ先生も、親がいない子供だったんですよ。だから、プロ野球の選手になったときにそう考えたって言ってました。実は、タツさんもタックさんも、今の野球部のみんな、家で野球を一緒にやっていたんですよ。近所の子供たちも集めて、ハジメ先生が皆に野球を教えていたんです」

だからか、ってタムリンが頷いた。

「中学や高校からの仲間じゃなくて、それ以前からの仲間だったんだね」

「そういうことです」

小学生の頃からずっとずっとみんなでボールを投げて打って遊んできた仲間。一応先輩だし、〈そよ風学園〉にはいなかったから今はさん付けで呼んでるけど、小学生の頃は呼び捨てだった。

「神別高校野球部のチームワークの、いや、絆《きずな》の深さはそこからだったんだね」

ニッコリ微笑んでタムリンが言った。

「まぁ、そんなので」

ケンイチだ。そういうイイ話にされるのをイヤがるからねこいつは。本当はいちばんそういう奴のくせに。誰よりも仲間のために力を尽くすのは、こいつなんだ。

「事件の起こる前から、小学生の頃から俺らの間では皆で甲子園に行こうって冗談で話していたんですよ。でも、それが目標になったのは、ゼッタイに達成しなきゃならない目標になったのは」

イヤそうな顔をした。だよな。口にするのもイヤなのはわかるけど、だからって俺に後は任せたって目線で振るなよ。

「めぐみの父親は、ヤクザだったんです」

タムリンが顔を顰《しか》めた。

「父親っても、義理なんですよ。再婚して父親になった男。母親はもう大分前に死んでた。

俺らが小学校六年のときに、そのヤクザの父親が、めぐみが施設に入ったのをどっかから聞きつけて施設に乗り込んできたんです。めぐみを返せって」

「どうして」

「わかんないっスよ」

「どうせ」

ケンイチが邪悪な顔になった。

「めぐみを何年か育てて大人になったらどっかソープとかで働かせて金を貢がせるつもりだったんじゃないかな。そういう感じの男だったからさ」

「ケンちゃんそれは」

「わかってるって」

ケンイチがコーイチに手を振った。

「めぐみの前では言わないし言ってないよ。でもね、タムリン」

「うん」

「間違いなくそんな理由さ。めぐみ、カワイイだろ?」

「そうですね」

「そしてあの父親はぜってーヤク中だったよ。そんなのが身体中から漂ってた」

コーイチが悲しそうな顔をした。本当にこの兄弟、性格が正反対ね。でも、ウソでも大げさでもないいんだ。ケンイチは鋭い。野球で見せる天才的な感覚は、読みは、普通の生活でも発揮される。ケンイチがそう言うんなら、あの男はそんな奴だったんだ。

「とにかくですね、監督」

後を継いだ。ケンイチに話させたらこの後どんな悪態つくかわかったもんじゃない。

「めぐみのそういう父親が、施設に乗り込んできたんです。もちろん、ハジメ先生が拒否しました。拒否したんだけど、父親がハジメ先生に殴り掛かってきたんですよ」

「それを君たちは見ていたのかい？」

それは。

「ハジメ先生が、俺たちはゼッタイに顔を出すなって、俺らは見てないんです」

それで、最悪の事態になっちまった。

「揉みあっているうちに、めぐみの父親は倒れてコンクリートブロックに頭をぶつけて、そのまま死んじまったんです」

タムリンが、何も言わないで顔を顰めた。

「俺らは警察に全部証言したけど、目撃者はいなかった。おまけにハジメ先生にはどこにも傷がなかった。あたりまえだよね、ハジメ先生鍛えてるんだからさ。あんな奴に傷なんかつけられるはずないよ」

「結局さ」

ケンイチが言った。

「警察はハジメ先生を犯人扱いさ。先生は逮捕されて、刑務所に入ってしまった。五年の実刑。冗談じゃないって。なんで先生がわざと殺したって結論になるんだよ」

俺らには、どうしようもなかったし、何も聞かされなかった。さんざん警察に電話したり、弁護士さんにも当たってみたけど、ダメだった。何も教えてくれなかったし、変わらなかった。

「他の先生方も頑張ってくれたんだけどね」

何もできなかったって、みんな泣いていたよ。

「それで、ハジメ先生がいなくなって、殺人者扱いになっちまって、施設も解散。俺たちは全員バラバラになったんです」

ツヨシ、ミサ、ルナ、カイト、マッチ、ケンコ、ヒデノリ、カオル、カーコ、アンジ、サラ、ミズエ、マリ。

「野球部の仲間以外は、みんな、あちこちの施設に引き取られて、〈そよ風学園〉の仲間は、いや」

言い直した。

「家族は、日本全国にバラバラになってしまったんです。監督」

「うん」

「めぐみがどんな思いをしたか、想像つくでしょ？」

タムリンが、大きな溜息をついた。何度も頷いた。

「想像はできても、彼女の抱えた傷の大きさをとても実感できませんね」

俺らもなんだ、タムリン。

自分の父親が、たとえ自分の本当の父親じゃなくても、その男のせいで大好きだったハジメ先生が、お父さんだって思っていた先生が逮捕されて刑務所に入って、しかも、施設が解散。大好きだった仲間が、バラバラ。

全部、自分のせいだってめぐみは泣いていた。ずっとずっと泣いていた。ご飯も食べないで、自分の部屋に閉じ籠《こ》もって。

「何週間も、何ヶ月も、俺らめぐみのことを見ていました。あいつが、どうなっちゃうかわかんないから、バカなことをするかもしれないから、夜もずっと交代で起きて見張っていました」

言うのは簡単だった。

「あんなバカな男はお前の父親なんかじゃない。忘れろって言ってもムダでした。あいつはどんどんしゃべらないようになっていって」

「でもさ」

コーイチだ。

「甲子園が、めぐみも、僕らも救ってくれたんですよ」

「甲子園が」

タムリンが呟《つぶや》くように言った。

「そうなんです」

約束したんだ。

「施設を出るときに、みんなと約束したんです。俺ら、野球部組は、中学校の青山先生のおかげで、先生の親友や親戚や、近所に住んでいる人たちの養子にしてもらえたんです。それでみんなが一緒の野球部で野球を続けることができるようになった。それで、甲子園に行くって」

「甲子園に行って、勝って、マウンドで〈そよ風学園〉の旗を掲げるって」

「約束したんです」

離ればなれになっても、どこに行っても、俺たちはこの旗の元で仲間、家族。

「それをみんなに見せるために」

刑務所にいるハジメ先生のために。

めぐみのために。

一番バッターのタツさんが一球目を空振りした。

「あれ、マジだよな」

ケンイチが言った。

「うん」

マジだ。様子見じゃない。マジで打とうとしたけどバットがボール一個分下通ってるから、思っていた以上にあのピッチャーの球の伸びがいいんだ。二球目は外角にボール。でも際どいところだと思う。

「ひょっとして向こうのピッチャーも調子いいんじゃないかなぁ」

コーイチが言う。

「そんなふうに見えるのか」

「見える。すっごい気持ち良さそうに投げてる」

じゃあ、そうなんだろうな。あ、タツさんはまた空振り。今度は内角攻められた。

「あれも、予想よりはるかに食い込んできたのか」

「そんな感じ」

ヤバいな。ノせちゃうとイヤなんだけど、結局タツさんは三振してしまった。二番のヨッシーは打ち上げちゃってセンターフライ。三番のセイヤも打ち上げてしまって、セカンドフライ。

「やっぱり伸びてるんだな」

「そうだな」

パンパン！　ってタムリンが手を打った。

「切り替え！　この回を抑えて次の回で点を取ればいいんです」

「オッス！」

そう、切り替えの速さ。なんのためにフラッシュベースボールをやっているんだ。次の攻撃で今日は四番の俺がホームランを打てばいいんだ。それで先取点になる。

外していたレガースを付ける間、コーイチがマウンドで軽く投げてる。受けるのは控えのキャッチャーのユウキ。ユウキもいいバッティングするんだよな。どっかで出してやりたいんだけど。

「よし」

キャッチャーマスク抱えて走ってホームベースに向かう。途中でユウキとタッチ。

「頼むよ！」

「おう！」

上位打線の三人を見ただけだけど、やっぱり打線はコワくないと思う。コワいとしたら、この四番。確か、長谷川《はせがわ》。

こいつだけは長打力もあるしセンスもあるってめぐみメモにもある。要注意人物。

（打たせて取ろうぜ。長打警戒）

内角低めギリギリ。こいつは身長があるし手も長いからこのコースには手を出さないだろう。出してもものすごく窮屈なバッティングになるはず。バッターボックスの立ち位置もけっこう前に来てる。

サインにコーイチも頷いた。

いつものように、きれいなフォームから投げた球は真っ直《まっす》ぐに俺の構えたところへ飛んできて。

でも。

「コーイチ！」

叫んだのとショートのセイヤが跳ね返って転がったボールを手で取ってそのまま一塁へ投げるのが同時だった。一塁はアウト。セイヤ、ナイスプレー。

「コーイチ！　大丈夫か！」

まさかあのコースを打ってくるとは思わなかった。ほとんどゴルフスイングじゃないか。強烈なピッチャーライナー。コーイチが反射的に出したグラブをかすめて、ボールは右手に当たった。

コーイチの右手の甲の辺り。

審判も走ってくるのがわかった。

ヤバい。コーイチの顔が歪《ゆが》んでいる。

山路さんの身体《からだ》に緊張が走ったのが手に取るようにわかった。思わず乗り出しかけた身体をぐっと抑えるようにして、椅子《いす》に座り直した。

神別高校の青山康一くんの右手に、ピッチャー強襲のボールが当たった瞬間。

もちろん私も思わず小さく声が出てしまったんだけど、私のその動きを一としたら山路さんは十ぐらいの勢いで反応していた。それは、やっぱり自分もピッチャーだったからなんだろうか。その痛みとか危険さが十分過ぎるぐらい理解できるから、そういう反応をしてしまったんだろうか。

それにしても、少し大げさかなって思ったんだけど。

「大丈夫でしょうか」

訊《き》いたら、山路さんは小さく頷《うなず》いて顔を顰《しか》めた。

「ボールの跳ね上がりの軌道からして直撃じゃなくて擦《かす》ったんじゃないかと思いますね。であれば、おそらく骨などには異常はないと思うけど」

心配そうな表情を見せた。もちろん私も心配は心配だけど、そこまでの表情はしていないと思う。

マウンドに内野手が集まってきて、センターからも双子のお兄さんの健一くんが飛ぶような勢いで走ってきていたけど、本当にあの子、足が速い。長打力もあってあの守備なんだから、健一くんは十分にプロでやっていけるんじゃないだろうか。きっと甲子園に出られなくてもどこかのスカウトが目を付けてくると思う。

審判もやってきて、何かを言っている。

「あ、下がりますね」

康一くんが右手をかばうようにしてマウンドから下りてベンチに向かった。他のナインはマウンドに集まって心配そうな雰囲気で話をしている。アナウンスが〈治療のために〉と理由を告げた。

「代えますかね」

ううん、と山路さんは唸《うな》った。

「もちろん怪我《けが》の程度にもよるでしょうけど、単なる擦っただけの打撲なら投げさせるような気がしますね」

「そうですか？」

それはあまりにも強行ではないだろうか。ピッチャーの、しかも手の甲なのに。

「康一くんは力投型ではないですからね。手に力が入らないなら入らないなりにコントロールで勝負できます。もちろん、投げる瞬間に痛みが走って、コントロールが定まらないほどの重傷なら別ですけど」

控え投手は三年生の北《きた》くんと二年生の安藤《あんどう》くん。いずれもこの大会ではまだ投げていないからどれぐらい投げられるのか私にはわからない。

山路さんはじっとマウンドを見ている。その横顔を、私は気づかれないようにそっと窺《うかが》う。

私に謝らなきゃならない。

山路さんはそう言った。私と知り合うために仕組んだって。あの引ったくり事件を。私と山路さんはそれで出会ったのだ。そうして、球場で再会したんだ。

でも、たかが知り合うためだけにそんな大げさなことを、ドラマみたいなことをするなんて、どうなんだろう。どうしてなんだろう。

いったい何が目的なのか全然わからない。

知り合いになりたいのなら、なんだろう、されたくはないけどナンパするなり、どこかを通してきちっと段階を踏んでくれればいいだけの話なのに。

それができない理由があった？

元暴力団員だから？

そうして私と知り合いになって、いったい何がしたいんだろう。山路さんは私とは野球の話しか、こうして神別高校の話しかしていないのに。

「試合に集中できませんか？」

私の方を見ないで山路さんが言った。

「少し」

「申し訳ない」

少し微笑《ほほえ》んで言った。それから、下を向いて何かを考えるようにしてから、顔を上げた。

「似ているんですよ」

「え？」

「青山康一くん。私と同じようなタイプのピッチャーなんです。だから、なんとなくわかります。きっとあの程度なら出てきて投げられますよ。球威は多少落ちるでしょうけど」

似ている。

「じゃあ山路さんもコントロールのいいピッチャーだったんですね」

頷いた。

「そして、田村は強気のリードをするいいキャッチャーでした」

田村監督。佇《たたず》まいは申し訳ないけど優男《やさおとこ》って感じで、とてもそんなふうには見えないんだけど。

「私と田村は小学校のときから一緒だったんですよ。家が近くてね」

「そうだったんですか」

幼馴染《おさななじ》みってやつです、って続けた。

「今でも覚えているんです。最初に野球をやろうって言い出したのは、田村だったんですよ。小学校に入ってすぐです。学校から一緒に帰ってきて、そうしたらすぐにあいつが小さな子供用のボールとグラブを持って家にやってきて」

懐かしそうに、その頃を思い出すように山路さんは笑みを見せた。

「最初はあいつがピッチャーでね。グラブがそのひとつしかなかったので、私がキャッチャーをやって。まだ何にもわからないのに、ボールなんか受けられもしないのに、お互いに投げ合って遊んでいました」

野球少年の、誕生。なんだか眼《め》に浮かぶような気がして、私も微笑んでしまった。今も、この瞬間にも、日本のどこかでそうやって子供たちがボールとグラブを持って、遊んでいる。将来の野球選手が、どこかで生まれている。

「二人でリトルリーグに入って、その頃からもうバッテリーを組んでました。私がピッチャーになってね」

「それは、どうやって決まったんですか？」

「その頃から私の方がコントロールが良かったんですよ。何の苦労もなく、自分の狙《ねら》うところに投げ込むことができた」

天性のものだったんだろう。もちろん徹底した反復練習によってコントロールは鍛えられるけれども、〈狙ったところに投げられる〉という天性の資質というのは確かにあるのだ。

「それと同時にあいつはキャッチャーの楽しさを覚えてしまったんですよね。ゲームをコントロールする楽しさというか」

ゲームを作る大きな要素は確かにピッチャー。そしてそのピッチャーを生かすも殺すもキャッチャー次第というのはある。実力差がそれほどない学生野球だったらなおのことだと思う。

「そうだったんですか」

「そして、私のピッチャーとしての才能を最大限に引き出してくれる、正に相棒だったんです。彼がいなきゃ、私は甲子園で投げられるような投手にはなれなかった。いや」

私の顔を見て、苦笑いした。

「元々それほどの才能はなかったのに、あいつのお蔭《かげ》で甲子園まで行けたんです。あいつは本当に才能あるキャッチャーだったんですよ」

「どういう点で、田村監督は才能があったんでしょう。山路さんの何を引き出してくれたんですか？」

この話の流れが、何となくわかった。後から謝ると言われて試合に集中できていない私を、もう一度野球に向かわせるためだって。

山路さんは本当に人の気持ちを考えられる人なんだ。気遣いができる人。あのハシさんが気になって調べて、そして幸せにやっていてくれるなら嬉《うれ》しいと思わせるほどの。暴力団に入ってしまったけれども、根はいい人。

山路さんは、わずかに眼を伏せた。

「意志が通じるって話をしましたよね。この間。相性のいいバッテリー間でそういうものがあると」

「はい」

「あいつは、私が投げたいボールを理解してくれたんです。サインなどなしに。実際私たちの間にサイン交換など必要なかった。形ばかりのものは出していましたけど、マウンドとホームベースの間で眼を合わせれば、それで球種とコースが決まりました。冗談みたいでしょうけど、本当なんですよ」

言葉で言われるとそういうこともあるのかなって思うけれども。

「正直、通常は無理ですよね？　超能力者でもない限り」

「たぶん」

苦笑いした。

「でも、できたんです。それぐらい相性が良かった。相手のことがわかった。わかってくれたんです。あいつは言ってました。〈お前がマウンドで構えただけでどこにボールが飛んでくるかわかる〉って」

だから勝てたんですよって山路さんは続けた。

「大してスピードもないし、コントロールだけが生命線のピッチャーでした。本当に康一くんと同じタイプ。それなのに勝てたのは、田村の、ここぞというときのバッターの読みを外すリードと、たとえば、逆球ってあるでしょう。キャッチャーが構えたところとはまったく反対側に行くボール」

「ええ」

「私たちは、それをよく利用したんです。田村はわざと大きく動いて内角に構える。バッターにもそれはわかる。ところがボールはまったく逆の外角に飛んでいく。普通ならキャッチャーが後逸してもおかしくないところに」

「でも、それはサインなしにわかりあえるから、キャッチできるんですね」

そうですって頷いた。

「ここぞというときによく使いました。リードを意識して打つタイプのバッターほどそれに引っ掛かる」

なるほど、それはよくわかる。

「もちろん、控えのピッチャーが充実していたからこその目くらましですけどね。私の役目はとにかく六回なり七回なり、悪くても最少失点で抑えることでした。そして、田村と私が組めばそれができたんですよ」

「だから、名門校のD学院で先発で使われた」

「そういうことです。他にもいいピッチャーはたくさんいたんですけどね」

「田村さんとは、今でも」

軽く首を縦に振った。

「卒業してからもずっとあいつは」

言葉を切って、微笑みながら私を見た。

「私の身に何があっても、あいつは友人でいてくれました」

その言葉に、その奥の方に、一言では言い表せない真情を感じた。山路さんの過去を知ってしまったから。私も小さく微笑んで、頷いた。山路さんも同じように微《かす》かに頭を動かした。

きっと、人は、自分を信じてくれる、自分のことを少しでも思ってくれる人がいるだけで、それに気づいてそのありがたさを噛《か》みしめることができたのなら、どんな状況になっても救われるものなんだと思う。

田村監督と山路さんは、そういう友人同士だったんだ。かつてのD学院で最高のバッテリーだった。

「では、田村監督が神別高校に就任するのも、事前に聞いていたんですね」

「いえ」

首を横に振った。

「それは、私が頼んだんです」

「え？」

「私が、神別高校の監督になってくれないかと、田村に頼んだんですよ」

完璧《かんぺき》な不意打ちだった。関係者の紹介で田村監督を迎えたと、顧問で責任教師の岩谷先生は言っていた。

その関係者が、山路さんだった？　でも、いったいどんなふうにして繋《つな》がっている関係者なのか。

「あ、出てきましたよ」

スタンドから拍手が起きた。ピッチャーの康一くんが元気に飛び出してきた。右手をブルブルと振っている。その様子からは、ここから見る分には右手の甲に何も異常は感じられない。

「大丈夫みたいですね。表情もいい」

「そうですね」

笑って、マウンドの周りに集まったナインに声を掛けている。お兄さんの健一くんの表情も明るい。ナインが散って、キャッチャーの村上くんが座って、康一くんが手の具合を確かめるようにボールを投げた。

「うん」

山路さんが頷いた。本当に軽い打撲か何かで済んだみたい。スピードが遅くなったわけでもないし、しっかりコントロールされている。投げた瞬間の康一くんの表情にも特におかしなところはなかった。

「ただ、打撲してすぐ投げれば後から腫《は》れてくることもあるでしょうから、控えの出番はくるでしょうね」

「ええ」

軽かったと言っても手の甲の打撲。これから回が進めば痛めたところに何らかの影響は出てくる。大事な、大切な試合。ここを勝ってようやく甲子園への切符を手に入れるための第一歩を踏み出せる。

もちろん、私は記者なんだから実際に記事を書くときにはどの学校に対しても平等な気持ちで接するけれども、そこは人間だから。

ゲームを見るときにはついつい肩入れしてしまう。

神別高校には、このナインには何かがある。実力以外の、何か。それがどうしても気になって、ずっとこのチームを観《み》ていたいって思ってしまう。

プレー再開。

キャッチャーの村上くんがマスクを外して、全員に声を掛ける。一本指を立てた。ワンナウトという意味。

康一くんがきれいなフォームで再開の一球を投じる。アンパイアの声が響く。ストライク。丁寧に外角低めにコントロールされたいい球。

「いいですね」

思わず声を出したら山路さんも、うん、と声を出した。ボールが当たった影響は今のところはないみたいだ。

「今日の康一くんはスピードが乗ってますよね？」

「そんな感じですね。余程調子がいいんでしょう。球にキレがありますね」

野球を知らない人に、球のキレを説明するのは難しい。同じスピードでもキレのある球とない球があるのだと言っても、どういうこと？　と怪訝《けげん》な顔をされる。単純にボールの回転が違うと説明するより、魂が籠《こも》っているのよと非科学的な話をした方が納得されたりする。

日本人はそういうのが好きだ。だから、野球というスポーツが好まれるんじゃないかなって思うんだ。

他のスポーツにはない独特の〈間《ま》〉がある。それはピッチャーにもバッターにも両方に与えられる。やる方はもちろんだけど、観る方もその〈間〉に何かを込めることができる。

誰かが言っていたけど、日本人はそういう〈間〉の美学というものを好む人種なんだって。日本の古典芸能である歌舞伎《かぶき》や能にしても、武道である剣道や柔道にしても、極意や大切なものと言われるのは〈間〉。なるほどねって思ったっけ。

康一くんが二球目を投げ込む。また外角低め。ほとんど同じコースでストライク。バッターはピクリとも動けなかった。

「外角を続けましたね」

「手の様子を見ているんでしょう。きちんと投げられるかどうか、まったく同じコースで試してみたんじゃないかな」

そんな感じだ。

「じゃあ、次は」

「私なら、速球で真ん中高めの釣り球ですね。バッターは二球とも完全に読みを外されて追い込まれてしまった。次にまた外角に来たらファウルで逃げようと考える。内角なら引っ張ろうと思う。スタンスがそんな感じですよね。アクシデントの後なんだから強気でいかないとダメだって思っているはずです。そこに真ん中が来たら」

「振らずにはいられない」

「そうです」

でも、今日のキレのある康一くんの球なら、高めに行くとタイミングが取れないはず。

三球目。

アンパイアの一段と高い声が響いた。

ストライクアウト!

「予想通りでしたね」

真ん中高めの釣り球。まるで山路さんの声が届いたかのように。山路さんは微笑んでいた。

「本当に、あの頃の私たちみたいなバッテリーですよ」

「そうなんですね」

「きっと田村も、ベンチで安心しているはずですよ。バッテリーの考え方が手に取るようにわかるっていうのは、監督にとってはものすごく安心できることですから」

確かにそうかもしれない。計算できないバッテリーというのはある意味ではおもしろいけれども、不安要素も多い。

六番打者は左バッター。大きな構えだ。長打力があるバッターなのかもしれない。

「四番を打たせて取って、五番は手の具合の様子見をしたとはいえ結果的に三球三振。たぶん、今康一くんはアドレナリンがいつもより出ている状態でしょう。打撲のせいで危機感みたいなものが生まれているからでしょうね。それでただでさえ調子が良かったところへ、余計にボールに力が生まれている。それを、キャッチャーの村上くんもわかっている。今度は打たせて取るピッチングをしますよ」

「それは、少し落ち着かせるためにってことですか？」

「そうです。このままノって投げさせてもいいんですけど、そうすると必ずどこかでガクッと落ちるときが来る。そうさせないために、慎重に投げるということをやらせるんですね」

康一くんの足が上がって、初球は変化球を使ってきた。たぶん、カーブ。バッターは完全にヤマを外された感じで、つんのめりながらバットを止めた。

「良いコースへ決まったし、康一くんの表情にも変化はない。変化球を投げても手の甲に痛みは走らないということでしょう。次も変化球です」

二球目も同じだった。山路さんの言う通りに変化球でバッターは空振り。

「ここで、バッターは迷う。前の打者に投げた力のあるストレートで来るか、それとも変化球か。コントロールのいいピッチャーというのはもうデータに入っているので、くさいコースに来たらカットしようと頭にあるはずです。そこで、お望み通りにくさいコースに変化球です。ただし、バッターが考えているより速い球で」

三球目。バッターは手を出した。確かに中途半端なスイングになってしまってファーストゴロ。簡単に処理をして、この回も三人で終わらせた。

「何もかも、山路さんの予想通りですね」

自分と似たピッチャー、そして女房役だった選手と同じようなタイプのキャッチャーというだけで、こんなにも手に取るようにわかるものなんだろうか。

訊いたら、山路さんは、何とも言えない表情を見せた。困ったような、でも、どこか喜んでいるような。

「試合が終わったらきちんと話しますと言っておきながら、なんですけど」

「はい」

「自分でも不思議なぐらい、あの子の考えていることがわかるんですよ。いや、わかるような気がするんです。康一くんと、それから、センターの健一くんの」

「健一くん?」

お兄さんの健一くん。ここまで、外野手の出番は一切ない。身体を動かしながら外野で大きな声を出してピッチャーをもり立てている。

「前橋さんは二人と話したことはありますか?」

「それほど長くは」

取材は断られていた。でも、もし甲子園出場を決めるようなことがあれば今度こそ間違いなく取材はできるはず。

「二人は本当に見分けがつかないぐらいにそっくりですけど、性格はまるで違うんです。兄の健一は、気が強くて自信家です。口も悪いし態度も悪い。でもそれは、優しいけれど気持ちの弱い弟を守るために自分で身に付けた盾なんですよ。親のいない自分たちを守るための」

「親が、いない？」

山路さんはゆっくり頷いた。

「彼らは、施設で育ったんです。今の親は、青山さんは養父母です」

施設で育った？　思わずグラウンドの二人を見てしまった。あの二人にはそんな過去があったのか。

でも、どうして、そんなプライベートなことまで。

あ、そうか。

「田村監督に聞いたんですか？」

でも、山路さんは首を横に振った。

「知っていたんですよ。私はずっと前から彼らのことを。それこそ、生まれたばかりの頃から」

生まれたばかりの頃から？

Bottom of the 6th Inning

（ここまでかな）

七回表。

三回までは三人で終わらせた。ボールがぶつかるアクシデントはあったけど、コーイチはマジで調子良かったんだ。

でも、四回に一番打者が内外野の間に落ちるポテンヒット。これはしょうがない。本当にセカンドのヨッシーの伸ばしたグラブの五センチ上を通り過ぎてポトンと落ちたんだ。ケンイチもすぐそこまで来てたけど間に合わなかった。ケンイチの守備でもこういうのはどうしようもないんだ。デッドゾーンに入ったものはね。

ケンイチが言うデッドゾーンってのは、ああいう内野手がジャンプしても届かないでかつギリギリで落ちるような小フライのところ。そこに落ちるのはいくら予測していても取れないんだ。下手したら内野手と衝突しちゃうからさ。まぁだから俺らのこの守備が大騒ぎにならないっていうのもあるんだけど。

でも、そのあとの二盗と、それからまさかの三盗とスクイズで一点取られた。あれは、マジで俺のミス。確かに一番打者の白石は足のある奴なんだ。だから二盗はしょうがないって判断していた、三盗まではないって油断していた俺がバカだった。スクイズはもちろん警戒していたんだけど、ファーストのタツさんのホーム返球がほんの少しズレた。でも、タツさんのせいじゃない。あれはもう精一杯のプレーだった。三盗を許した俺の責任。タムリンに素直に言ったら「僕も三盗まですするとは思ってなかった」って笑っていたけど、完璧に、やられた。

俺が気をつけてさえいれば入らなかった点なんだ。自分が情けなくて泣きそうになった。泣かねぇけどさ。

失敗は、次で取り返す。自分のバットで取り返す。絶対に、終わるまでに。

向こうのピッチャーだってそろそろ疲れている。球威が落ちてきてるんだ。七回、八回、九回で絶対に逆転して勝って、北北海道大会への切符を手に入れる。

その前に、コーイチだ。

思ったよりあの打撲のダメージが出ている。気を遣って投げ過ぎたんだと思う。こいつは自分の細胞と話をしながら投げられる。何でもないときはものすごいことだけど、逆に身体のどっかにマズいところがあったら、それを全身でかばってしまう。カバーしてしまえるんだ。だから、余計に疲れる。長所が、欠点に変わっちまうんだ。

打撲の箇所は、今のところは軽く熱を持ってるぐらいで腫れたりはしていないけど球威は確実に落ちている。それに打席でホームラン狙ってヒットになっちまったのも影響している。あれで点を取れればその疲れも吹っ飛ぶんだけど、ただの走り損になってしまった。はっきり言ってもう心身ともにヘロヘロ。

最初のバッターは五番打者。ここまでコーイチに完璧にやられているから、今度こそ打つって思っている。

良いバッターは三回に一回は打つ。野球ってそういうものなんだ。確率的にも、次は打たれる可能性は高いんだ。仮にもクリーンナップを任されているんだから、今度こそヒット性の当たりを打ってくる。

ただ、シローやカズさんに代えたからって打たれないって保証はない。打たれるんだったらまだコーイチの方がいいんだ。この回だけは、コーイチに踏ん張ってもらう。後の二回は、シローとカズさんに任せる。

「監督」

出る前に確認した。

「あれ、やっていいですか」

タムリンならわかってる。思った通り、微笑んだ顔のまま頷いた。

「そろそろ限界でしょうね。ケンイチ！」

聞いてたケンイチがニヤッと笑って、パン！　とグラブを叩《たた》いた。

「オッス！」

それで、皆も勢い良く飛び出していった。あの守備さえやれば、これ以上点を取られることはない。いや、出合い頭のホームランとかは防ぎようがないけど、そうさせないのは、俺の仕事だ。

マウンドで、ミットで口元を隠しながらコーイチと話す。

「きれいに外野に打たせることだけ考えるぞ」

「オッケー」

それだけで、いい。後はケンイチに任せる。ホームベースのところに戻って座ったら、五番打者がもう打つ気満々でバッターボックスに入ってきた。

(位置は、前の打席と変わっていない)

あくまでも、自分のスタイルを貫く。ってことは、こいつはどこでもストライクが来れば振ってくる。これまでもそうだったんだ。得意なコースを待つなんてことはしない。

コーイチのことを考えて、一球で仕留める。もし、この回を三人、三球で仕留められれば、次の回もコーイチで行ける。

ど真ん中のストレート。

ただし、ストレートに見えて、クセ球っぽくナチュラルにかすかにシュートする球。

コントロールのいいコーイチが、一球目からそんなバッターにとっていいコースに投げるなんて思わない。だから、ほんの一瞬躊躇《ちゅうちょ》するけど絶対にバットが出る。外野に弾《はじ》き返されても、ゼッタイにケンイチがアウトにしてくれる。

(さて、振ってくれよ)

サインを出す。コーイチが振りかぶる。本当に素直なフォームから素直に球が来る。

その瞬間。

俺の視界に入っているケンイチがもう走り出している。バックした。

(思いっ切り走っている？)

しまった。そんなに飛ばされるのか。ヤマ張られたか？　バッターの足元から風が巻き起こるように、身体が回転する。

躊躇はしてなかった。

俺の読みが外れた。あとは、ナチュラルに曲がる軌道によって芯《しん》を外してくれるのを祈る。

でも。

いい音！　芯に当てられた。

「センター‼」

いくらケンイチが、どこに球が飛んでくるかわかったって、ホームランを打たれたらどうしようもない。

バッターがバットを放《ほう》り投げて全力疾走に入る。

ケンイチは？

ケンイチはもうフェンスに辿《たど》り着いている。こっちを向いて、見上げた。

大丈夫！

（やれやれ）

ケンイチは、何でもない顔をして、フライを受けた。あちこちからどよめきが起こった。どうしてセンターはあんなところにいたんだっていうどよめき。

本当なら、フェンス直撃の二塁打か、跳ね返りが悪くて処理に手間取ったら三塁打の当たり。

バッターは、信じられないって顔をしてセンターのケンイチを見た。そうだよね、信じられないよね。俺だってさ、この二人とずっと一緒にいなきゃ、信じられないんだ。こんなとんでもない守備。

「ワンナウト！」

おう！って声が全員から返ってくる。大丈夫、全然みんなへたってなんかいない。そもそも、俺らは弱気になんかならない。なってるヒマなんかないんだ。ベンチで、ずっと胸の前で手を合わせているめぐみのために、勝つんだ。

六番打者は右打席に入る。名前は藪内《やぶうち》。

こいつも一球で仕留める。

でも、さっきみたいにいきなりど真ん中には投げられない。ちゃんと五番打者が帰り際に伝えている。ど真ん中来たぞって。きっと狙っていたって。打ち急いでもらって打たせて取るって考えてるぞって。

このグラウンドに立ってる選手の中に、ボケッとしている奴なんかいない。敵も味方も、どうやったら勝てるかってことをずっと、試合の間中ずっと考えているんだ。そうじゃなきゃ勝ち進めない。

どうするか。

大きな構えで長打警戒の選手。ただし、構えが大きいってことはそれだけスイングが大振りになるってこと。だから、まずは外角ギリギリへ逃げるボール。

よし、ドンピシャ。

「ボール！」

ちょ、審判さんマジかよ。このコースは取ってくれていたじゃん。でも、そんなことはある。いくら優秀な審判だって試合後半には疲れてくるんだ。

タムリンが言っていた。人間は、審判は疲れてくると、有利な方に不利な判定をしてしまう傾向があるんだって。

つまり、バッターとピッチャーどちらが有利か。

本当ならどっちも五分五分なんだけど、初球なんだから、ボールでもピッチャーはあと最悪でも三球投げられる。ストライクだったら、バッターは最速あと二球で終わる。

その一球の差が、微妙な球の判定に影響することがあるんだって。

本当かどうかはわかんないけど納得はできるよな。

「ナイコー！」

コーイチにボールを返球する。ボール先行しちゃったけどしょうがない。もう一球外角へ行く。今度はボール半個分、内側へ。

大丈夫。コーイチはそんな微妙なコントロールもやってくれる。バッターが「来た！」って思って振ってくれればオッケーだ。タイミングが合わなければファウルになる。上手《うま》く行けばファウルグラウンドで一塁のタッさんが取ってくれる。

タイミングが合っても、飛ぶ先はケンイチの守備範囲だ。

コーイチが振りかぶる。ボールが指先から離れるか離れないかのタイミングで、レフトのコージさんが前に走り出すのが視界に入った。ケンイチの指示だ。

〈レフト前！〉

まさか、この球を引っ張るっていうのか。引っ張れるっていうのか。

鈍い音。

ちくしょうマジでこんな外角を踏み込んで引っ張って来やがった。いや、違うか。ナチュラルにシュートするっていうのを警戒してその曲がりっぱなを叩こうとしたのか。

そこか。

そんな小難しいこと考えたのかこいつ。ここはそんなバッティングをするところじゃないだろうよ。いくらケンイチが指示しても、タイミングは遅れる。コージさんがワンバウンドしたボールをキャッチしてファーストへ投げる。本当なら楽々一塁セーフのヒットのはずが、ケンイチの指示のお蔭で間に合うかもしれないタイミングなんだけど。

「セーフ！」

あぁくそぅ。今の同時かよ。

でも、そんな感情を顔に出しちゃダメ。しょうがないしょうがない。コーイチの顔を見たら、大丈夫だ。切り替えてる。

レフトに転がされたらさすがにファーストでアウトにするのはキツいんだけど、でも今度の七番の近藤《こんどう》は、引っ張るタイプの右打者だ。じゃあわざとレフトに打ってもらうか。あの守備をやれば二塁で刺せる。近藤は足が遅い。上手く行けばレフトゴロゲッツー。もちろん打ち損じたり内野の正面をつけばおあつらえ向きのゲッツー。

一応、マウンドに走った。セカンドのヨッシーとショートのセイヤもやってきた。

「ゲッツー取るぞ」

コーイチに言った。

「うん」

「手は痛くないか？」

ヨッシーが訊いたらコーイチは頷いた。

「痛くない。ちょっと熱持ってるけど、どうってことない」

「よし、さっさと終わらせて、ラッキーセブン、逆転しようぜ」

「オッシ！」

皆で散る。何ともないって言ってるけど、やっぱりコーイチは疲れている。長い付き合いだからわかる。

なんとしても、さっさと終わらせなきゃ。試合をコントロールするのは、キャッチャーの仕事だ。

集中集中。定位置に座る。

七番の近藤が打席に入ってくる。

背は高くないけど、力はありそうな感じ。だから引っ張るんだろうな。そして打つ気満々。入った瞬間につい素振りしちゃったよ。ダメだよバッターボックスでの素振りは。力入り過ぎているんじゃないか。

（ボール球はいらない）

内角高めから入ってくるカーブ。こういうタイプのバッターが思わず手を出しちゃうコース。

そこで打たせて、ゲッツーを取る。

コーイチが振りかぶって、投げる。

（よし、いいコース）

バッターが、動き出す。外野は誰も動かない。ってことは、内野ゴロだ。鋭い音が響いて強い打球がショートの左に転がったけれど、セイヤが横っ飛びして押さえた。

すぐに立ち上がってベースカバーに入ったセカンドのヨッシーにトス。

ヨッシーは滑り込んでくる一塁ランナーを軽く躱《かわ》して一塁に投げる。

ファーストのタツさんが身体を伸ばしてボールを受けて、ゲッツー。

「オッケー！」

皆で声を上げて、ベンチに帰る。

「ナイス！」

ベンチでタムリンが手を叩いて笑っていた。

「さぁ、点を取りますよ」

「オッス！」

たぶん、試合を観ている人たちは思っている。うちの方がリズムが悪いって。ランナーはたくさん出ているんだけど、点に結びついていない。そのランナーが出ているのもヒットはたったの二本で、他は四球ばっかり。

向こうのピッチャーの腰前は、今日は調子がいい。良過ぎる。球が荒れているんだ。しかもいい具合に荒れて俺らは全然絞り切れていない。おまけに荒れるクセに締めるべきところはピシッといい球が来るもんだから、始末が悪い。

ノーヒットノーランの経験もある奴だからって頭があったから、余計にその荒れ球にやられちまっている。

打順は八番のコージさんから。長打は期待できないけど、バントは巧い。足はそんなに速くないけどピッチャーのタイミングを盗むのは上手で、塁に出ればうるさいタイプの選手。

「コージ」

「ウッス」

タムリンがコージさんの方を見ないで、グラウンドを向いたまま言った。コージさんもわかってて、自分のバットを探すふりをしながら聞いてる。

「揺さぶりましょう。一球目からセーフティバントです」

「ウッス！」

一球目からか。

「相手の投手も疲れてきています。できれば楽したい。七回はラッキーセブンというぐらいですから向こうも慎重になります。一球目からストライクを取ってきます。打つ気満々に見せていきなりセーフティで転がしてランナーに出ます。できますね」

「やります」

「じゃ、行きましょう」

ベンチから声が出る。かっとばせよ！　ガツンと行けよ！　コージさんが大きく手を振って、バットを高々と上げながら打席に向かう。背は高いからね。こういうときは相手を惑わせることはできるよ。

「コーイチ」

「はい」

軽くアイシングをしたコーイチにタムリンが言った。

「次で、シローに交代しましょう」

「はい」

シローが大きく頷いて、グラブを持った。控えキャッチャーのユウキも立ち上がった。

「この打席で、思いっ切りかっとばしちゃってください。何も考えなくていいです。いい球が来たと思ったら振ってください」

「わかりました」

「そのためにも」

タムリンが今度はベンチに向かってニッコリ笑って言った。

「この回、最低四点取りますよ。いいですね？　合言葉は？」

「フラッシュ！」

二人で最低一点、最高で二点取る野球。

コージさんが素振りをしながらバッターボックスに向かう。入ったら、立ち位置なんか気にしないですぐさま構えて、ピッチャーを睨《にら》みつける。コージさんが塁に出ればコーイチのホームランで二点。一番のタツさんが出て、二番のヨッシーのホームランで四点だ。点を取れないなんて、考えない。常に点は取れると考える。取れなかったとしても、次で取ると考える。

超攻撃型思考のフラッシュベースボール。

ピッチャーの腰前が、じっとキャッチャーの方を見る。あぁ、タムリンの言った通りあいつも疲れているなって思った。

ああやってキャッチャーのサインを覗《のぞ》き込むときの、重心が落ちている。疲れていないときはもっと腰高になるものなんだ。

何気なくバックネット裏の方を見たら、あの記者さんがいた。

女の新聞記者。タムリンも気にしていた人だ。俺らも知ってたよ。中学のときにいろいろ訊きに来たし、最近も取材に来たんだよな。めぐみがいろいろ話したって言ってた。

（うん？）

誰か隣りにいた。

男の人。

けっこういい身体をしてる。スポーツやっていた身体だ。俺、本当に眼がいいからよく見えるんだよね。

（あれ？）

あの男の人も、見たことある？

（どこでだ）

確かに見覚えあるような気がする。どこだ、どこで見たんだ。うちの学校の誰かの関係者か？　グラウンドに来ていたか？

そんな気もするし、つい最近もどこかで見たような気がするんだけど。

「監督」

「なんですか」

「バックネット裏に、あの女性記者さんが来てるんですけど」

タムリンが小さく頷いた。

「そのようですね」

「隣りにいる男の人も記者でしょうか」

なんか、気になった。何でかわかんないけど、すっげぇ気になった。タムリンはちらっとそっちの方を見て、首を捻《ひね》った。

「さぁ、僕は、わからないですね」

Top of the 7th Inning

ピッチャーの康一くんのホームランが飛び出して同点。試合は一対一のまま最終回。本当に、どっちに転がるかがわからない試合というのはこういうもの。

エースピッチャーが降板したけれども、神別高校はあの守備も駆使して二番手のピッチャー北くんをもり立てている。

「北くんもなかなかのピッチャーじゃないですか？」

「そうですね」

山路さんは頷《うなず》いた。

「あの身長で迫力のあるオーバースロー。まさに投げ下ろすという感じですよね。康一くんとはまるでタイプが違いますから、バッターが対応しきれていませんね」

個性のあるピッチャーを揃《そろ》えられたというのは、ひょっとしたら今後の神別高校の戦いにおいて、ことのほか有利に働くかもしれない。

「球もそこそこ速いし、あの上から来るストレートとどろんとしたカーブの使い分けがいいですね。コントロールも悪くない」

ストライクバッターアウト！　というアンパイアの声が響いた。カーブに手が出ないで三振。これで、ツーアウト。ピッチャーの北くんは指を二本立てて、バックに向かって声を出す。

あと一人打ち取れば最後の攻撃。このまま抑えれば、サヨナラ勝ちの目が出てくる。バッターは三番打者。

「九回の表に一番からという好打順、しかもエースが降りたのにあっさりとツーアウトを取られた。三番は初球から振ってきますよ」

「でしょうね」

自分が生きないことには、試合が終わってしまう可能性が高くなる。バッターならそう思う。初球は外角に外れてボール。バッテリーも打ち気満々の打者を少し牽制《けんせい》したんだろうな。

二球目にこれも外角。バッターが手を出したけど、一塁側スタンドへのファウル。

「いいですね。北くんの球は見た目以上に重いのかもしれません。あのコースに決まればそうそう打たれないでしょう」

山路さんが言う。実際、ファウルに逃げたのではなく確実に打ちに行ったのに、球の勢いに押された感じのファウル。三球目は、ピッチャーがロージンを手に取って間を置いた。

「うん」

山路さんが頷いた。

「マウンドさばきもいいですね。彼は先発でもいけるんじゃないでしょうか。落ち着いている」

「さすが三年生ですね」

三球目は内角にストレート。でも、外れてこれでツーボールワンストライク。

「次の球はなんでしょうね」

「私なら、カーブですね。まだこのバッターには投げていない。バッターもそう読むでしょうけど、あれだけ投げ下ろされた後にあのカーブはキツいですよ」

思った通りカーブ。真ん中に入ってきてしまって、うまく身体《からだ》を残したバッターは快音を残してセンターに運んだ。

でも。

「いましたね」

センターの健一くんは、そこにいた。センターライナーで処理する。ただし、今回は少し走っていた。待って取った感じじゃない。文字通りの、よくそこに走ってきた！　という感じの、普通のいい守備。

「たぶん」

山路さんが言う。

「康一くん以外のピッチャーでは、完璧《かんぺき》な予測が難しいんでしょうね」

「そんな感じですね」

それでも、打つ前から彼は、健一くんはどこに飛んでくるか予測できるのだ。ものすごいことだ。

「外れることはないんでしょうか」

「ないんでしょうね」

信じられないことですけどって山路さんは続けた。

「九分九厘、ほぼ完璧な予測ができないと恐《こわ》くてできないでしょう。野手とはそういうものです。絶対的な自信がなければ何もできない。あのイチローだって、ときおり見せる超人的な守備も、自信がなきゃやらない、できないと言っています」

「そうですよね」

九回裏、神別高校の最後の攻撃。ここで一点を入れればサヨナラ勝ち。打者は八番の林くん。

「彼が出れば、サヨナラの確率がぐんと跳ね上がりますね」

山路さんが頷いた。今まで以上に真剣な眼付《めつ》きでバッターを見つめている。こういうとき、監督はどういう指示をするか。

ランナーに出てほしい。ピッチャーにも九回裏という緊張感が出る。だから、じっくりボールを見ていけと指示するか、それとも小技に走るか、バッターに任せるか。

「田村監督はどう指示したんでしょうか」

「うーん」

山路さんが首を捻《ひね》った。

「ここまで林くんはまったく打てていない。タイミングがまったく合っていない。もし彼がバントが巧《うま》くて足が速いのならセーフティバントを狙《ねら》うというのもありますが、ここは待ちか、狙い球を思いっ切り打っていけ、でしょうね」

でも、林くんは初球を打ってライトフライ。あぁ、という声が山路さんから漏れた。続く九番のピッチャー北くんは粘ったけれども、結局見逃しの三振。

ツーアウト。

でも、野球はツーアウトからという言葉の意味をいちばん見せてくれるのは、実は高校野球だと思う。ましてや一番の下山くんは足が速い。二番の神田くんはホームランも打てる長距離バッターだ。

「初球ですね」

山路さんが言う。

「監督もナインも、ツーアウトを取って安心しています。油断しないぞと思っていてもしてしまうものです。そこに、下山くんがどうつけ込むか」

そう言った瞬間に、第一球に下山くんがセーフティバントを決行した。

「おっ！」

「いいところ！」

思わず声が出てしまった。三塁手は虚を突かれていたと思う。一瞬前に出るのが遅くなったし、球もうまいところに転がっている。

「セーフだ」

もちろん神別高校ベンチは大騒ぎになっている。

「え？」

「代打か」

ここで二番に代打？

「強気ですね」

代打に出たのは二年生で控えキャッチャーの本庄《ほんじょう》くん。まったく公式戦には出ていなかったのでわからないけど、鋭い振りをしている。

「勝算があるんでしょうか」

「さて、これはさっぱりわからないので、田村のお手並み拝見といきましょう」

バッターボックスに立った本庄くんは、なかなか筋肉質の身体をしている。

「パワーヒッターかもしれませんね」

そして、本庄くんも狙ったのは初球。

快音を残して球が飛んだ先は、ライト。

「よし！」

そうして、試合は二対一で終わった。

僅差《きんさ》で神別高校は北北海道大会旭川支部代表に残った。

これで、北北海道大会で四回、一回戦、準々決勝、準決勝、決勝戦と勝ち進めば、北北海道代表として初めて甲子園の土を踏める。

両校の選手が整列するのを眺めながら、山路さんに訊《き》いた。

「接戦でしたけど、神別高校に地力がついてきた感じがしたんですけど」

「そうですね」

満足げに頷いた。

「誰一人浮き足立ったプレーをしている者がいなかった。そこが、この一点差に、サヨナラを引き寄せるのに繋《つな》がったんじゃないかな」

私もそう思った。点差が示すように両校の実力差はほとんどなかったと思う。そして両方の先発ピッチャーの調子がものすごく良かった。そういう試合の勝敗を分けるのはちょっとした何か。

エラーだったり、走塁ミスだったり、そういうもの。でも、この試合ではそれもまったくなかったと言っていい。だから、差を分けたのは、あんまり精神論みたいなことは言いたくはないけど気力みたいなもの。

神別高校の選手たちの勝ちたいという気持ちがより強かった。それが九回裏のサヨナラに繋がったのだと思う。

「それにしても、あの場面で最後の打者にピンチヒッターを出して、なおかつヒットエンドランを指示するなんて、田村監督は強い人ですね」

「そういう奴なんですよ。いつでも強気でした。その強気が選手にも影響を与えているんでしょうね」

しかも、初球ヒットエンドラン。

本庄くんの打った打球はライトに転がるヒット。普通ならシングルヒットコースなのでランナーは二塁に止まるはずなのに、ランナーの下山くんはまったく躊躇《ちゅうちょ》していなかった。あるいは三塁コーチから指示があったのかもしれない。ライトの選手は確かに、シングルヒットだと油断しているような動きを見せていたから。

下山くんは二塁で止まらずそのままのスピードで三塁を狙い、打った本庄くんはライトの送球を見て、うまくタイミングをずらして二塁へ走った。

「アウトでも、延長戦で勝てばいいという思い切りの良さが選手全員にあったと思いますよ」

その通りだと思う。三塁へ送られたボール、タイミングは完全にアウト。それが、サードの手前でワンバウンドして、滑り込んだ下山くんの足に当たった。

ボールがファウルグラウンドを転々とする間に、下山くんは本塁を落とし入れて、劇的なサヨナラ。

アンラッキーと、ラッキー。

野球の神様を、あるいは魔物を味方につけるのはいつだって選手の気迫だと思う。甲西学園の選手たちには酷な結果になってしまった。ライトのあの子は長い間後悔するかもしれない。あそこでもっと気をつけていればと。

でも、勝負とはそういうもの。

もっと強くなってほしい。この結果を受け止めて、もっと練習して上を目指すという思いを抱いてほしい。

それが、高校野球。

「行きましょうか」

立ち上がった山路さんは、後片づけをしている神別高校の選手たちを優しい笑顔で見つめながら言った。

⚾

お寿司《すし》を食べましょう、と山路さんが言って、買物公園を一本入ったところの小さな寿司屋に連れて行ってくれた。店の一番奥に小さな座敷があって、そこを予約していたらしい。慣れた様子でお店の人に挨拶《あいさつ》していた。

「何か、食べられないものはありますか」

おしぼりとお茶が出たところで山路さんが訊いた。

「いえ、ないです」

何でも食べられます。

「お酒は？」

「今日は、よしておきます」

「じゃあ、握りをお任せで、持ってきてください」

わかりました、と小柄な、もうおばあちゃんと言ってもいい割烹着《かっぽうぎ》姿のお店の人が微笑《ほほえ》んで、障子を閉めた。

「よく来られるんですか？」

「いや、初めてですよ」

試合が始まる前にここに立ち寄って、予約をしておいたと言う。それにしては雰囲気が馴《な》染《じ》んでいる。そう言ったら山路さんは微笑んだ。

「生きる術《すべ》ですね」

「生きる術？」

ほんの少し眼を伏せた。

「おそらく、もう知っているでしょうけど、いろいろとややこしい恥ずかしいことをして生きてきました」

隠す必要もないんだろうから、私も小さく頷いた。

「卑屈になってしまっては、駄目だと思ったんです」

それでは、自分の人生はこのままで終わってしまうと感じたって続けた。

「だから、自分は金《きん》さんで生きようと思ったんですよ」

「金さん？」

あまりにも唐突で、思わず眼を丸くしてしまった。金さんって。可笑《おか》しそうに山路さんは笑った。

「遠山金四郎《とおやまきんしろう》です。桜吹雪の」

「あの、遠山の金さんですか？」

テレビの時代劇でおなじみ。普段は気さくな遊び人の金さんは、実は江戸町奉行遠山金四郎。お茶を一口飲んで、山路さんは続けた。

「金さんは入れ墨なんかしているけど、それを隠して、普段は気のいい町人を演じていますね？　そうしていろんな人の頼みを聞いていたりする」

「そうですね」

実は観《み》たことないんだけど、話を聞いたり、定型化されたそのパターンは別のものに展開されていたりして、大体そんな感じというのはわかる。長年のスタンダードの影響ってすごいと思う。

「私も、そうしようと思ったんです。スネに傷を持っていてそれを隠してはいるけれども明るく気楽に振る舞う。そして、どこの誰であろうと、頼りにされればそれに誠心誠意応《こた》えて行こうと。あいにくと金さんみたいに権力は持っていませんけど、いざとなったら他人のためにこの身を投げ出して死んでもいい覚悟でいれば、それっぽい雰囲気は出るのではないかと。野球のおかげで、こういうガタイをしていますしね。父親譲りの人懐っこそうな顔もあった。だから、どこに行っても結構頼りがいがあって安心と思ってもらえましたよ」

確かに。初めて会ったとき。あの夜に、私はそう感じた。大丈夫ですかと心配そうに声を掛けてくれた山路さんは、頼れる感じだった。

「おもしろいものです。人間って不思議な動物ですよね。その人から出る雰囲気というものを会った瞬間に感じ取る。自分がそういう気持ちでいれば、確実にそれを感じてくれる。あぁこの人はきっと自分の味方だ。そう思ってくれるんです。だから、誰とでもすぐに仲良くなれる自信がありますよ」

「あの、それは、ひょっとして比喩《ひゆ》なんかじゃなくて」

本当に頼りにされたとき、他人のために死んでもいい覚悟がなければできないことじゃないんだろうか。そうでなければ出ない雰囲気なのではないか。

「山路さんは、常にそう思っているんじゃないですか？　自分はいつ死んでもいいと。でも、どうせ死ぬのなら誰かのために死のうと」

山路さんが、小さく息を吐《つ》いた。テーブルの上の灰皿を指差して、いいですか、と訊くので頷いた。煙草《タバコ》の煙でひるむほど軟弱な世界に生きていません。

すみません、と言って煙草を一本取り出し、火を点《つ》けた。

「おこがましいとは思いますが、そう決めて毎日を生きています。今、あなたが、たとえばヤクザ者に逆恨みされて恐い目にあっているというのなら、私はこの身を賭《と》してあなたを守ることもします。たとえ殺されようとそいつらに向かっていきます」

真剣な、そして、真摯《しんし》な瞳《ひとみ》の光。煙草の煙が、ゆらゆらと天井に昇って行く。嘘《うそ》ではない。本当に山路さんは、そう考えている。

「どうして、そんな」

ふぅ、と煙を吐いた。

「どこからお話しするか、考えたんですが」

「はい」

「私のことを、どこまでご存知ですか？」

ハシさんに聞いたことを、全部話した。

ご両親と妹さんが事故で亡くなってしまったこと、育ててくれた親戚《しんせき》の方の非情な扱いに荒れたこと、暴力団に入ってしまったこと。そうして、傷害事件を起こしてようやく組を抜けられたこと。

山路さんは眼を丸くして驚いた顔をした。

「そこまで、調べられたんですか」

さすが新聞記者ですねって。

「暴力団にいたことぐらいはきっと摑《つか》んだだろうなとは考えていましたけど」

「私じゃないんです」

先輩の記者が、興味を持って調べたことも伝えた。

「その者は言っていました。『山路蓮という男が、今は幸せに暮らしているのなら嬉《うれ》しい』って。すごく、気にしていました。実際、私が山路さんと知り合ったと伝えて、あなたが生きていたんだとわかったときに本当に嬉しそうな声を出しました。きっと、ずっと心のどこかに引っ掛かっていたんだと思います」

そういうことは、あるのだ。記者をやっていると一つや二つや三つは必ずある。山路さんは、私に向かって頭を下げた。

「その方に、気に掛けてくださってありがとうございますと伝えてください。お蔭様《かげさま》でなんとか生きてこられましたと」

「伝えます」

それと。これも話に出るのだろうから先に言った方がいい。

「浅川満里恵さんという方のことも、元気だろうかと気にしていました。山路さんの恋人だったはずだ、と」

こくん、と、山路さんは頷いた。

「残念ながら、彼女は死んでしまいました」

死んだ？

「お亡くなりに？」

「皮肉なものですね。こんな私が生き残って、善人の見本だったような彼女があっさりと病気で死んでしまうなんて」

　病気で。

「それは、事情をお聞きしていいものでしょうか」

「もちろんです。そのために、今日お付き合いいただいたのですから」

　そこで、失礼します、と襖《ふすま》が開いた。さっきの割烹着姿のおばあちゃんが大皿を持って現れた。

「はい、お待たせしました」

　わ、と、思わず口を小さく開いてしまった。深刻な話をし始めていたのに、美味《おい》しそうなお寿司を眼の前に置かれてしまっては。山路さんもそうだったらしくて、にっこりと笑って煙草を消した。

　おばあちゃんはニコニコしながら言う。

「いっぺんにたくさん持ってきちゃったら味が落ちちゃうからね。まずは三品、持ってきました。頃合《ころあ》い見計らって、また持ってきますからね。これはね、サービスの小魚のマリネ。箸休《はしやす》めにどうぞ」

「ありがとうございます」

　おばあちゃんが部屋を出ていくと、山路さんが醤油《しょうゆ》を私の小皿に注《つ》いでくれた。

「食べましょう。美味《うま》いものは美味しく食べないと失礼です」

「そうですね」

「このマリネもやたら美味そうですね」

食べながら話します。山路さんはそう言ってタコのお寿司を口に放《ほう》り込んだ。

「満里恵は、浅《あさ》ヤンという私の友人の姉でした」

ゆっくりと、山路さんは話し始めた。

「浅ヤンというのは、同僚の方ですね。知的障害があったという」

「そうです」

山路さんが送り込まれた会社は、飲食店におしぼりや什器《じゅうき》、スナック類を卸すところだったそうだ。暴力団の息の掛かった企業。

「浅ヤンは、気のいい奴でした。野球が本当に大好きで、初めて会ったとき、私の顔を見るなり満面の笑みで『D学院の山路蓮投手!』と叫んだんですよ。驚きました」

その浅ヤン、浅川俊樹《としき》さんは、高校野球からプロ野球まで、ほとんどの選手のことを知っていたそうだ。尋常ではない、驚くぐらいの豊富な知識を持っていた。

「僕の持ち球の種類まで知っていたんですよ」

そういう話はときどき聞く。知的障害のある方が、特定のあるものに特化して記憶力がいい場合があると。

「休みの日や、昼休みの空いた時間なんかは二人でずっとキャッチボールをしていました。浅ヤンは甲子園投手のキャッチャーができるって、私がよく飽きないなって感心するぐらいずっとやりたがったんです」

そんな俊樹さんのために、ツテをたどって朝野球のチームに二人で入れてもらったそうだ。あまり他人とうまくやれない俊樹さんのために、山路さんは常に一緒にいてあげた。それにも、俊樹さんはものすごく感謝した。

「私が来てくれたから、野球をすることができるって何度も泣くんですよ。嬉しいやら恥ずかしいやらで」

照れたように、山路さんは笑う。

「じゃあ、決して望んでいた環境ではなかったのでしょうけど、山路さんも」

「ええ」

大きく頷いた。

「高校を卒業して以来、やっと腹の底から笑える日々が続きました」

仕事は正直おもしろいものではなかったけれど、身体を動かしてお金を稼げるのはありがたかった。そうして自分を慕ってくれる人がいる。好きな野球もできる。そんな日々の中。

「満里恵とも、お互いに愛を確かめ合いました」

同情ではなく、傷をなめ合うようなものでもなく、本当にお互いに尊敬できて信じ合える恋人だったと山路さんは続けた。

「ごちそうさまです」

言うと、山路さんは苦笑いした。

「母子家庭だったんです。満里恵と浅ヤンは」

母親が一人で育ててくれた。それを感謝して姉弟《きょうだい》は一生懸命働いていた。貧しくともきちんとしっかり生きていた。

「ただ、母親は長年の苦労がたたったのでしょうね。私が知り合った頃にはもう病気がちで、実質満里恵が一家の長のようにして暮らしていました。だから、決心したんです」

「自分が、この家族を支えようと思ったんですね」

「その通りです」

そういう日々を思い描いていたのに。山路さんは、うな垂れた。

「浅ヤンを救うためとはいえ、自分に嫌気が差しました。一生支えようと思っていた満里恵に、新たな苦悩を自分が与えてしまったんですから」

刑務所での日々。

「満里恵のお腹《なか》の中には、赤ん坊がいました」

「えっ」

それは。

「私の、子供です」

山路さんは真《ま》っ直《す》ぐに私を見て、言った。

「それを、私に告げる前に、離ればなれになってしまったんです。バカなことをしでかした私のせいで」

喧嘩《けんか》をしたことを、そして相手に怪我《けが》を負わせたことを後悔などしていないと山路さんは続けた。殴られて当然のことを連中はしていた。もちろん暴力を全面的に肯定するつもりはないけれども、あのときは。

「私がやらないと、浅ヤンは殺されていました」

友人を、恋人の弟を守るために、山路さんは犯罪者になった。

「もちろん、満里恵は何度か面会に来てくれましたが、お腹に私の子供がいることを言いませんでした。きっと、言うことで何か私に負担が掛かるのを避けたかったんでしょう。ただ、出てくるまで弟と一緒にずっと待ってると言ってくれました。私もそれを信じて、模範囚であり続けました。今度こそ、まともな人生を歩むんだと、すべての負債をチャラにして、自分の生き方を見つけようと思っていたんです。ところが」

マリネの小魚を、そっと口に運んだ。私も、お茶を飲んだ。山路さんはできるだけ空気が重たくならないように気配りしている。お寿司屋さんを選んだのも、きっとそうだ。

ゆっくり話しながら、間を取りながら、食べながら聞ける。

「刑務所に入ってすぐです。満里恵は、引っ越しをすると言ってきました。浅ヤンも、もうあの職場に居られなかったのですから当然ですね。北海道の温泉旅館に住み込みで働くと言っていました」

「こっちに」

それで、舞台が北海道に移るのか。どうして東京生まれの山路さんがこっちに来ているのかと思っていたんだけど。

「母親も浅ヤンも一緒に連れていける。そこで面倒も見てもらえる。だから面会には来られそうもないけど手紙を書くからと。私も、新しい環境に行くことはいいことだと思いました。誰一人知り合いはいないけれども、逆にいいかもしれないと。実際、こっちに来てから初めて届いた手紙には職場の皆はとてもいい人で良かったと。浅ヤンのことも皆が気を遣ってくれると」

安心していた。そして、自分も早く刑期を終えて新天地で満里恵さんや俊樹さんと一緒に暮らすことを夢見ていた。

けれども。

「その最初の一回きりで、満里恵からの手紙が途絶えました。何かあったのかと不安でした。私の方から手紙を書くことはしなかったんです。刑務所に恋人がいるなどと、周囲に知られてしまっても満里恵が困るだろうと。ただまぁ、職場が変わって大変なんだろうとも考えていました。新しい仕事に慣れれば、また手紙も来るだろうと」

お茶を飲んだ。

「ここ、美味しいですね」

「はい」

本当に美味しかった。また誰かと来てもいいなと思えるぐらい。

「刑務所での日々は、これぱっかりは体験しないとわからないでしょうし、まぁ人それぞれの部分もあるのでしょうけど、時間の感覚が変わるんですよ」

「どういうふうにでしょう」

「私の場合は、一日刻みになってしまいました」

「一日刻み？」

「普通に社会生活をしていれば、一週間、一ヶ月、一年と区切りがたくさんありますよね。それを意識しなくなってしまったんですね。とにかく一日が終わることを考え続ける。その日が終わったらまた次の日、そしてまた次の日。時間の流れを一日でしか感じなくなっていました。もう何日経《た》ったんだ、なんて考えない。出られるまであと何日なんてのも勘定はしない。とにかく、寝て起きて一日を過ごすことだけ考える」

少し眉間《みけん》に皺《しわ》が寄った。自分がおかした罪故の日々ではあるけれども、厳しい毎日だったのだろうと思う。

「自分で言うのもなんですけど、どこか生真面目《きまじめ》すぎる性格のせいもあったのですかね。何も考えるな、ただひたすら一日を過ごせ、と。だから、満里恵から連絡がなくてもそんなに悩むことはありませんでした」

「ただひたすら信じていたんじゃないですか？　満里恵さんのことを」

山路さんは微笑んだ。

「そうかもしれません」

二人でちょっと笑い合って、またお寿司を口に運んだ。

「話が飛んでしまいますけど、今の職場に入ったのも実は刑務所で過ごしたお蔭というか、その縁だったんですよ」

「え？」

「刑務官の一人が、野球バカでして、私のことも知っていたんです。出所後に連絡をくれて、その気があるのならどうだと紹介してくれました。スポーツに関《かか》わる仕事の方がいいのではないかと」

「それは、良かったですね」

あまりないことだとは思うのだけど、どうだろう。ひょっとしたらそれも山路さんの人柄を示すものなのかもしれない。

「でも、かなり時間が自由になるのですね」

野球観戦も続けざまにできている。

「それは実は、これから話すことに繋がるんですが、しばらく有給を貰《もら》っています」

「あ、そうだったんですか」

有給。野球を観るために？　それとも、私と話すために？

「実は相当有給が溜《たま》っていて、頼むから休んでくれと随分前から言われていたんです。このために、全部使うつもりで休んでいます」

「このため、というのは」

「事情を全部話すためと、お願いのために」

お願い。

私に？

「私が満里恵の病死を知ったのは、結局出所後でした。満里恵からの手紙はまったく来なかったのです。何か事情があるのだろうと思っていました。ですから、真っ直ぐ北海道に向かいました。そして、満里恵が働いていた温泉旅館を訪ねました」

「そこで」

「そうです。おかみさんから、聞かされました。急性の白血病だったと」

神様はいない。本当に、またそう思ってしまう。

「どうして満里恵さんは山路さんに連絡しなかったのでしょう。いくら急性でもハガキの一枚や、誰かに伝えてもらうぐらいは」

山路さんは、頷いた。

「おかみさんは言っていました。どこかにいい人がいるのは知っていた。そのうちに会わせるからと笑っていたと。そうして病気になったときに知らせたのかと訊くと、今は言えないと言っていたそうです。事情があって、もし自分に何かあったときにその人が希望を失ってしまったら困ると」

「希望を」

「自分が獄中で自棄《やけ》になってしまったら困ると、満里恵は考えたのでしょう」

小さく、頷いた。そうかもしれない。いくら山路さんが真面目に更生しようとしていても、獄中で満里恵さんの死を知らされたら。

そこで、気づいた。顔を上げて山路さんを見たら、山路さんも頷いた。

「子供は？　満里恵さんのお腹の中にいた、山路さんとの赤ちゃんは」

そして、弟さんの俊樹さんとお母さんは。

「浅ヤンは今も元気で、その旅館で働いています。お母さんは介護施設に入っていますが、お元気です」

そう言って、お寿司を口に運んだ。私も同じように食べる。お茶を飲む。山路さんは急がない。重たい話を、できるだけ重さを感じさせないように。

襖越しに、おばあちゃんの声が聞こえてきた。

「よろしいですかー」

「あ、どうぞ」

にっこり笑って、おばあちゃんが入ってくる。

「いかがですか？」

「美味しいです。本当に」

お店の方はにぎわっている。きっと人気の店なんだ。カウンター越しの大将とお客さんの楽しそうな会話も聞こえてくる。

「次のをお持ちしました」

ちょうど良く、私たちの前の皿は空になっている。

「これぐらいの感じでいいですね？」

「そうですね、お願いします」

「あともう一皿で終わりですけど、追加があったら言ってくださいね」

「あ、じゃあ」

山路さんが壁に貼《は》られたメニューを指差した。

「お勧めの卵焼きをお願いできますか」

「はいはい」

おばあちゃんが下がって、山路さんはまた煙草に火を点けた。ほんの少し下を向いて、それから顔を上げた。

「子供は、無事に生まれていました」

私の顔をじっと見た。

「男の子でした。そして、双子でした」

双子。

パチンと音を立てて何かが繋がった。

「じゃあ！」

こくり、と、山路さんが頷いた。

「神別高校の、センターとピッチャー、青山健一と康一は、私の息子たちです」

きっと私の眼は真ん丸になっていた。そうしていろんなことが頭の中をぐるぐるぐるぐる回っていた。

健一くんと康一くんは、山路さんの息子。

でも、施設で育って、今は青山さんという方の養子になっている。

つまり。

「父親だと、名乗り出ていないのですね？」

「そうです」

「何故《なぜ》ですか？」

訊いた後に、すぐにわかった。山路さんは、ほんの少し微笑んだ。

「私が、元暴力団員で、前科者だからです。そんな男が父親だなんて世間に知られれば彼らの将来に傷が付きます」

「そんな」

思わずそう言ってしまったけど、言葉が続かなかった。否定などできない現実は確かに、あるのだ。

「母親が死んでしまった彼らは、〈そよ風学園〉という施設に預けられました。とても浅ヤンや母親には面倒を見ることができなかったのです。私は、知られないように〈そよ風学園〉のことを調べてみました。もちろん、親のいない、あるいは親が一緒に暮らせない子供ばかりです。何もかもが良いことばかりではありませんでしたが、良いところだと感じました。何よりも彼らは」

少し息を吐いて、笑みを見せた。

「野球が、大好きな子供になっていったのです。施設の子供たちほとんどがそうでした」

「何故ですか？」

「理事長さんが、橋場肇さんという元プロ野球の選手だったのです」

「橋場肇？」

聞いたことはあった。どういう活躍をした選手だったかは覚えていないけれども、知識の中には確かにあった。

「じゃあ、ひょっとして彼らは、神別高校の野球部員のほとんどが」

「そうです」

〈そよ風学園〉で育った子供たち。

そういうことだったのか。

山路さんは、ひそかに彼らを陰から支えた。もちろん、健一康一兄弟には、浅川俊樹さんを通して、生活費や学費の援助をした。その他の子供たちにも、ツテをたどって野球道具を集めて寄付をしたりした。

「父親だと名乗れない分、彼らには幸せになってほしいと。ただそれだけでした」

「じゃあ、その橋場さんとはお会いしていないんですか」

山路さんは静かに頷いた。

「直接はお会いしていません。ただ、浅ヤンが話してしまったとは聞いています」

「話してしまった」

「私が、甲子園で投げた投手が父親なんだということを。浅ヤンは素直ですから、隠し通せるとは思っていませんでした。橋場さんも私のことは知っていてくれたそうです」

だから手紙を書いた。事情を全部説明した。その上で、一生二人には父親だと名乗る気はない。その代わりに彼らが大人になるまで、自活できるようになるまで支え続ける。そう決心しているんだと。

「〈そよ風学園〉は、今はなくなってしまったんです。その経緯はもちろんご存知ありませんね？」

「知りません」

山路さんは、財布から何かを取りだした。

「記事？」

新聞記事の切り抜き。

「殺人？」

〈そよ風学園〉で起こった事故。人が一人死んでしまった。逮捕されたのは、理事長の橋場肇。

「これは」

山路さんが、すべて教えてくれた。

死んだのは、あのマネージャーの女の子の義理の父親。

「どうやら、私以上のろくでなしだったようです」

橋場さんは施設の子供たちを守るための正当防衛だったに違いない。でも、判決は違った。そのために施設は解散。

施設で育った仲の良かった子供たちは、全国にバラバラになってしまった。

それだったのか。

あの女子マネージャー。中本めぐみちゃんに感じた「隠している」という感じは。

「なんて」

ひどい。彼女がどんな気持ちになったのか、どんなにショックを受けたのか。計り知れない。義理とはいえ、自分の父親が、大切な仲間を離れればなれにさせてしまった。

大きく溜息《ためいき》をついて、山路さんは肩を落とした。

「私には、何もできませんでした。無力な自分を呪《のろ》いました。彼女を救ったのは、もちろん、野球とあの仲間でした」

甲子園に行くという約束を、皆でした。

〈そよ風学園〉で育った仲間たちで、一緒に野球をやってきた仲間皆で甲子園に行く。そしてそこで、散らばってしまった仲間たちに、刑務所にいる大好きな理事長先生にメッセージを送るんだ、と。

俺たちは、やったぞ、と。

いつまでも、仲間、家族だぞと。

「彼らは、周囲の方の力添えもあって、そういう決意をしたのです。それが、彼女をも救ったんです」

目の奥が熱くなってしまった。潤んだ目頭を、押さえた。彼らの勝利への原動力はそんなところにあったのか。

「それじゃあ、田村監督を送り込んだのも」

「そうです」

いくら素質があったとしても、それだけで甲子園に行けるほど、そこで勝ち進めるほど甘くはない。

だから、彼らを甲子園に辿《たど》り着かせるために自分ができることを考えた。

そのためには、優秀な監督が必要だ。でも、自分が名乗り出ることはできない。

「悩みました。いくら親友といってもいい間柄でも、彼の人生を左右させるようなことを頼んでもいいのかと。しかし、私が〈そよ風学園〉の皆にできることはそれしかなかったのです。そんなことを、大変なことを、あいつは、二つ返事で快く引き受けてくれました。こんな自分のために。任せとけと胸を叩《たた》いて」

そこにも、友情があったのだ。

友を思う心が。

「前橋さん」

「はい」

山路さんが、座布団を外して下がり、居住まいを正した。

「申し訳ありませんでした。おかしな真似《まね》をしてあなたと知り合いになったのは、彼らを守るためでした」

頭を下げた。深く深く。

「そんな」

やめてくださいと言おうとして、ようやく私は思い当たったんだ。

何故、山路さんは私と知り合いになろうとしたのか。私がどんな人間なのか知ろうとしたのか。

「このためだったんですね」

山路さんが顔を上げた。

「そうです」

「彼らに興味を持った新聞記者が、彼らの過去に触れるのかどうかを調べるために」

頷いた。

そうなのだ。もし、神別高校が甲子園に出るようになれば、多くの新聞記者が、雑誌記者が、彼らのことを調べようとする。活躍でもしたなら、倍々ゲームで人数が増えていく。

ましてや、彼らにはあの不思議な守備があるのだ。記者が飛びつかないはずがない。

そうなると。

「記者たちは、調べ上げるでしょう。全《すべ》てを」

彼らが暮らした児童養護施設が今はないのは何故なのかを。どうしてそんなことになってしまったのかを。

そうして、ひょっとしたら。

「チームの中心選手である、健一くんと康一くんの父親にまで」

山路さんにまで辿り着くかもしれない。

唇を引き締めて、山路さんは頷いた。

「彼らを守るために、協力していただけませんか」

Bottom of the 7th Inning

「あと四つ！」

ケンイチがいきなりデカい声で叫んだらタムリンは苦笑いした。練習を始める前のミーティングの時間。皆がトレーニング着に着替えて、適当に椅子《いす》や床に座ってタムリンが話し出すのを待っていたんだ。

「そうですね。あと四つ勝てば、甲子園です」

プレハブの部室のホワイトボードの前に立って、大きく頷いてからタムリンは赤いペンで数字の〈4〉を書くと俺たちを見た。

「よく、眼の前の一戦一戦を戦うだけです、なんて言いますけど、僕はあれイヤなんですよ」

ニコッと笑った。

「どうしてですか？」

すぐ隣りで椅子に座っているめぐみが訊いた。俺も、たぶん皆もそう思ったよ。なんでって。とにかく勝たなきゃその次はないいんだから。

「一戦一戦、というのは、つまり次のことなんか考えないで必死にこの試合を勝とうってことですよね。それはまぁ当然です。まず当面の試合に勝たないことには次に進めない。だからその考えは間違っちゃいないとは思うんですけど」

「けど？」

相変わらずタメ口のケンイチがツッコむ。

「貧乏臭いじゃないですか」

なんだそれ。

「スポーツというのは身体能力はもちろんですが、精神面が非常に大きいんです。どんなに優れた技術を持った選手でも精神面で落ち込んでしまうと実力の半分も出せない。実際、ものすごい資質を持っているのに、メンタルが弱くて一流になり切れなかった選手というのを、僕は野球に限らずいろんなスポーツで見てきました。それは、わかりますよね？」

タムリンが俺に向かって言ったので頷いた。

「わかります」

ある人がどっかに書いていたのを読んだけど、一流の資質を持った人ほど、その反面精神的に脆《もろ》いところがあるそうだ。よく怪我でダメになった悲劇の天才って呼ばれるすげぇ選手がいるけど、実は怪我すること自体が、そもそも原因はメンタルの弱さに因る場合が多いって話だった。

〈無事是《これ》名馬〉っていう言葉があるらしいんだけど、肉体的な怪我をしないことこそ、実は本当に精神面が強い証拠だってさ。

　メンタルってマジでコワい。ちょっとしたことでガラッと変わってしまう。

「これまでもメンタルトレーニングはしてきました。リラックスするイメージ、勝つイメージ、そういうのが自然にできるようにやってきましたけど、僕は正直言って君たちにはそんなの必要ないって思っていました。それは何故かと言うと」

　タムリンはニコッと笑って俺たちを見回した。

「君たちには、絶対に甲子園に行く、そこで勝つという全員が共有するイメージがあります。それは他のどんなチームより、とてもとても強いものです。勝たなければならないという使命感のようなものではなく、もっと単純でかつ奥深いものですよね。つまり、友達のために、家族のために、自分のために。もうなくなってしまったあの家のために。そうですね？」

　そうだと思う。皆がそれぞれに顔を見合わせて、頷いた。

　俺たちは、〈そよ風学園〉の仲間のために、めぐみのために、皆のために、そしてひいては自分のために野球をやっているってことだ。俺たちはいつでも、どこにいても仲間だぞ、家族だぞって自分に確認したいために、皆に言いたいためにやっている。

「それは、凄《すご》いことです」

　タムリンが少し息を吐いて、いつもよりずっと優しい顔になった。

「僕たち大人でも、そんな思いを抱くことは、長い人生の中でもほとんどないはずです。

悲しい思いを、悔しい思いをしたのでしょう。あの家で暮らさなかったメンバーでさえ同じ思いを共有しているんでしょう。それについて赤の他人である僕は何も言いません。言えません」

うん、そう思う。だからタムリン好きだ。何でも正直に言ってくれる。

「君たちのその思いは、シンプルです。そしてシンプルなものほど、強い。それは真実です。君たちの身体に染み込んでいるその家での仲間との日々は、その仲間たちと一緒に戦って勝つという思いは、ちょっと打たれたり点を取られたりしたぐらいで下向きになってしまうようなものじゃありません。そうですよね？」

「もちろんです」

俺が言うと、頷きながら、タムリンが続けた。

「チーム監督が、選手たちにしなきゃならないことに〈動機付け〉があります。〈動機〉とは〈勝つための理由〉です。勝ったら気持ち良いとかカッコいいとか、そういう理由だけで厳しい練習をこなしていくのには限界があります。だから、監督はそれぞれに〈動機付け〉をさせるものです。でも、君たちにはそれは必要ない。僕が保証します。君たちは全国の甲子園を目指す高校球児の中できっと一番強い〈勝つための動機〉を持っています。〈甲子園まで行く動機〉があります。だから、一つ一つ勝っていこうなんてけちくさいことは言いません。一番先まで、つまり甲子園での優勝までイメージするなんてことも言いません。既にイメージするまでもなく、その思いは君たちの血となり細胞になり肉体になっています。他所《よそ》から来た僕がそう感じて言うんだから、間違いありません。だからこのチームは最後まで勝つんです。それでいいですよね？」

「ウッス！」

全員の声が揃った。タムリンは、大きく頷いた。

「さて、とは言っても、そういう思いだけで勝ち続けられるほど甲子園への道は、そして甲子園は甘いものじゃありません。もちろんそれもわかってますよね？」

「わかってます！」

「じゃあ、タック」

「はい」

「キャプテンの君に訊きましょう。今までは勝ってこられました。では、今までのものにさらに上積みさせてもっと強いチームになるには何が必要ですか？」

タックさんがちょっとだけ首を傾《かし》げたけど、すぐに答えた。

「得点力だと思います」

「何故ですか？」

「守備力は練習によって鍛えられて安定したものになります。それは自分たちも感じられます。でも、得点力、つまり攻撃力だけはいくら練習してもアップしたという目安が見えないし、感じられません」

「その通りです。さすが、キャプテンですね」

タックさんがちょっと照れた。この辺、タムリン上手《うま》いなぁって思うんだ。タックさんは優しくて皆のことをいちばんに考えてくれるすっげえいいキャプテンだけど、実はけっこう褒められて伸びるタイプなんだ。そういうのもすぐ見抜いちゃうんだタムリン。

「強い守備力で零点に抑えれば負けはしません。でも、得点を取らなきゃ勝てません。だから、ここで新しい作戦を立てましょう。北北海道代表を決めるこの四戦は今までよりレベルがひとつ上がります。君たちもレベルを上げないと勝てません。何より、君たちが相手校を研究しているように、相手も君たちを研究しているかもしれません。そこを更に上回るものを出していかないと勝てない」

その通りだと思う。タムリンがまたホワイトボードに何かを書いた。

〈フラッシュベースボール〉。俺たちに教えてくれた超攻撃的野球。

「今まで、二人で最高二点を取る超攻撃的野球を目標にやってきました。出塁率が高い選手と長打を打てる選手の組み合わせはある程度の効果を上げましたけど、実際のところ、じゃあ毎試合四人で四点取れたかというとそうでもない。そしてうちがそういう野球をやってきたというのは当然相手ももうわかっていると思います。さらにそれを上回るためには」

何かを書き足した。

〈ストレートフラッシュベースボール〉

「はい？」

何人かで同時に声を上げちまったよタムリン。
「ポーカーかよ」
当然、ケンイチがツッコむ。タムリンが頷いた。頷いちゃうのかよっ。
「別にギャグを言ってるわけじゃないですよ。コーイチ」
「あ、はい」
コーイチがちょっとびっくりして返事した。こいつ、マウンドでは強気で行けるけど普段は本当に優しい大人しい男だからな。いきなりふられると動揺するんだ。
「ポーカー知ってます？」
「知ってます」
「ストレートフラッシュっていうのはどういう役ですか？」
「えーと、同じマーク、ハートならハートで数字が並ぶやつです」
「その通り。なので、次の一回戦から打順はこうです」
一番　ピッチャー　青山康一
二番　キャッチャー　村上信司
三番　セカンド　神田由雄
四番　センター　青山健一
五番　サード　山本桃太郎
六番　ファースト　下山達人

七番　ショート　磯崎清矢
八番　レフト　林幸次郎
九番　ライト　遠藤匠
「こんな感じですね」

長打力のある絵札級の奴を前にズラッと並べて、それ以外の小技がきくタイプを後ろにズラッと並べたのか。

「まさしくストレートフラッシュだな」

ケンイチが頷きながら呟《つぶや》いた。

「見ての通りです。一番から四番まではバントだの小賢《こざか》しいことは一切しません。とにかく打って打って打ちまくる。ヒットとホームランと走塁だけで点を取るんです。五番から九番までは、セーフティバントから盗塁、四死球、クサいコースをカット、スクイズまで、ありとあらゆる小技を駆使して点を取るんです」

わかりますね？　ってタムリンが皆を見回したので頷いた。そりゃわかるよ。

そしてタムリンの絶妙なところは、五番にモモ、九番にタックさんを持ってきたところだな。モモは小技も巧いけど、実は長打力もある。タックさんはとにかく粘っこい。ここのところうちでいちばん出塁率が高いのはタックさんのはずだ。

「じゃあ、この打順と作戦の良いところは？　モモ」

「えっと」

　モモが首を捻る。でも、すぐに答えた。

「今まで以上に、バッターボックスで迷わなくていいってことです。それと、自分の好きなことだけ自由にやればいいからテンションも上がるし」

「監督もサインがいらないからラクじゃん」

　ケンイチが言ったら皆が笑った。

「その通りです。迷いを一切なくします」

　タムリンが大きく頷いた。

「一切迷わないで、自分を信じて好きなようにやる。これが、バッターボックスで最も力を出し切れる唯一の方法なんです。そして自分を信じたんだからアウトになっても後悔しない。自分に腹が立つだけです。腹が立ったら、次は打てばいいと思えます。それがエネルギーになって、すぐ次に頭を切り替えられる。ただし、ここで必要なのは？　ケンイチ」

「えーとね、ピッチャーやキャッチャーとの駆け引きもやめるってことかな？　せっかく迷いをなくす作戦やってるのに、どんな球を打とうかなんて迷っていたらダイナシ」

「はい、その通りです」

　タムリンは右手の親指を上に向けた。

「相手バッテリーは、データに基づいて、データがないときにはバッターの素振りやベンチのサインでいろんなことを考えてきます。その裏をかこうとか考えることはもちろん重要なことですが、考えてしまうと身体が動かなくなることも多いんです。だから、一番から四番まではとにかくストライクで来た好きな球を打つ。ただそれだけでバットを振るんです。余計な駆け引きは一切いりません」

言葉を切って、一度皆を見回した。

「迷いをなくす、というのは今までやってきた〈フラッシュ〉の基本です。じゃあ、そのバッティングが結果を出した試合というのは、めぐみ、どれぐらいあったと思っていますか？」

めぐみがいつも持っているメモ帳を開いて、少し考えた。

「全体の三割ぐらいだと思います」

そうなんだ。確かにハマって得点を重ねた試合もあるけれど、俺たちのこれまでの試合はほとんど接戦だった。とても打撃で勝って来たって言えない。

「この三割という数字に、ちょっと疑問を持ってる人もいるでしょう。別にフラッシュとか言わなくても今まで通りのやり方、つまり、一、二番に小技が光る選手を持ってきて三、四、五番のクリーンナップでヒットを打って返すというセオリー通りの打順でも変わらないじゃん、と、結果だけ見るとそう思えるかもしれません」

「でも、それは違うんですよね」

めぐみが手を挙げながら、そしてスコアブックを取り出して来て言った。

「どうぞ。めぐみがいちばんわかっているかもしれません」

嬉しそうにめぐみが笑って、頷いた。

「確かに、試合の点差こそ、監督が来る前と来てからとはそんなに変わっていないって思われるかもしれないけど、違うんです。一試合平均にすると、１・８点上がっているんです。これはスゴい数字だと思います」

そんなに上がっていたんだ。気づかなかった。

「それに、全員の打率と出塁率も少しずつですけど、上がっています。何より、外野にボールが飛ぶ確率が平均して五割もアップしているんです。これって、フラッシュのおかげで、皆のバッティングに迷いがなくなった結果だと思います」

おおお、って声が上がった。そうか、そういうことか。最近皆調子良いのに点が入らないって思っていたけど、外野に、正面に飛んでることが多かったのか。

タムリンがニコニコしながら座ってるめぐみの頭をぽんぽんと叩いた。

「その通りです。フラッシュベースボールは確かに効果を上げているんです。つまり迷いのないバッティングが君たちの長打力を確実に上げているんです。守備範囲にボールが飛んでしまうのは、野球はそういうゲームだからです。これを続けていけば、必ず守備範囲を越えるヒットがガンガン出るときが来ます。ですから、ここで更に迷いをなくします。そして、下位打線ですが、君たちは、他のチームメイトが何が得意かを全部わかっています。たとえば、モモ」

「はい」

「君が先頭バッターの回があったとしましょう。ケンイチ」

「オッス」

「モモのファーストチョイスはなんだと思います？」

ケンイチがモモの顔をちらっと見た。

「モモはけっこう当てるのが巧いから、とにかく内野の頭を越えるか、野手の間を抜くヒットを打とうとする」

「モモ？」

タムリンが訊いたらモモが頷いた。

「はい、そうです」

「じゃあそれでモモがランナーに出ました。ノーアウト一塁です。次のタツは？　モモ」

モモがタツさんを見てから言った。

「初球、ヒットエンドランです」

「タツ？」

「そうっスね。たぶんそうします」

「ほら」

タムリンがニコッとした。

「下位打線にもまったく迷いがない。まさしく僕がサインを出す間もない。エンドランが成功してノーアウトランナー一塁二塁になりました。そんな状況でベンチからまったくサインが出ていなかったら、相手のピッチャーとキャッチャー、そしてベンチはどう考えます？　次の打者セイヤ」

「ええっとー」

セイヤが地顔のニコニコした顔で皆を見回した。

「サインが出てないってことは、セオリー通りで来るってことで、まずは送りバント警戒しますね。初球は少し外して様子を見ようとかしてきます。だから、僕は、モモとタツが初球からダブルスチールすると思って思いっ切り振って、進塁打を打っていきます。僕、ボール球打つの得意ですから」

「モモ、タツ。初球から走っていこうと思いましたか？」

モモとタツさんは顔を見合わせて、

「思ってました」

「それは何故です？」

「セイヤが悪球打ちだから」

皆が笑った。

「いいですね」

タムリンも頷いた。

「この通り、こういう打線にするとほとんど僕がサインなんか出さなくていいぐらいに、文字通りストレートに繋がっていきます。だから、ストレートフラッシュです。サインというのは全員の意思を、目的をひとつにまとめるために出すものです。でも、サインなんかいらないぐらいに君たちはお互いのことをわかっている。その場その場で瞬時に理解し合える。大げさに言えば全員がマイクとイヤホンを持って試合中に会話をしているぐらい凄いです。きっと、長い間ケンイチとコーイチとシンジを中心にあの守備をやってきたせいもあるんでしょう。それを試合に活用しない手はありません」

なるほどね。

「ぶっちゃけ言ってしまうと、僕はベンチからの指示っていうのは余計なものだっていう考えがあります。どうしてだと思いますか？　ケンイチ」

「それは、わかる。だってバッターボックスに立った人間がいちばんそのときの雰囲気を直に感じられるんだもん」

「その通りです。僕も選手だった頃は、ベンチからの指示が的外れだよなぁって感じたことが何回もあります。だから、次からの試合は、まずバッターが自分が何をするかサインを出すようにします。そのサインはファーストサインとして有効なものです。今までも作ってある相手に気づかれない仕草の打者からのサインを、今日はまずひとつひとつ確認してください。もっとさらに相手に気づかれないようなさりげないサインを、一人一人が完璧に作るんです。それはいいですね？」

「オッス！」

「とは言っても、野球は相手があって初めて成立するゲームです。相手がどう出るかを読む場面も必要で、よくわからなくて迷うこともあるでしょう。その際にはゲームを外から眺めている僕からのサインプレーも必要になってきます。バッターが出したサインに対して、僕からセカンドサインを出します。〈それで行け〉か〈それはまずいこれで行け〉のどっちかですね。それで、相手チームはあくまでもサインはベンチから出てると勘違いしてくれるでしょう。それを受けたバッターが納得したらサードサインを出します。今まで以上にサインの見落としが致命傷になりますから、今日はそのサインをしっかりと確認して、そのサインを使いながら新たな打順のゲーム形式で練習しましょう」

練習が終わったら、あたりまえだけど家に帰る。この〈家に帰る〉っていうのもすっかり慣れたよな。何年か前までは皆揃って施設に帰っていたのに、急にバラバラになったあのときにはマジで体調崩しそうになったけどさ。

「俺、コンビニ寄って帰る。おばさんに頼まれた買い物あるんだ」

「オッケー」

ケンイチとコーイチは、欽ちゃんこと中学の教頭先生だった青山先生の家へ帰る。俺は、欽ちゃんの親友の村上さんの家。村上信司って名前にも慣れたさ。それまでは、向井《むかい》信司だったからな。

「あれ」

コンビニに入ったら、買い物カゴを提《さ》げたタムリンがいた。

「監督」

「あぁ、お疲れさま」

タムリン、買い物姿が似合うな。

「監督はいつも一人で晩ご飯作るんですか」

「他に誰が作ってくれるんだい」

笑った。まぁそりゃそうだよね。

「買い物かい」

「村上さんに頼まれてて。明日の朝のパンと牛乳」

「そっか」

タムリンが、ほんの少し何かを考えるような顔をした。

「シンジ」

「はい」

「家で一緒にご飯食べないか。村上さんには電話しておくから」

何だろう。

「いいっスけど」

何か話があるのかな。

監督の家に来るのは、これで二回目。前はカレーライスだったけど、今日は焼き肉だった。ホットプレートを出して、窓を開けて換気扇を回して準備万端。

「一人で焼き肉するのは淋《さび》しいし、かといって君たちを何人か呼んだら大変なことになるしね。肉がいくらあっても足りない」

「そうっスね」

育ち盛りだし、メシはとにかく食べて身体を作らなきゃならない。特に俺たちのチームは身体が貧弱な連中が多い。これから強豪校に当たっていくけど、そういうチームはやたら身体が出来上がっているからなー。

「村上さんのことは」

肉を食べながらタムリンが言った。

「さっきみたいに、〈村上さん〉と呼んでいるのかい」

少し話し辛《づら》そうにした。気にしなくて良いのに。

「そうです。それはもう一緒に暮らし出すときに確認したんで。お父さんお母さんって呼べなくてあたりまえだから、無理しなくていいって。家にいるときには、〈おじさんおばさん〉って呼んでますよ。親戚の家で下宿している感覚でいいからって」

「そうか」

俺は、まぁケンイチもコーイチも、今一年生のメンバーは全員そうだけど、中一のときにあちこちの家の養子になった。

「ケンイチコーイチは、欽ちゃんって呼んでますけどね」

「青山教頭だね」

少し笑って頷いてから、タムリンが訊いた。

「シンジの本当のご両親のことは、わかっているのかい？」

「親父《おやじ》だけは。俺は向井信司でした」

俺を産んだ母親のことはまるっきり知らない。気がついたら親父と二人で暮らしていて、その親父もしょっちゅう家には居なくて。

「そもそも家がなかったんですよ、俺。汚くてボロい安宿みたいなところで暮らしていて」

小学生になるときに、なんかいろんな人がやってきて俺を〈そよ風学園〉に連れていったんだ。

「親父はそれからすぐに死んじまいました。なんか、病気だったみたいで」

「そうなのか」

「でも、監督。そういうの気にしてるんだったら、気を遣わなくて大丈夫ですよ。〈そよ風学園〉出身の連中は、そういう話をしても平気ですから。もう皆、小さい頃からずっとそうだったから、いじけたり悲しんだりもしないっスから」

うん、ってタムリンは何だか少し淋しそうに微笑んだ。

「僕は、君たちから見れば恵まれた家の子供だからね。野球から離れると、やっぱり考えてしまうところがあるんだ。どうやって接していけばいいかなんてね」

「あ、もうぜんっぜん気にしないでください。他の連中もそれぞれ養子に入ったところはいい人ばっかりで何にも問題ないし、まぁちょっとだけ気を遣ってやるのは女のめぐみぐらいで、男どもは普通にイジり合って平気なんで」

「強いな」

タムリンが言った。俺は何か照れちゃって肉をガシガシ口に放り込んだ。やばいこの肉旨《うま》い。

「僕が甲子園行ったときのエースピッチャーもね、ご両親や家族全部を事故で亡くしてしまったんだ」

「へぇ」

そんなことがあったんだ。

「彼も、親戚の家に引き取られてね。そこで暮らしていたんだけど、いろいろ話を聞いていてさ。自分は幸せな子供だなぁって考えていたことを思い出すんだ」

「そのピッチャーの人は、今も野球をやっているんですか?」

甲子園投手じゃないか。ゼッタイそれなりに凄いピッチャーのはず。

「今は趣味としてだね。どこかのチームに入っているわけじゃない」

「そうっスか」

時々考えるよ。将来もずっと野球をやっていきたいって。プロ野球の選手になれればいちばんいいんだろうけど、自分にそういう特別な才能があるかどうか、まだわからない。

甲子園にはゼッタイ行けるって思ってはいるけど、甲子園に出た連中が全員プロになれるわけじゃない。その中の、ほんの一部の選手だけが、プロに入れて、さらにその中の数人だけが一軍の選手として活躍できる。

マジで厳しい世界だよな。

「監督は、どうして監督になってくれたんですか」

笑った。

「そりゃあ、こういう話があったからだよ」

「でもまだ社会人野球で現役だったわけじゃないですか。もう自分でプレーしなくていいって思ったんですか」

うーん、って首を捻った。

「監督って、魅力的じゃないか。まだ若いうちはそんなこと考えないかもしれないけど、ある程度の年齢になると自分でチームの監督になって勝利をもぎ取りたいって思うもんだよ。そういうチャンスがたまたま来たので、飛びついたのさ」

まぁそうかもな。俺もキャッチャーやっててゲームをコントロールする立場だから余計そうなのかもしれないけど、監督になってみたいって思うもんな。

「ケンイチとコーイチのご両親は、どうなんだい。わかっているのかい」

「俺と逆です。あいつらは母さんが病気で死んじゃいました。二人を産んですぐだそうですよ。父親のことはまったくわかってないです。どこの誰かも何もかも。あいつら、実は身内がいるんですよ」

「そうなのかい？」

「お母さんの弟、つまり叔父《おじ》さんがいて、あ、おばあちゃんもいるんですけどね。おばあちゃんはもうボケちゃってて施設に入っていて、叔父さんも、えーと、知的障害者なんすよ。普通に暮らすのは一人でできるんだけど子供なんか育てられなくて、だから」

「二人は〈そよ風学園〉に」

「そうっス。あいつらは〈浅川健一〉と〈浅川康一〉でした」

浅川さんか、ってタムリンが呟くように言った。

「あ、でもね、その叔父さん、俊樹さんていうんですけどすっげぇ楽しくておもしろい人なんですよ。施設にいた頃に二回ぐらい来てくれて、俺らガキと一緒に真剣に遊んでくれて。だから、あいつらは少しだけど母親のこととかもわかってるんですよね。俊樹さん、話してくれたんですけど、健一と康一って名前をつけたのはお父さんだって言ってましたよ」

タムリンがなんか急に驚いた顔をした。

「そうなのかい？」

「お母さんが、二人が産まれたときに言ってたんですって。もし男の子が産まれたら、健康っていう名前をつけるってお父さんが言っていたんだって。いつまでも健康ですくすく育つようにって。でも双子で産まれたんで」

「健一と康一になったんだ」

そうそう。あと、これは言っていいかな。あいつらにも言ってないけど。いいか、タムリン本当にいい監督でいい男だもんな。まだ会って何ヶ月かだけどめっちゃ信頼してる。信じてる。そう、ハジメ先生も言ってたじゃん。俺は信司。人を信じられるのが俺のいちばん良いところだって。

「あいつらのお父さんのことは全然わかっていないんですけど、でも、その俊樹さんって叔父さんがね、俺と一緒のときになんかポロッと言ったの俺覚えてるんですよ」

「何を言ったの？」

「レンさんって」

「レン？」

そう。レンさん。

「〈レンさん元気かな〉って唐突に言って、それっきり何も言わなくて。ほら、その、知的障害者だからあんまりツッコんでも何だなぁってそのときは子供心にも考えて。でも、きっとそれが健一と康一の父親の名前なんじゃないかって俺思ってました。余計なことだからあの二人には言ってないけど」

タムリンが、ちょっとだけ首を動かした。

「そうか。でもそれは二人には言わない方がいいね。これから代表決定に向けての試合に入るんだし」

「そうっスね」

今さら親がどうしたこうしたで動揺なんかしないだろうけどさ。

「あ」

急に思い出した。

「どうした？」

「あ、いや」

うわ、鳥肌立った。

子供の頃の記憶が、それまでまったく思い出しもしなかったことが急に浮かんでくるってこと、本当にあるんだな。

今、まさにそれ。

びっくりだ。何でこんなこと、俺忘れていたんだろう。ヤッバい。

「それで、シンジ」

「はい」

ちょっと落ち着け。クールダウン。お前キャッチャーだろ。キャッチャーはどんな状況になっても常にクールヘッドでいなきゃダメなんだぞ。

「実はね、新聞記者さんが今度うちの取材に来るんだ。北北海道大会を戦うチームとしてね」

「そうっスか」

まぁそりゃ来るかもね。

「それでそのときにね、もし訊かれたらだけど、施設で育ったこともきちんと話した方がいいんじゃないかって思うんだ」

あ、その話だったのか。今日俺が呼ばれたの。

「うちは絶対に甲子園に行く。勝ち続ける。そうなれば取材はどんどん増える。そのときにいちいち訊かれたらどうするかって考え込むのは精神衛生上も良くない。だから、君たちの〈そよ風学園〉のことも、それから事件のことも、言ってしまって記事にしてもらった方がいいと思うんだ。むしろ、明日来るのはまともな新聞の記者さんだから橋場さんのことはまず記事にはしない。単純に〈施設で育った仲間〉ってことだけで済ませるはず。そうしてね、世の中の大抵の人たちは、なるほどそういうことなら事情があるんだろうからその件はもう訊かないでおこうと思うはずなんだ」

うん。わかった。

「や、俺もそう思ってました。ハジメ先生のことだってまともなスポーツ記者ならゼッタイ記事になんかしないって。甲子園の舞台にはふさわしくないから。出すとしても、不幸な事故で施設が解散になったってことだけで片付けるんじゃないかって」

「その通りだね」

別に施設のことを、〈そよ風学園〉のことを書かれたって動揺する奴もいないしね。まぁもし記事になったらめぐみだけはきちんとフォローするけど。あと、ケンイチもな。あいつは別の意味でアブナいからバカな発言だけはさせないように。

「ほら、肉焼けてるぞ」

「うっす」

遠慮なくガンガン食べる。俺らはたくさん食べて身体作らないとならない。タムリンがちょっと首を傾げた。

「その、〈そよ風学園〉の理事長だった橋場さんだけどね」

「はい」

少し躊躇《ためら》うような感じになって、タムリンが顔を顰《しか》めた。

「余計なことかもしれないけれど、釈放されるのはいつごろなんだろうね」

肉とご飯を飲み込んで、頷いた。

「俺らも、ずっと気にしてます」

刑期は五年って話だった。そこだけは、わかった。

「俺らが小六のときだったんで、普通に考えたら、来年辺りだよなってたまに話すんですけど、仮釈放とかってありますよね？」

タムリンが頷いた。

「もちろん詳しくはまったくわからないけれど、ひょっとしたら早まる可能性はあるよね」

そうなんだ。俺らも知りたくても誰に訊いていいかわからないし、きっと教えてもくれないだろうって、施設にいた他の先生方にも言われていた。

「だから、待つしかないんですけど」

ひょっとしたらって思ってる。

俺らが甲子園に行く、ゼッタイに行くこの夏、もしかしたらハジメ先生にその姿を、スタンドで見てもらえるんじゃないかって。本音を言えばそうなってほしい。だって、三年生のタツやセイヤやシローと一緒に甲子園に行けるのは、今年が最後のチャンスなんだ。

俺らにはあと二回チャンスはあるけど。

そう言ったらタムリンも微笑んで頷いた。

「もしそれが実現したら、僕もぜひ会いたいですね。橋場さんは、すごい選手だったから」


クールダウンのランニングしていて、あ、あの女の人だ、ってすぐにわかった。中学のときにも一回だけ取材っていうか、話を聞きに来た人。確かA新聞の記者だったよな。

「ケンイチ」

「おう。わかってる」

並んで走っているケンイチが頷いた。

「監督が取材が入るって言ってたのはあの人だったんだ」

「らしいな。美人だよな」

「そう?」

その隣りにいたコーイチが言って、ケンイチが肩で軽くぶつかった。

「お前の女の趣味はワル過ぎ」

そうそう。なんでかわかんないけど、コーイチがカワイイっていう女の子には首を捻らざるを得ない場合が多いんだよな。双子なのに女の趣味が違うってのはどういうものなんかね。食べ物の好き嫌いなんかはまったく同じなのに。

「そういえばさー」

コーイチが言った。

「あの女の人、女性記者さん。ずっと試合を観に来ていたよね。そのときに隣りにいた男の人どっかで見たことあるなーって思ったんだけど、しらない?」

一瞬、身体中の毛穴がぶわっと開いた気がした。

マジか。ひょっとしてコーイチもあれを見たのか。それマズいんじゃないのか。

ケンイチが頷いた。

「あ、それ、俺も思った。どっかで見たことあるなーって」

うわ。ケンイチもか。

だよな、俺が見たことあるんだから、っていうか昨夜急に思い出したんだけど、俺が見てるってことはコーイチやケンイチや他の連中も見てるかもしれないんだよな。

俊樹さん、ケンイチとコーイチのお母さんの弟。

こいつらの叔父さん。

あの人、パスケースに写真入れていたんだ。そのパスケースをいっつも首に掛けて胸ポケットに入れていた。ときどきそれが屈《かが》んだときに出てきて、写真が見えた。

きれいな女の人は、ケンイチとコーイチのお母さん。

それは、写真が残ってるから、あいつらも持ってるから俺も知ってる。浅川満里恵さんっていう人だ。本当にきれいでさ。病気で死んじゃったって、何て悲しいんだろうって俺も子供心に思ったよ。

でも、その他にももう一枚写真が入っていて、そこに俊樹さんと一緒に写っている男の人がいた。

けっこうイイ男でスポーツマンタイプの人。

その人、あの女性記者さんと一緒に俺たちの試合を観ていた人だってことに、昨日気づいたんだ。

っていうかその写真のことを昨日突然思い出したんだ。

「気のせいじゃないのか?」

とりあえずそう言っといた。

だってさ。俊樹さんが、ケンイチコーイチ兄弟の叔父さんが、ケンイチコーイチ兄弟の母親の写真と一緒に持ってる写真に写ってる男って。

お父さんの可能性が高いじゃないか。ケンイチとコーイチの。

俺たちのことを取材しに来てる女性新聞記者が、ケンイチとコーイチの父親と一緒にいる。

それって、どういう事態だと思う？

まるっきりわかんねぇ。

ランニングをやめて皆でフェンスのとこで集まって、ストレッチ。その間、女性記者さんはタムリンと何か話している。メモとか取ってないけど、ただの雑談なのかな。それとも録音してるのか。

呼ばれたのは、俺とケンイチとコーイチ、それにキャプテンのタックさんの四人。ケンイチとコーイチはまぁ双子ってことで目立つからわかるし、キャプテンは当然。俺も一緒に呼ばれたのは、たぶんタムリンの指示なんだろうな。昨日、ああいうふうに言われたからら。

「こんにちは」

「ウッス！」

女性記者さんはにこにこしてる。何歳ぐらいなんだろう。近くで見たらマジで美人かも。

「A新聞社の前橋絵里と言います。覚えているかな？　中学のときにも会っているんだけど」

「覚えてます」

ケンイチが答えた。絵里さんって言うのか。一応メモは持ってるけど、胸にＩＣレコーダーのランプが光ってる。録《と》るけど後で全部消すからねって言っていた。やっぱりこういうものは録音するんだな。

「じゃあ、北北海道大会に出場するチームとしてお話を聞きたいんです。いろいろ聞かせてね」

「ウッス！」

「まずは、主将の、えーと遠藤匠くん」

「はい」

このチームの特徴は？　って訊いた。

「まず、守備です。守備だけなら甲子園に行っても強豪校に負けないぐらいの自信はあります。エラーがほとんどないのが、自慢といえば自慢です」

「その守備はどうやって鍛えたの？」

「ボールを見ることとです。エラーや失策の九割はボールから目を離すことで生まれます。だから、視野を広くするトレーニングをずっとしてきました。視野を広くすることでボールをしっかりと見ながらもランナーや他の選手の様子を確認することができます」

うん、事前に皆で打ち合わせした通りの答えだ。そうだね。ずっとやってたよ。記者の絵里さんは首を傾げた。

「視野を広くするトレーニングというのは、具体的にはどういうトレーニングなのかしら？　教えてもらっていい？」

タックさんがチラッとタムリンを見た。話していいのかって確認だよな。タムリンが微笑んで頷いた。タムリンのあの微笑みってけっこう女子はズキュン！　って来ると思うんだけど、どうなんだろう。絵里さんは独身なんだろうか。って俺何考えてるんだ。

「いろいろありますけど、テレビを観ていました」

「テレビ？」

タックさんが、ほら驚いたでしょ、って顔をする。

「人はテレビを観るときにどうしても出演する人の顔だけ観ちゃって、その周りで何が起きているかはまったく眼に入らなくなるんです。でも、出演者の顔を観ながらも、その周りのセットはどんなセットかとか、誰が何をしていたか、なんていうのも一緒に観られるようになれば、それはそのまま守備に生かせるんですよ」

「初めて聞いたな、そんなトレーニング」

絵里さんはタムリンを見た。

「監督の指示によるものですよね？」

「そうですよ。でも、別にオリジナルというわけではありません。けっこう昔からある〈日常の暮らしの中でできる訓練〉ってやつですよ。電車の中でかかとを浮かして立つ、なんていうのと同じですね」

「なるほど。じゃあある番組を録画しておいて、それを皆で見て、後からクイズみたいにして確認するというようなスタイルですか」

「そうです」

さすが記者さんって頭が回るんだな。黙って、絵里さんの顔を眺めながら考えていた。逆に訊きたいって思っていた。

いつも一緒に試合を観ていた男の人は誰ですかって。

ひょっとして、ケンイチとコーイチのお父さんじゃないですか、何で一緒にいるんですかってさ。いや、訊けないけど。

「それじゃあ、青山くん兄弟に訊きたいんだけど」

「ウッス！」

「双子ってことで、これから勝ち進んでいくといろいろ注目されるかもしれないけれど、一緒に試合をやることで、双子ならではの利点ってあるのかしら？」

二人が顔を見合わせてから、ケンイチが口を開いた。

「弟の考えてることがわかるってことっスかね。たとえば弟が投げた瞬間に『ヤバい失投！』とか思ったらそれが自分に伝わって、何となく身体が動くとか」

「そうなの？」

絵里さんが驚いた。

これも打ち合わせ済みの回答ね。あの守備のことをさりげなく匂《にお》わせておくって作戦。

いや、でもさ。今の驚き方、ウソ臭いって感じたの俺だけか？

Top of the 8th Inning

アンテナを全方向に張った。

普段はそんなことしない。っていうか、記者生活の中でそんなにしたことはない。今までも二回か三回か。

つまり、普段は有力新聞やライバル紙の動向しか気にしないいし、そもそもスポーツの世界に抜かしとか飛ばしとかスクープとかそんなに多くはない。政治部記者みたいにそういうことに躍起になる必要もないからしないいんだけど。

した。

信頼できる記者仲間、知人、ありとあらゆるツテを頼って、アンテナを拡《ひろ》げた。どんなささいなことでもいいから〈神別高校〉に対して動きを見せるところがあったら教えてほしい。もちろん、理由は訊《き》かずに。そういう風に言っても私を全面的に信頼して、ただ、わかったと頷《うなず》いてくれる人だけに。

学生の頃と、社会人になってからと、何が決定的に違うかというと、そういう無償の信頼関係を築くにあたっての難しさだと思う。

学生時代の親友って、いい。

ただ共に学舎で過ごす間に無垢《むく》な友情が出来上がってくれる。私もそういう友人が何人かいる。たとえば夜中に電話一本入れて、部屋に行ってもいい？　ってお願いすると、何も訊かないで頷いてくれる友達。一晩中馬鹿話をしてくれる友人。貴重なものだって思う。社会人になってからの友人はなかなかそうはいかない。

そこに、いろんなものが混ざり合ってしまう。大人の世界のいろんなものを相手にしながら友情を育《はぐく》んだとしても、裏で何かを感じ合ってしまう場合が多い。

だから、たとえ何か裏にあったとしてもそれを隠してあるいは胸の奥底に沈めて、友情を優先してくれる友人ができたとしたら、それは一生の財産になる。それを教えてくれたのはやはり先輩記者だった。

文字通りの、戦友。

社会で生きることとは、文字通り戦いなのだ。甘っちょろいことなんか言ってられない。黙って大人しく過ごしていれば平穏無事な生活が転がってくるわけではない。

平和な自分の暮らしは、戦ってこそ手に入る。

比喩《ひゆ》なんかじゃない。もし私がどんどん出世をして、いい暮らしを、満足できる自分の生活を手に入れたとしたら、その裏側で私との出世争いに負けて泣く人は絶対にいるのだ。私が望んだことじゃなくても、自由競争とは、資本主義社会とはそういうもので、この日本という国はそのシステムにのっかっている。

人を蹴落《けお》としてまでいい生活をしたいなんて思わないけど、良い仕事はしたい。良い仕事をしたいと思えば、相対的に自分より良い仕事ができなかった人が出てくるものなのだ。できればそんなことは考えずに、意識せずに毎日仕事をしたいけど、そうも言ってられないのが現実。

そして、やるからには仕事をきちんと成功させなきゃならない。

だから、私がこうやって動くこともデスクには、達也おじさんには報告しなきゃならない。何を考えて何を狙《ねら》ってどう動くのか。

「そうか」

ゆったりとした空間に個室が並ぶ、密談にはちょうどいい感じの料理店。新聞記者にはこういう場所が常に必要になるんだけど、北海道支局のデスクの間に受け継がれるお店のひとつなんだ。

達也おじさんは煙草《タバコ》を吹かしてそう言ったきり、しばらく考え込んでいた。

「訊くまでもないが、一応確かめる。山路さんの話の裏は取ったんだな?」

「もちろんです」

微妙な事情なので、誰にも知られないような形で裏付け調査はした。山路さんの傷害事件は確かに正当防衛とされてもおかしくないような事件だったし、あの双子の叔父《おじ》にあたる浅川俊樹さんは今も元気に温泉旅館で働いていた。満里恵さんは、悲しいことに本当に亡くなっていた。写真も確認したけど本当にきれいな人で、健一くん康一くん兄弟があんなにイケメンなのも頷けた。美人薄命って本当なんだろうか。

そして、あの双子たち、そして神別高校野球部員の多くが自分の家として暮らした児童養護施設〈そよ風学園〉の理事長橋場肇さんは、確かに殺人の罪で服役していた。

「何もかも、山路さんのお話の通りでした。事実です」

うん、と頷いて、おじさんはお猪口《ちょこ》のお酒をくい、と飲んだ。

「橋場肇、か」

「知ってるんですよね？」

「もちろんだ」

おじさんは懐かしそうな笑みを浮かべて、またお猪口を傾けた。

「そりゃあもういい選手だった。ショートだったんだけどな。柔らかい膝《ひざ》を持っていてどんなに難しい打球だってまるで水でもすくうように柔らかく何でもないふうに処理していた。ファーストへのスローだって芸術品って言われたぐらいだ」

「守備の人だったんですか」

「いやそれが打撃も凄《すご》かった。橋場は〈ミスターダブル〉と呼ばれていたんだぞ」

「ダブル？」

そうだ、ってまた嬉《うれ》しそうな顔をする。野球好きが自分の好きな選手の話をするとき、誰もがなってしまうあの自慢そうな誇らしそうな顔。

「〈スタンダップダブル〉、すべりこまずに楽々と塁に達する二塁打さ。あいつが打った二塁打の数は、たぶんプロ野球の記録になっているんじゃないか。実況したアナウンサーは皆が皆絶叫したものさ。〈橋場！　またしてもこの場面で二塁打！　今、スタンダップダブル！〉ってな」

「長打力のある選手」

「そう、それもここぞというときに、わくわくするようなコースに、外野手がどれだけ速く走っても絶対追いつかないというところをきれいに抜けていくんだよあいつの打球は」

場面が浮かんできちゃった。ホームランバッターではないけれど、そういうバッターはむしろファンがいちばん興奮するかもしれない。

ホームランは確かに瞬間的に熱狂できるけれど、それで走者は一掃されてまるで祭りの後のような何かを毎回噛《か》みしめなきゃならない。

でも、二塁打は違う。

ランナーがいればホームに帰ってきてファンが沸いて、それでもなお打ったバッターは二塁に立つ。チャンスは、祭りは続く。仮にランナーがいなくて点数が入らなくても、二塁打はこれから祭りが始まるんだという、威勢のいい太鼓の音が響くような期待感を煽《あお》る。

橋場肇さんは、そんな選手だったんだ。

そして、彼に育てられた少年たちが今、甲子園を目指している。その中にはまさしく二人でグラウンドに立つ青山兄弟もいる。

〈スタンダップダブル《双子》〉。

そんな符合に少し身体《からだ》が震えた。

おじさんが、とん、とお猪口を卓に置いた。

「仮に、神別高校が甲子園出場を決めたとする」

「はい」

「今までにないプレーをするイケメンの双子の選手。しかも孤児という悲しい過去を背負っているとなると、野球以外の部分に興味を持つ記者は確かにいるだろうな」

「いますね」

立場が違えば確かに私も気になったかもしれない。

「しかも、彼らが育った施設の中心人物がかつてプロ野球の選手だった。解散してしまった理由がいかにも、だ」

「いかにもですね」

達也おじさんは、煙草に火を点《つ》けて、ふぅ、と煙を吐いた。吐いて、私を見つめて、ニヤッと笑った。

「守らなきゃならんな。記者の仕事の枠を超えて」

「そう言っていただけると思ってました」

私も笑った。デスクとしても、親戚《しんせき》のおじさんとしても、つまり人として信頼してる。

「しかしな絵里ちゃん」

名前で呼んだってことは、ここからはデスクとしてではなく親戚のおじさんとして話すってこと。

「かなり難しいというか、無茶な動きではあるぞ」

「わかってます」

「確かにアンテナを張り巡らせれば、彼らのプライベートにまで踏み込むつもりで取材をする連中の動向は摑《つか》めるだろう。それに関しては、俺の方のアンテナも使っていいぞ。いくらでも貸してやる」

「ありがとう！」

もう何十年も第一線で記者をやっているおじさんのネットワークを借りられるのなら、こんなに心強いことはない。

「しかしな、そいつらの取材を制限することなどはもちろん不可能だ。有力新聞紙ならきわどい記事なんか絶対に載せない。それは間違いない」

「そうではないメディアですよね、問題は」

そうだなって頷いた。

「それにはどう対処するつもりでいるんだ」

「正攻法で行くしかないと思うんだけど」

そうではないメディアの目星というか、どこがそんなようなきわどい記事を載せるかなんてのはわかってる。もちろんネットの中の素人レベルの有象無象はどうしようもないし、その辺は無視するに限る。

「正攻法ってことは、ギテか」

うん、って頷いた。ギテとはつまりギブアンドテイクのこと。フリーのライターならお金で解決する。社員ならその上の責任者と直接取り引きする。

「せめて、甲子園が終わるまでは待ってくれって、か」

「それがいちばんいいと思うんだけど」

野球のことを記事にしようなんて考える記者やライターの根っこは、野球少年なんだ。どんなに腹黒くて、他人がどうなろうが自分が儲《もう》かればいいなんていう悪党でも、野球好きってことがすごく多い。だから、彼らの事情を全部知ってしまったのなら逆にそこに訴えかける。

記事にするのは、彼らの夢を見届けてからにしてくれないかしらって。

「この件に関してはむしろその方がいいって考えるでしょ？」

「そうだな」

どんなに他人の不幸が蜜《みつ》の味っていう連中だとしたって、今まさに勝ち進んでいる高校のスキャンダル記事に対する善意の人々からのバッシングを怖がらないわけがない。

「甲子園が終わってしまえば、そのバッシングも三分の一以下になるからな」

「そうよね」

だから、正面からぶつかるしかない。おじさんは、大きく頷いた。

「金は、自腹か」

「もちろん」

スキャンダル専門の三流ライターの記事のギャラに上乗せして一時的に止めてもらうぐらいのお金は、それぐらいの蓄えはある。あくまでも私個人の感情で動くんだから、社の予算を使えるはずもない。

おじさんはちょっと難しい顔をして、それから首を捻《ひね》った。

「今後、山路さんは試合を観《み》に行かない方がいいかもしれないな。少なくとも絵里ちゃんと一緒にバックネット裏やチームの応援団側スタンドには」

「そう思っていました」

神別高校のやっている守備を観て、そのうえ、もしも山路さんと健一くん康一くん兄弟の秘密に辿《たど》り着いた記者がいたとしたなら、邪《よこしま》な考えに至る人はきっといるだろう。

「八百長を疑う連中はいますよね」

「そうだ」

ただのカンです、と、健一くん康一くんが言ったとしても、連中はそんな馬鹿なと一笑に付すだろう。どんな仕組みかはわからないけれども、元暴力団員の父親が何らかの方法で彼らにサインを送っているのではないか、それであのとんでもない守備ができているんじゃないかと思うだろう。八百長を目的として。

そこに私の姿があったのなら、そりゃあもう大問題。

「山路さんも言っていました。こうして全《すべ》てを打ち明けて、私の協力を取り付けた以上は、もう人前で接触することは控えると」

「そうだな、それがいい」

「応援も、外野スタンドの隅っこでこっそりすると」

「うん」

私も一緒に外野スタンドの隅っこにいたら、記者仲間に見られたとき逆に変に思われるのでそれはできない。そんなことを考えていたら、おじさんはニヤリと笑った。

「そばに一緒にいられなくて残念だな」

「なに言ってるんですか」

あ、まずい、顔が赤くなってしまった。おじさんがますますニヤニヤしてる。

「まぁ、あれだ」

お猪口に自分でお酒を注《つ》いだ。そのニヤニヤ笑いやめてください。

「元暴力団員で前科持ちで高校生の息子がいる、と、最悪の条件だがそれは表面だけだからな」

そういう話に持っていきたくないけど、まぁそうなので頷いていた。

「俺は一回しか会ってないが、話を聞けば山路蓮という男は」

くいっとお酒を飲んだ。

「正義感と男気に溢《あふ》れ、子供を愛することができて、パートナーを愛することもできて、仕事を真っ当にきちんとできて、自分を律することもできる。しかもガタイもいいし甘いマスクだ。とんでもなく良い男じゃないか」

「まぁ」

そうですよねって頷いた。

「そう感じたから、思ったから、好きになったから協力しようと思ったんだろう？」

しょうがない。ここで必死になってわたわた否定するほど小娘でもありません。

「うん。そう、かな」

頷いた。その通りです。私は山路蓮さんに好意を持ちました。多少、真面目《まじめ》すぎて融通がきかないとかそういうのは気にはなるけど。

「でも、好きになったっていうのも確かだけど、そうじゃなくて、何というか、山路さんの子供を思う気持ちに共感したというか」

「男同士なら、その意気に感ずって奴だな」

「あぁ、そうかも」

山路さんの、会うことも叶《かな》わない息子とその仲間たちに対する真摯《しんし》な思い。

何よりもそこに私は、共感してしまったのだ。そしてもうひとつ。

神別高校ナインの、純粋な思い。

「あの子たちの甲子園に懸ける思いを知ってしまったら」

おじさんも、小さく頷いた。

「そうだな」

そうだなってもう一度繰り返した。

「勝たせてやりたいよな」

そう思う。もちろん、どの高校の野球部員たちも純粋に勝ちたい、甲子園に行きたいという思いで必死に練習をしていることに変わりはないんだけど。今回だけは。彼らに甲子園に行ってほしい。そこで勝ち進んで、全国に散らばってしまった仲間に、家族たちに勇気を与えてほしい。

おじさんが煙草に火を点けた。

「彼らがもし甲子園で優勝したら、記事を書くのか」

「書きます」

彼らの思いを、記事にする。

「そこに落とし込まないのなら、私は、山路さんに惚《ほ》れてしまって自分の立場をただ利用するだけの馬鹿な女になっちゃう」

それは、きちんと山路さんに伝えた。

「協力します。私にできることは何でも」

そう言ったら、山路さんは一度眼を大きくさせてから、嬉しそうに微笑《ほほえ》んだ。

「ありがとうございます」

背筋を伸ばし深々と頭を下げた。こんな風に率直に女に頭を下げられる男の人って凄いと思う。

「でも、山路さん」

「はい」

これだけはしっかりと確認しなきゃならない。

「私は、新聞記者なんです」

「はい」

また背筋を伸ばした。どんな話をするのか、山路さんはもうわかってる。何もかも想定済みというか、いろんな可能性をシミュレーションしてここまで辿り着いたんだと思う。

「神別高校ナインのために、彼らの過去を暴こうとする連中を抑えるということは、連中の商売の邪魔をするということになってしまいます。同業者なのに」

「そうですね」

「それに対する、落とし前をつけなきゃなりません」

きっと、どんな業種でもそうだと思う。自分が何かの前に立ち塞《ふさ》がって流れを止めたのなら、何もかも済んだあとには、溜《たま》った水をきちんと処理しなきゃならないのだ。その流れを止めっ放しにするということは、自分の職務を放棄したと同じことだ。私がこの業界を去らなきゃならないことにも繋《つな》がってしまう。

私はまだまだ新聞記者をやっていたい。この仕事が好きだから。でも、ある程度の条件は出てくる。

「もし、このまま平穏無事に過ぎていって神別高校が甲子園に出場できて、そしてどこのメディアも動くことはなく終わったのなら、問題はないのですが」

勝っても負けても、そのままで済ませられる。これから私が書くだろう、神別高校ナインの少しばかり不幸な生い立ちを取り混ぜた普通の高校球児の記事だけで終わる。

でも。

「もし、同業者に、山路さんと健一くん康一くんが親子であることも何もかも知られてしまって、それを私が抑えて、仮に彼らが甲子園で優勝でもしてしまったのなら」

「あなたに、何もかも書いてもらうのですね」

「そうです」

甲子園に行く前に終わってしまったのなら、あるいは甲子園で一回戦負けでもしたのなら、彼らの記事を書くことに旨味《うまみ》などなくなってしまう。だからそのまま放《ほう》っておいていいと思う。連中も金にならないネタを後生大事に抱えていることなんかない。

「でも、優勝してしまったのなら、あなたと健一くん康一くん兄弟の話は、言葉が悪くて申し訳ないですけど、ものすごくおもしろいネタです。どんな方向性の記事にしても読者が食い付いてきます」

顔を顰《しか》めることもなく、山路さんは素直に頷いた。

「そうでしょうね」

「だから、私が、どこよりも早くきちんと書いて記事にします。山路さんがどんな思いで彼らを見守ってきたか。なんでしたら原稿の段階で山路さんにチェックしてもらってもいいです」

「いや、それは」

右手を拡げて私に向けて山路さんは首を横に振った。

「前橋さんにお任せします。どんな記事になろうと、私は納得します」

真《ま》っ直《す》ぐに見つめる瞳《ひとみ》。信じます、と、その眼《め》が言っている。

「ありがとうございます。でも、もし本当にそうなってしまったのなら、記事になる前に」

「そうですね」

うん、と大きく頷いた。

「彼らに、会わなければならないでしょう」

健一くんと康一くんに。

父親だと、名乗り出なければならない。

「そのときには、ご迷惑でしょうが」

「とんでもないです」

行きます。一緒に。

それも私の役割のひとつになったと思うから。

運ばれてきたあさりの酒蒸しを美味《おい》しそうに食べながら、おじさんは頷いた。

「それは、きちんとしなきゃならないな」

「そうだな」

「うん」

でも、どう思うのだろう。健一くんと康一くんは。

「今の今までまったく聞いたこともなかった父親が、実は元暴力団員で、しかも自分たちは父親が刑務所に入っている間に産まれたなんて知ったら」

とりあえず、父と母が普通に揃《そろ》っていた家庭に育ってきた私には想像もできない。おじさんも、小さく首を捻った。

「そればっかりはな」

何もできないからなって溜息《ためいき》をつく。

「人生って奴は不公平だって、不平等だって、いつも感じるよな。記者なんかやってると」

「うん」

「親は選べん」

私を見た。

「それは、絵里ちゃんも常々感じていたことだろうがな」

「そうだね」

子供は、どんな家に産まれ、どんな人間を父親と母親に持つかを選べない。そこに産まれてしまったらそれで、終わり。終わりなんて表現は使いたくないけど実際にそうなんだ。人生の始まりに、既に決められている環境。

私の場合は、健一くんや康一くん、そして〈そよ風学園〉の皆に比べたらほんのささやかな事情にしか過ぎないけれど、それでも。

「自分に与えられた環境に、何かを感じてしまう気持ちはよくわかるかな」

「それを乗り越えさせるものは、何なのかな。わからんよな」

「わかりませんね」

自分でもわからない。どうやって、家を出るまで、大人になるまでその理不尽さに耐えたのか。グレたりキレたりしないでごく平穏に育ってこられたのか。

「でもやっぱり、大好きなものがあるっていうのは大きいと思うんですよね。私の場合は本だったけど」

小説が大好きだった。本ばっかり読んで、そうして自分で文章を書くことが好きになった。長じてそれは新聞記者になりたいという思いにまでなって、そこを目指したから私はこうして今ここにいるんだけど。

「彼らも、大好きな野球が救ってくれると思いたいですね」

「そうだな」

本当に、まったく偶然にも、甲子園球児だった父親と同じ道を歩んでいる健一くんと康一くん兄弟。

あるいは彼らが〈そよ風学園〉で、元プロ野球選手である橋場肇さんが経営する施設で育ったのも運命だったのかもしれない。

「彼らが素晴らしい素質を持っているのも、父親譲りかもしれないんですからね」

「そうだな。ひょっとしたら橋場さんはそれを見抜いたのかもしれない」

そうかもしれない。素質があってもそれを認めて育てなければ、文字通り宝の持ち腐れなのだ。

山路さんと、橋場さんと、青山兄弟。

運命なんて言葉を軽々しく使いたくはないけれど、そう感じずにはいられない。それを力にして、あの二人には、神別高校ナインの皆には、乗り越えてもらいたい。

勝ち進んだ先にやってくる、人生の嵐《あらし》を。

おじさんが、ふっ、と遠くを見るような眼付きをした。

「そうだ」

「なんです？」

にやっと笑った。

「俺も、少し動こうかな」

動く？

Bottom of the 8th Inning

「デカいなー、マジで」

めぐみが入手してきたビデオで確認はしてたけど、こうやって見たらマジでデカいよこいつら。

向こうの守備練習を皆でベンチに並んでチェックしてる。こういうの、大事なんだよ。それぞれの守備のところを分担してじーっとガン見する。もちろん事前に何度もビデオでチェックしてるけど、生で見るとまた違うからさ。

緊張してる様子はない。そりゃそうだよね。ポッと出の俺らと違って向こうは強豪校だもんな。

「平均身長何センチだっけ」

「一七九センチ」

「バカじゃねぇの。何喰《く》ってんだまったく」

ケンイチが毒づいた。俺は天才だって思ってるケンイチだけど、ムリヤリ欠点を上げるとしたら、身体の線の細さ。まぁそんなものはどうにでもなるんだけど、こうやって身体が厚いチームと当たっちまうとその圧力の差は感じちゃうんだよな。特にバッターボックスに立ったときに。

ピッチャーのコーイチなんかはその圧力を肌で感じちまうから、その辺りのことには注意しないとならない。

北北海道大会一回戦の相手は釜大付属旭川高校。

「いきなりの強敵だよな」

タックさんが言う。

「事実上の決勝戦じゃねぇの？」

ケンイチが不敵に笑う。

「そんなことないよ。あ、それは釜旭に失礼だけど、今年は北南《ほくなん》高校の方が総合的には上だと思う」

めぐみがノートを見ながら言った。まぁそうかもな。あの甲子園で優勝して紫紺の優勝旗を初めて北海道に持ってきたときの釜旭とは全然違う。

そもそも高校野球なんだからさ、毎年メンバーは入れ替わる。そりゃあ強豪校になったら毎年のように素質のある奴が入部してきて全体的に底上げはされるけど、だからって毎年毎年勝てるとは限らない。

やっぱり、ピッチャーなんだ。いいピッチャーがいてこそ、甲子園で勝てる。高校野球はそういうものなんだ。

「あのピッチャーなら打てるよ」

タッさんが自信たっぷりに言って、皆がおおってどよめいた。タッさんがそんなふうに言うのは珍しい。

「なんで？」

ケンイチが訊いた。

「え？　だってコーイチとおんなじようなタイプのピッチャーだよね？　コントロールが抜群に良くて、素直なフォーム。俺らは慣れてるじゃないか。俺、さっきから頭の中でガンガンヒット打ってるぜ」

「その通りですね」

じっと話を聞いていたタムリンも頷いたので皆がそっちを見た。

「ミーティングでも言いましたけど、球種こそカーブに縦横のスライダー、フォークと多いですけど、球筋は素直でスピードもそれほどありません。タイプ的にはコーイチと同じと思っていいです」

「でも、あのフォークはヤバいっすよね」

セイヤだ。セイヤはフォーク苦手だもんな。

「かなりストンと落ちますね。でも、その落ち方も素直、つまり判で押したように決まった感じで落ちていきます。クセのないフォークですから攻略もできるでしょう。ケンイチ」

よ。

「どう打つんでしたか？」

「そりゃあもう」

ニヤリと笑うケンイチ。こいつの自信たっぷりさを少しでもコーイチにわけてやりたい
「落ちる前に打つんだよ」

それはね、ケンイチ。お前みたいにメチャ眼が良くてバットコントロールと身体能力がイチロー並に素晴らしい選手しかできないんだぜ。

「そうですね」

タムリンが頷いた。

「でも、落ちる前に打てないフォームの選手やあまり上手じゃないバッターがあのフォークを打つには？」

「ゴルフスイング」

ケンイチが肩を竦《すく》めて言った。

「落ちてくるんだから、掬《すく》い上げてやればいいんだよ」

野球で言うならアッパースイング。あんまりいい打ち方じゃない。っていうかダメな打ち方って教えられる。バッティングの基本はレベルスイング。あるいは、ダウンスイング。叩《たた》きつけてゴロを打つってやつだ。

タムリンが、そうです、って言った。

「確認です。僕は、バッティングに基本なんかないと思っています。プロの選手でさえ、極端な話毎試合スイングやフォームを変えてみるんですよ？　細かいマイナーチェンジを毎年繰り返しています。バッティングなんて、とにかくバットに当ててボールを前に飛ばせばいいんです。フォームなんて、自分の身体に訊いてみるのがいちばんなんです。自分がいちばん打ちやすい、身体が自然に動いていく打ち方でいいんです。そして重要なのは？　ケンイチ」

「リスト。手首の返し方」

「もうひとつ」

「目線をブラさない。つまり頭を動かさない」

「そういうことです。いつものように、狙《ねら》い球を絞るとか一打席目はじっくり見ていくとかは自分で考えて決めてください。自分が感じるものに、自分が良いと思った直感に従ってください。いいですね？」

ウッス！　って皆で声を出した。練習でタムリンに何度も言われていること。こうやって試合直前に必ずタムリンは確認する。これって良いことだと思うよ。

試合が、始まる。

甲子園優勝に続く、途中の試合だ。

先攻は俺たち神別高校。後攻は釜旭。釜旭の守備は堅い。穴がないって言われているぐらいだ。それは俺たちも同じだけどさ。

打順は、この間決めた通りの〈ストレートフラッシュ〉。上位打線は打って走って打って打ちまくる。ただそれだけの単純なやり方。でも、それってすっげぇ気持ち良いんだぜ。いやもちろん打てなかったら気持ち悪いけどさ。

「シンジ」

一番打者のコーイチがバットを持って呼んだ。

「なに」

「あのピッチャーなんだけどさ」

釜旭の先発、佐々木《ささき》。

「どうした」

「ビデオで見たときにはわからなかったけど、こうやって横から見たら、フォームにクセがあるかも」

「マジで？」

コーイチが頷いた。

「さっき、投球練習でフォーク投げるときに、セットアップポジションでちょっとお尻上げる」

「お尻？」

「うん。上げるっていうか、グラブをこう構えたときに、お尻に力入れるみたい」

「ケツの穴を締めるってことか？」

隣りで聞いていたケンイチが訊いた。

「そんな感じ」

そんな感じって、そんなとこまで見えるかよここから。

「なんとなく、なんだよ。注意して見てて」

「おう、わかった」

っていうかそんなのわかるのは、感じ取れるのは自分の細胞と話せるお前ぐらいじゃないかって思ったけどしょうがない。皆に伝えた。もちろんタムリンにも。全員が首を捻っていたけどまぁしょうがない。

「とにかく、僕、フォーク打ってくるね」

「おう」

ピッチャーでホームランバッターのコーイチ。タムリンの話ではコーイチは力で打つんじゃなくて、タイミングと独特のスイングだけで運んでいる。

出合い頭ってやつがあるけど、それをしのぐ、とにかくもう天才的なタイミングなんだ。ボールのスピードに対してコンピュータで計算してもこれ以上ないってぐらい、バットの反発力を生かしたタイミングで合わせられる。それに加えて、バットに当たった瞬間から手首を返し始めるスイング。きっと物理学者に分析を頼んだら嬉々《きき》としてコンピュータに向かうんじゃないか。

どんなピッチャーでもプレイボール直後は緊張する。そして、ストライクを投げたい。いきなりボールはいやだ。だからその日にいちばん調子がいいと思った球種を投げるもの。

コーイチがバッターボックスに向かったので、二番の俺はネクストバッターサークルに入った。しゃがんで、ピッチャーの方を見る。次のヨッシーはもう打つ気満々だけど、コーイチはいつものようにまったく覇気のない感じでお辞儀してバッターボックスに立った。

俺はね、コーイチがホームラン打てるのはあのオーラのなさもあると思うよ。ゼッタイ、こいつ打たねぇってピッチャー思うもん。

審判の手が上がって、釜旭の佐々木が投げたのは。

「ストレートか」

隣りでケンイチが呟《つぶや》いたのが聞こえた。

「ストレートだったな」

コーイチは何の動きも見せないで見送った。外角低めギリギリのところ。しかもキャッチャーの構えたところにスパンと来てるから、やっぱりこの佐々木はコントロールがいい。

二球目はカーブでストライク。あっという間にツーストライクでコーイチが追い込まれる。ビデオで研究したときには、こいつは三球勝負は一回もしていなかった。だから、ここも少し高めで一球外すんじゃないか。

その通り。外角の高めで外した。きっとボール球に手を出さないかなってクサイところを狙ったんだろうけど、それはムリ。コーイチの選球眼はハンパないぜ。

ここまでコーイチはピクリとも反応していない。バッテリーはどう考えているか。きっと決め球を待ってるって思うだろうな。

だったら投げてやろうじゃないかって考える。ピッチャーの佐々木ってそんな雰囲気持ってる。そもそもピッチャーってそういう性格の奴ばっかりなんだから。

ランナーもいないし、試合始まってすぐだし、決め球が決まって三振取れればノって行ける。そう考えるよな。

でも。

ピッチャーがセットアップポジションに入った瞬間に、コーイチの身体が反応したのがわかった。わかるさ、それぐらい。もう十年以上あいつの球を受けてるんだぜ。

（打つな）

そう思った瞬間、めっちゃくちゃ気持ち良い金属バットの音が響いた。

きっとテレビ中継かラジオ中継があってアナウンサーがここにいたなら、絶叫してる。

ホームラン。しかもバックスクリーンにぶつかるかってぐらいの、気持ち良い軌道を描いたホームラン。

ベンチが大騒ぎ。でもコーイチは淡々と塁を廻《まわ》るんだよな。あれ、相手チームはけっこうイヤがるぜ。あんなに冷静な奴がピッチャーなのかって。

「結局お前の一点だけで悪かったな」

マウンドに行って、ミットで口を隠しながら言ったらコーイチは頷いた。

「いいよ。きっと今日はかなり点取れるよ」

「なんでだよ」

「だって、もう怖くてフォーク投げられないよ、あいつ」

そうかもしれないな。二番の俺も三番のヨッシーも四番のケンイチもフォークを狙って打った。三本とも外野の奥まで飛んでいったけど、正面だったりファインプレーだったりしてスリーアウト。でも、この打線では、変な言い方だけど最高のスリーアウトだ。全部打球がどんどん伸びていった。

「フォークが投げられないなら、次の打順からは的を絞りやすくなるから」

「だな」

よし、行こうぜって尻をポンと叩いてホームベースまで戻って、審判にお辞儀してしゃがみ込んだ。

今日のコーイチは、投球練習ではストレートに伸びがあった。だから、最初は変化球は多用しないで外と内の出し入れとチェンジアップ擬《もど》きでやってみる。

釜旭の一番バッターは、水木《みずき》。ここまで三割八分打ってるめちゃ調子いい先頭バッター。足も速いしミートも巧《うま》いし、一番になるために生まれてきたんじゃないかって男。

だから、こいつを手玉に取ってしまえばきっとダメージになる。

タムリンは、めちゃくちゃ攻撃的な野球を指向しているけれど、ピッチャーにもそれを要求するんだ。

逃げるなって。でも、躱《かわ》すのはベストだって。つまり、攻めながら躱せればいちばんいい。

ここは、ど真ん中ストレートを要求する。

水木に力はない。ホームランにはゼッタイならない。一球目はきっと見るはずだ。あんまりにも絶好球で逆に手が出ないはず。出ても、センターにはケンイチがいる。この北北海道大会は、あの守備を最初っから全開で飛ばしていく。

サインを出すとコーイチも素直に頷いて、ふりかぶった。相手が打つならその瞬間にケンイチはもう動き出しているんだけど、視界の端に捉《とら》えていたケンイチはまったく動かなかった。

ストライク。

予想通り。まさかど真ん中にストレートは予想していなかったろう。びっくりして、そして悔しがっているはず。その証拠に、さっきはまるで気にしていなかったのに、足場を作る動作をした。動揺しているんだ。そこを突いて、二球目もストレートのど真ん中。同じ球が二度来るはずがないって思っているけど、同じ軌道で来れば好打者は身体が反応する。でも、連続で来るはずがないって思っている以上、コンマ何秒か反応が遅れるんだ。

ふりかぶったその瞬間にケンイチが何か叫んだのが聞こえた。ライトのタックさんが前に走り出した。

金属バットの音が響いて、ボールはライト方向へ。でも、力がない打球でセカンドのヨッシーがジャンプしてキャッチした。セカンドライナー。

「ワンナウト！」

立ち上がって大声を出す。コーイチが一本指を立てて、バックに合図をする。いいぞ、今日は俺も調子がいいじゃん。読みピッタリ。

二番バッターの田口《たぐち》は背は低いけど筋肉質のパワーヒッター。もちろん小技も巧いんだけど、引っ張るのがめちゃくちゃ巧いんだ。ランナーがいないから、自分が塁に出ることをしっかり考えるはず。

サインを出す。

（三遊間、しっかり）

サードのモモ、ショートのセイヤがそれぞれ少しずつ動いた。セカンドのヨッシーも少し三遊間寄りに動いた。その分、ファーストとセカンドの間が空くけど、そこはライトのタックさんが意識をする。

何より、俺らにはケンイチがいるんだ。きちんと指示してくれる。

（よし）

座って、コーイチにサインを出す。まず内角は投げない。こいつの肘《ひじ》を畳んでがっつり引っ張る打ち方は大したもんだって思う。だから、まずは外角の低め。背が低い分リーチがないからここに投げておけばとりあえず安心。

　コーイチがふりかぶって一球目。

「ストライーク！」

　この審判さん、声が甲高いな。なんか気になるけど気にしないようにする。早く慣れないと。

　田口は、ポーカーフェイスだけどやっぱり外角から入ったかって顔をしている。だったら、スタンスを少し前にって思うはず。よし、やっぱり前に、ホームベース寄りに来たね。その分内角がせまくなるけれど、そんなことこいつは気にしないんだ。よっぽど内角打ちには自信がある証拠。

　だったら、今度はスピードのあるストレートを釣り球気味に高めへ。一球目の外角低めの残像があるから、そこへは対処できないはず。

「ボール！」

　うわ、見やがったか。意外と選球眼があるのかなって一瞬思ったけど違うよな。たぶん手が出なかっただけだよな。一番に座ってガンガン打っていかなきゃならないコーイチの体力を考えると球数はあんまり投げさせたくない。ここは、打たせて取る。

　内角から逃げて落ちて行くスライダー。内角にキター！　ってきっと手を出す。思いっ切り引っ張ろうとする。でもボールは身体から離れるように逃げていくから、引っ張り切れないできっとセンター方向へ凡打になる。

　コーイチが振りかぶった瞬間、ケンイチがロケットスタートを切って前に突進してくるのがわかった。セカンドとセンターの間に落ちるのか？

ガキンッ！　って鈍い音と一緒にボールが跳ね上がった。フラーッと飛んで行く。ポテンヒットになるんじゃないかって田口はバットを放り出して全力疾走。

でも、ムダだぜ。

ほら、ケンイチがもうスピードを緩めて落下点に入っている。軽い感じで捕球。きっとバッターの田口はこう思っている。前進守備していたのか？　って。違うんだよな。上手《うま》く行ってる。五球でツーアウト。ホームベースの前に立って叫んだ。

「ツーアウト！」

皆の声が聞こえてくる。大丈夫だ。今日はきっと行ける。強豪校相手だけど、まだわかんないけど、とりあえず一番二番は読み通りに打ち取れた。きっとこの二つの凡打はじわじわ効いてくるはずだ。

次は、めぐみからも要注意と言われた三番の細谷《ほそや》。この大会きってのスラッガー。もうホームランを八本も打っている。大体今年の釜旭は、この細谷と四番の柿崎《かきざき》の二人でほとんどの打点を上げているんだ。それはつまり、この三番四番を打ち取ればもう怖いものはないってこと。

（さて、どうやるか）

振り返ったときに、バックネット裏に眼が行って、あの人がいるのがわかった。

前橋絵里さん。新聞記者さん。

今日も来てたんだな。そりゃあ来るよな。俺たちに期待してるって言ってたもん。女性なんだけどすっげえ野球に詳しかったよな。

（いないんだな、今日は）

いつも一緒にいたあの男の人は隣りにいなかった。ひょっとしたら、ケンイチとコーイチの父さんかもしれない人。

でも、隣りの席は空いていた。そこにカメラが立っているのがわかった。ビデオカメラじゃなくて動画も撮れる一眼レフだ。

その一眼レフが、すっげえ長い望遠を付けたカメラが向いている方向がちょっと違うのがわかったんだ。こう見えても俺カメラ小僧なんだぜ。普通はピッチャーとバッターがきっちり写る方向を向いているはずなのに、カメラのレンズが少し上を向いている。

外野をしっかり撮れる方向だ。

それも、センターを中心にして。いや、はっきりとピッチャーとセンターを中心にレンズが向いているんじゃないか？

（それってつまり）

俺たちの守備に気づいているってことだな。いやそれはまぁ予想はしていたことだから驚いたりはしないけど、この間のインタビューのときにはあんまり突っ込んでこなかったのにな。

あの人は、男の人は、どうしたのか。

レンさん。

ひょっとしたらそういう名前で、ひょっとしたら、ケンイチコーイチの親父《おやじ》。どうして今頃、こんなときに現れたのか。

(いけねぇ)

気になるけど、頭を振る。

集中集中。

勝つんだ。勝ち続けて、甲子園で優勝するんだ。

Top of the 9th Inning

一回の裏、釜旭の攻撃は四人で終了。今大会きっての強打者《スラッガー》と評判の高い三番の細谷くんが、タイミングを外されたカーブを巧《うま》く掬《すく》って打ってサードの後ろにポトンと落ちるヒット。さすがにサードの頭のすぐ上、ジャンプして思いっ切り手を伸ばしてそのほんの五センチ上を通過して落ちる球を、レフトの林くんは処理し切れなかった。

でも、次の強打者四番の柿崎くんをセンターフライに打ち取って、スリーアウト。神別高校の先発青山康一くんはわずか十球で一回裏を終えた。いつものことなんだけど、本当にムダ球がない。きっちりコントロールされているし、それを考えてリードしているキャッチャーの村上信司くんもお見事。

それにしてもって、改めて感心する。健一くんの守備。その予測に誤差はあっても間違いはない。その誤差というのは、ライトにライナーで来るって感じてライトに指示を出して、でもそれはセカンドがジャンプ一番ファインプレーで捕球したっていうぐらいの誤差。

ライト方向に飛んで行くってところは完璧《かんぺき》に予測できているんだ。本当に超能力みたいに。もちろんそれは、弟の康一くんの予測していることを全部健一くんが感じ取ってコンマ何秒の遅れもなく反応できるからなんだろうけど。

一回の裏にヒットになったレフトへのポテンヒットも、レフトの林くんはもうすぐそこまで来ていた。あれ以上突っ込んでいって捕球しようとしたら残念ながらサードの山本くんとものすごく危険な形で交錯することになってしまったはず。それがわかったから、あえて突っ込まなかったのよね。声を掛け合う余裕もなかったから、それで正解。ただでさえ人数が少ない神別高校ナインだから怪我《けが》するようなプレーは禁物。

青山兄弟がどうしてあんなプレーができるのかは、田村監督を通じて理解した山路さんが全部教えてくれた。

康一くんは自分のことを〈自分の細胞と話すことができる〉と言っているそうだ。身体《からだ》の全部位の筋肉がどう動いてどれぐらいの力を発揮できるかってことを、マウンドに立つと感じ取れるそうだ。

それはもう康一くんにしかわからない感覚なんだろう。

でも、何となく理解はできる。

一般の人だって、たとえば野球のボールを投げるときに、どれぐらいの力で投げればどれぐらい飛ぶっていうのは目測と力の入れぐあい、つまり身体感覚でわかる。わからなくても何度かやってみるとその感覚を摑《つか》める。摑めたら、眼《め》を閉じて投げても大体それぐらいの距離を投げられるようになる。

それは、大げさに言い換えれば自分の筋肉と、細胞と話しているってことになるんじゃないかしら。きっと康一くんはマウンドに立ったとき、ボールを投げ込むときにはその感覚が極限にまで達しているんだろう。そういう能力を有しているってことだ。そう考えれば不思議でも何でもない。野球選手が一般の人より足が速かったり肩が強かったり動体視力が良かったりするのと同じ、普通の人より能力が優れているってこと。

でも。

「奇跡よね」

そういう感覚を二人は共有できているらしい。脳科学者とかそういう分野の学者さんが知ったら絶対二人のことを調べたくなるだろうなぁ。私だって話を聞いたら、一体どういう仕組みでそれが行われているのかを解明したくなった。

センターの健一くんは、後ろから康一くんとキャッチャーの信司くんを見ていて、瞬時に二人の意図を読み取れるそうだ。バッターをどう打ち取ろうとしているかを理解できる。康一くんがどこにどんな球を投げるか感じ取れる。基本的にはセンターに打たせようとするらしいけど。

康一くんが投げた瞬間に健一くんは動き出す。もしくは指示を出す。バッターが打った球がどこに飛ぶかをほぼ百パーセントの確率で当てる。

でも、それも話を聞くと当てているんじゃないらしい。わかるんだそうだ。これは康一くんとはまた違う身体能力なんだろう。

眼が良い。信じられないぐらい眼が良い。守備についたときの健一くんは、微妙な筋肉の動きでバッターがどこかを痒《かゆ》がっていることさえわかるそうだ。その気になれば塁に出たランナーの盗塁を見抜くことなんか簡単らしい。本気で走り出す直前の筋肉の緊張感が全部見えるらしい。どんだけ眼が良いんだって眉《まゆ》に唾《つば》したくなるけれど、本人の弁によると本当にそうらしい。

でも、田村監督に言わせると、それは〈気配〉というものなんじゃないかと山路さんは教えてくれた。田村監督も元野球選手として、それもナインの中ではいちばん分析力に長《た》けていなけりゃならないキャッチャーとしてそう理解したって。

打つ気まんまんになっているバッターは、長く野球をやっていると誰でもわかる。野球選手じゃなくてもそのスポーツを長年観《み》ていれば、そういう〈気配〉は誰でも感じ取れる。確かにそう。私にだってそれは感じ取れる。

だから、健一くんは筋肉の動きが見えるという表現をしているけれど、それは即《すなわ》ちそういう〈気配〉を尋常ならざる感度で感じ取っていて、その気配を自分の中では〈見える〉という風に変換することができるんだろう。スポーツ選手が発する気配というのはつまり、筋肉の動きと直結するものだろうから。

共感覚って言葉はある程度一般的になった。文字が色になって見えたり、音が色になって見えたりするそうだ。つまり何かの感覚が違う感覚に置き換わって感じ取れるってことなんだろうなって私は理解している。

健一くんのそれも、似たような感覚じゃないだろうか。気配を読み取ることは大なり小なり人間なら誰にでもできる。健一くんはそれを視覚に置き換えて見ることができる。自分ではそう感じている。

「不思議よねぇ」

不思議としか言いようがないけれど、集中力を極限にまで高めるスポーツの世界にはよくあることじゃないかと思う。

よく聞く話だけど、ものすごく調子が良いときのバッターはボールが止まって見えるという。サッカーでもキラーパスを出すミッドフィルダーは、ピッチのどこに誰がいるというのが見なくてもわかる瞬間があるという。陸上の百メートルで最後の何メートルかはまるで時間が止まっているかのように感じることがあるという。

優れたスポーツ選手というのは、運動することにその天分を発揮する人間というのは、誰でもそういう感覚を持つ、あるいは感じたことがあるのではないか。

それを、一試合持続できるのが、健一くんと康一くん兄弟なんだろう。事実、ベンチには二人の専用のぶどう糖が欠かせないらしい。脳をフル稼働させているんだ。彼らがこの先どんな野球をするのか、本当にずっと見ていたい。

二回の表の神別高校の攻撃の前、釜旭ナインが守備について、ピッチャーの佐々木くんがマウンドの感覚を再度確かめるように投球練習をしている。固定しておいたカメラを手に持って、望遠で覗《のぞ》く。

きちんと振りかぶって、素直なフォームで投げ下ろすタイプの投手。

いいフォームよね。どこにも力みが感じられない、康一くんと同じようなスタイル。このピッチャーを、神別高校のナインはこの後どうやって攻略していくのか。

レンズをそのまま外野のスタンドの方に向けた。

山路さんはライト側の端の方にいると言っていた。ゆっくりカメラを動かして見てみる。

「あ」

いた。いつものように白いシャツに、今日はカーキ色のコットンパンツ。清潔さを心掛けていると言っていた。自分は前科持ちなんだから、日常から周囲の皆さんに不快感を与えないようにしているんだって言っていた。

本当に、真面目《まじめ》な人。

堅物だって言ってもいいぐらい。ほら、顰《しか》め面《つら》をしている。私と一緒にいるときには常に笑みを浮かべていたけど、一人になってああして誰にも見られないところでは真面目くさった顔をしている。それなりに良い男なのに、ああも辛気臭い顔をしていたら誰も寄ってこないと思うな。

自分の人生の全《すべ》てを、息子たちのために使いたい。

そう山路さんは言っていた。

できるものなら、父親だと名乗って健一くん康一くんと暮らしたい。そして二人のために何でもしてあげたい。料理も掃除も洗濯も、甲子園を追い掛ける彼らのバックアップをし続けたい。

真剣な顔で、でも、お父さんの優しい表情も見せながら言っていた。

それが、できない。前科者の自分が名乗り出ることは絶対にできない。他の人の手で表に出てしまったときにはもちろんしょうがないけれども。

私に協力を頼んだのも、実は、自分を律するためだそうだ。

⚾

「もうひとつ。理由があったのです」

「理由？」

私の前に姿を現した理由、と、山路さんは言った。

「あなたが神別高校に興味を持ったのは知っていました。そして、私が知る限りではあの時点で彼らに接触しようとした唯一の記者さんでした」

「そうでしょうね」

スポーツ担当記者は正直言って忙しい。高校野球だけではなく追い掛けなきゃならないものはたくさんある。しかもただでさえ広い北海道。くまなく自分の足で調べ回ることはできるはずもない。

「本当なら、秘密を他人には明かさない方がいいんです。こうして私が前橋さんに全てを話してしまったことが、どこかから漏れないという保証はないんです。私はその可能性を増やしてしまった」

「それは確かに」

言いたいことはわかる。別に山路さんが私を信用していないってことじゃなくて、可能性の問題だ。既に私が知ったことでそれはおじさんにも知れてしまったし、他にもハシさんなんかが気づくかもしれない。情報っていうのはそういうものだ。

「それなのに、私はあなたに接触して全てを明かした」

私が健一くん康一くんのことを調べようとしたことに山路さんが気づいたのなら、何らかの方法で裏から手を回せば自分が父親だとは知られないようにできるはず。

それをしなかったのはもちろん、最初に頼まれたように、現場のしかも大手の記者の協力が絶対に必要だと考えたのも本当なんだろうけど。

「絶対に馬鹿なことはしないと誓いましたが、私には傷害の前科があるのです。カッとなって相手を半殺しの目に合わせたことのある人間なんです」

「でもそれは」

山路さんは自分を卑下する傾向にある。犯罪者という負い目がそうさせるのだろうけど、自分で言うほどひどいものではない。きちんと調べてある。抵抗しなければ、山路さんが反撃しなければ二人とも殺されていたかもしれないのだ。立派な正当防衛が成り立ちそうなものなんだけど、何故《なぜ》当時の弁護士はそれを主張しなかったのか。

「嫌な話ですけど、そんなことしなくてもいいやって考えたんでしょう」

そういう弁護士は、いる。

いてはいけないのに、存在するのだ。それを私たち記者は知っている。どんな世界にも、業界にも、自分の仕事の信義を疎《おろそ》かにする、してしまう連中はいるのだ。

「それはそうかもしれませんが、私が人を傷つけたのは事実です。馬鹿なことはもうしない。けれども、息子たちを、健一と康一を守るためなら、きっと私は何でもします」

そこで、ようやく気づいた。

私という存在は、山路さんにとって。

「ストッパーですか」

思わずそんな単語を使ってしまった。山路さんも少し眼を大きくして、笑った。

「もっと古く言えば、火消し役ですかね」

私も、笑った。救援投手が火消し役やストッパーと言われなくなってどれぐらい経《た》つだろう。今の野球は先発のスターターと、中継ぎのセットアッパー、抑えのクローザーという用語を使うようになった。投手の役割もそういうふうに分類されている。

「懐かしいですね、火消しなんて」

「まったく」

今でもメジャーでは〈ファイアーマン〉なんて言うんだろうか。山路さんは少し息を吐いた。

「まったくもって失礼な話ですが、あなたに何もかも打ち明けたのは、たとえどんなことがあっても、二人を守るためにでも、馬鹿げたことはしないという決意をするためでもあったんです」

誰かが知っている。誰かが見ていてくれる。

そう思うだけで、思えるだけで、人間はいろんなことから救われるのだ。その気持ちはよくわかる。

「よく、わかります」

私もそうだった。どんなに辛《つら》いことがあったとしても「絵里ちゃんが頑張ってるのは皆知ってるよ」と言われるだけで、耐えられた。報われたと思えた。

「私で役に立つのなら、嬉《うれ》しいです」

⑳

「前橋さん、ですよね。新聞社の」

後ろから声が掛かって振り向くと、丸顔に特徴的な黒縁メガネを掛けた男の人が立っていた。

「あ」

一瞬、名前が出て来なかった。でも、知ってる人。知人と他人に言えるほどじゃないけど、二、三回顔を合わせたことのあるライターさん。大勢いた中での顔合わせだったから名刺交換して時候の挨拶《あいさつ》をした程度のはず。

私の表情から見て取ったんだと思う。にっこり笑って頷《うなず》いた。

「塩崎《しおざき》です。ライターの」

「あ、はい！」

お久しぶりです、と腰を浮かせた。

そうだ、塩崎さん。そんな名前だった。スポーツライターという肩書きであちこちで書いている人のはずだけど、その文章を私は読んだことがない。署名記事は、という意味で。でも、書いているのは東京で、のはず。

「前橋さん、こちらに転勤になったんですよね。前に本社の方で聞きました」

「そうでしたか。塩崎さんもこちらにいらしていたんですか？」

「いや、今日来たんですよ。取材です」

「取材」

それでここに居るということは。

「わざわざ、この試合を？」

こくん、と、塩崎さんは頷いた。

「あ、そっち、良いですかね座って」

「あ、どうぞ」

私のカメラをセッティングしたところのひとつ置いた席。ここはバックネット裏で基本的には関係者や報道陣しか座れない席。もちろん塩崎さんは〈報道〉の腕章をしている。

すみませんね、と言いながら狭いところを歩いて、カバンを隣りに置いて席に座った。カメラを取り出して何ごとか頷きながら何枚か撮った。一眼レフではないけれどもかなりのズームがついている機種だ。

撮ったのは、神別高校のベンチの方向。

思わず顔を顰めてしまいそうになるのを寸前でこらえた。

地方の、しかも北海道の大会をわざわざ東京から取材に来る記者は、まずいない。余程の大器がそこにいて騒がれている場合は別だけど、地元のライターさんに取材を頼んでその記事で済ませてしまうのがほとんどだ。地元新聞の記者でさえ、忙しいという理由で外注のライターさんに発注して試合を観に来ない場合だって多い。私みたいに足繁《あししげ》く通う方が珍しい。

それなのに、この塩崎さんはわざわざ東京から来た。

しかも、真っ先に神別高校のベンチを撮った。それは即ち神別高校を取材に来たことを示している。

私やおじさんのアンテナにはまだ何も引っ掛かってきていない。

慌てないの、絵里。こんなことぐらいで動揺するような小娘じゃないでしょうあなた。

冷静に、スマイル。

「どこのお仕事ですか？」

さり気なく、さして興味はないけど一応社交辞令として訊《き》く、って感じで言う。大丈夫。

そんなふうに聞こえたはず。

「あぁ」

塩崎さんはカメラから眼を離した。

「どこってことはないんです。自主取材なんですよ」

「あら」

これも努めて自然に言う。

「東京からわざわざってことは、何かあったんですか」

そうでなきゃ高い交通費を払って来るはずがない。ネタがあったのだ。胸の奥で何かが疼《うず》き出すような気がしていた。

もしここでこの塩崎さんが〈青山兄弟〉の名前を出したら、どうする？　どうやって対処する？

「いや実はね」

そこで塩崎さんが私の方を向いた。真ん丸の顔。何でもないときには人懐こそうな顔に見えるけど、こんな気持ちで見ると妙に邪悪に感じてしまう。

「前橋さん、取材入っていたんなら知ってるでしょう。神別高校の新任監督」

「はい」

もちろん知ってる。

「田村さんですね」

「そうそう、D学院で甲子園に行ったんです」

知ってますよね？　って顔つきをするので頷いた。わざとカバンの中のメモ帳を出して確認するような振りをしながら言った。

「確か、そうでしたね」

あんまり詳しく知っていても不思議がられる。私がここに来ているのは地元の記者としてルーティンワークでやっているんだって思われなきゃ。

「そうなんですよ。それでですね」

ニヤッと笑った。

「僕もそうだったんですよ」

「え？」

塩崎さんは、少し胸を張るようにした。

「僕もそこのナインだったんです。セカンドを守っていたレギュラーだったんですよ」

「まぁ」

驚いた。心底驚いたのでこれは隠さなかった。

「その体形でかいっ！　ってツっこみたかったでしょ」

「いえいえ、そんな」

軽く笑って済ませた。驚きの方が大きかったけどそう思ったのも事実。今の塩崎さんはどう好意的な眼で見ても体重九十キロはありそうな体つきだ。しかも運動不足の。はっきり言って、ただのデブ。

「あの頃は痩《や》せてたんですよねぇ。なんだかもう大学入って野球止《や》めたらどんどん肥《ふと》り出して」

「そうなんですか」

田村監督と同じ釜《かま》の飯を食った仲間。

「じゃあ、野球は止めたけど、それを生かして今のお仕事に、というコースだったんですね」

「まぁそういうことですね」

こう言っては何だけど、ライターという肩書きを持つ人種は大勢いる。有象無象の連中も多い。

その中で、きちんとライター一本で生計を立ててやっていける人間というのはやはり能力があるのだ。この塩崎さんと顔を合わせた席というのもきちんとした場所ばかりだ。そうでなければ入れないようなところだから、この人はしっかりとした仕事のできるライターさんなんだろう。

「それで会いに来たんですか。取材ついでに旧交を温めようと」

社会人野球のレギュラーの座を捨てて高校野球の監督になった元の仲間。スポーツに関《かか》わる者としてもそれを見ておきたい。そういうことか。それならば、私たちのアンテナに引っ掛かるはずもない。

でも、山路さんとはその後どうだったのだろう。彼が傷害事件を起こしたのは高校卒業後。それならば、この塩崎さんは詳しくは知らないだろうか。それとも元チームメイトとして気に掛けていただろうか。

「旧交かぁ」

呟《つぶや》くように言って、塩崎さんは神別高校ベンチの方を見た。そこに、田村監督の姿が見える。少なくとも彼は高校時代から変わらずあのすっきりとした体形だったんだろうって思う。

「そうならいいんですけどねぇ」

「と言うと」

私の方を見ないまま、じっとベンチの方を見たまま、唇を歪《ゆが》めた。嫌な感じに歪めたものを、今度は笑みに変えて私を見た。

「まぁもう今さらどうでもいいことなので言っちゃいますけど、僕はあいつを、田村敏幸をぶっちゃけ恨んでいるんですよ。あいつと、それからバッテリーを組んでいた山路というピッチャーをね」

「え？」

「いや半分冗談ですけどね。もう昔の話なんで笑って言えるようなことですけど」

そう言って声を上げて軽く笑った。

ほとんど親しくない人間にこうやって軽くネタ扱いのように口にできるというのは、確かにもう笑い話にできるようなことなのかもしれない。

でも、昔に何かあったのね。それを覚えていてしかも何かの目的があってこうしてやってきた。目的がなきゃわざわざ東京から北海道までやってくるはずがない。

しかも、山路さんの名前も出した。

思わず見てしまいそうになる外野スタンドの方を、無理矢理無視していた。塩崎さんがカメラをそっちへ向けてしまったら。偶然ズームで山路さんを見つけてしまったらどうなるんだろう。塩崎さんはどんな反応をするんだろう。

山路さん田村さんバッテリーと、この塩崎さんの間に何があったんだろう。

胸の奥の疼きが、大きくなってきた。

塩崎さんはこの後、田村さんに会うんだろうか。顔を顰めてしまいそうになるのを、無理矢理こらえて、平静を装う。なんでもない普通の表情を心掛ける。

こんなときに、こんな人が現れるなんて。

これから大事なときなのに。

Bottom of the 9th Inning

運っていうのはある。試合の流れっていうのもゼッタイにある。野球好きなら選手じゃなくてもそれは知ってるよな。わかるよな。

今の俺たちには、運がない。流れがカンペキに向こうに行ってる。イヤでも運のせいにしちゃダメだ。運を悪くしてしまったのは。

(それって)

ゼッタイに、七回の裏ツーアウトからの俺のパスボールだ。間違いない。

だって、生まれて初めての、イヤそれ言い過ぎか。でも、コーイチの球を受け始めてから初めてのパスボールだからだ。俺がコーイチの球を受け損なうなんてのは、ありえないからだ。そもそも受け損なうほどのボールをコーイチが投げるはずないんだから。

それなのに、やっちまった。

油断だ。イヤ焦っちまった。憎たらしい顔をしてゼッタイに盗塁してやるって感じだった一塁走者を、三番の細谷を「ゼッテー二塁で刺してやる」って、盗塁死させる気満々でいて肝心のキャッチングに気持ちが行ってなかった。コンマ何秒かキャッチャーミットを動かし始めるのが早かったんだ。

後悔しても始まらない。それはタムリンがいつも言ってることだから引きずらないぞって思ってるけど、この悪い流れはもうゼッタイカンペキに。

俺のせいだ。

（くそっ）

俺がパスボールなんかしたからコーイチも動揺した。その動揺は、ケンイチにも移った。そうだよな、あいつら一心同体だもんな。いつもはめちゃ頼もしいそれが、こういうときには逆に欠点になるって初めて知ったよ。

ケンイチに動揺が移れば、それはナイン全員に伝わっちまう。だから、センターとライトの真ん中を思いっ切り深く破られるヒットを打たれちまった。あんなの、いつものケンイチなら簡単に予測してキャッチできたはず。

それが、できなかった。

ケンイチのホームランとその後の連打で五回の表に二点取ったのに、あのツーアウトからの攻撃で一気に四点取られて逆転された。コージさんの送球がランナーの頭に当たってファウルグラウンドまで転がってしまう信じられないミスも出た。ケンイチの予測なんか必要としない簡単な内野フライを、ショートのセイヤとセカンドのヨッシーがお見合いした。

何もかも、鉄壁の守備を誇ってた俺らにはありえないミスばかり。

全部、俺のせいだ。

野球はツーアウトから。

ラッキーセブン。

ツキのある言葉を全部釜旭に持ってかれてしまった。

八回の攻撃もちぐはぐになっちまって、おまけにものすごいイイ当たりのライナーが野手の正面だった。簡単にスリーアウト。

向こうは、ノッてる。イけるって思わせてしまった。ピッチャーの佐々木も、ここに来て疲れているはずなのに急に球に力が戻ってきた。

そういうものなんだ野球って。メンタルってそういうものなんだ。

（くそっ）

大声で叫びたいけど、できない。俺がクサったらお終《しま》いなんだ。

八回裏の守備。九回表で逆転するためには零点に抑えなきゃならない。レガースを付けながらそう考えていた。どうやったら、この流れを変えられるか。

「シンジ」

「ウッス」

タムリンが俺を呼んだ。

「次は、釜旭の攻撃は、何番打者からですか？」

「九番のセンターからです」

タムリンがニコッと笑う。もう皆はそれぞれの守備位置へ走っている。

「すぐ言えるってことは、大丈夫ですね。落ち着いてますね」

「ウッス」

「じゃあ、その九番打者を敬遠しましょう」

「え？」

何言ってんだタムリン。

「皆はまだ動揺しています。いえ、動揺は治まっていますけど、そこからの流れでテンションが落ちたまま上がっていません。これを劇的に変えるためには何かショックが必要です」

「ショックって」

タムリンは、俺の肩にポンと手を載せた。

「君は、コーイチと長年やってきて、初めてのパスボールで動揺した。そうですね？」

見抜かれてる。っていうか皆そう思ってる。

「はい」

「では訊きますけど、今まで公式戦でコーイチがフォアボールを出したことがありますか？」

「ないです」

公式戦どころか練習試合でだって、ない。あいつのコントロールは抜群だ。ゼッタイに間違えない。きっと俺らのスコアを全部調べた人は驚くはず。

コーイチは四死球がひとつもないって。

「じゃあ、出しましょう」

「え？」

耳を疑うってきっとこういうことだ。

「ここで先頭打者を敬遠の四球で歩かせるんです。とんでもないことですね。きっと球場中の人間が首を捻《ひね》りますよ。そして、神別は頭がおかしいんじゃないかって言われます。それを、やろうじゃありませんか」

ニヤリと、タムリンが笑った。その笑顔を見て、何だか俺も笑っちまった。

「監督」

「何ですか」

「先に謝ります。ごめんなさい」

「何を謝るんですか？」

「バカじゃねぇの？」

ケンイチの真似《まね》をして言って、すぐに走り出した。後ろからタムリンの笑い声と、めぐみの「こらーっ！」って声が聞こえてきて俺はまた笑っちまった。

バカだ。タムリンは、思いっ切り野球バカだ。バカでサイコーの監督だ。

俺がいきなり立ち上がって四球を指示したら、皆、驚く。あっけにとられるって言うんだ。それこそ「バカじゃねぇのか！」ってケンイチが叫ぶ。

でも、きっと皆、気づく。

気づいて、笑う。

そういうことかって。よっしゃやってやろうじゃないかって思う。なんたって釜旭の連中がいちばんびっくりして、ポカーンって口を開けちまうぜ。先頭打者を、しかも九番打者を敬遠するなんて何を考えているんだって。

でも、同点じゃないんだ。一点差で勝っているんじゃないんだ。

もう一点負けているんだ。その一点を取られるのを怖がる必要なんかない。

主審がプレイと手を上げた。

九番打者がお辞儀してバッターボックスに立った。

「よーし！」

ホームベース後ろで、立ち上がった。ピッチャーのコーイチに向かって指示した。

〈敬遠。外せ〉

コーイチが眼を丸くして思わずマウンド上で飛び上がっちまった。あいつは素直だからね。

いったん腰を低くした内野のタツさん、ヨッシー、セイヤ、モモが思わず背中を伸ばして俺を見た。

外野のタックさん、コージさん、ケンイチが同時に思わず一歩前に出た。

もう一回、大きく指示を出す。今度はキャッチャーマスクを外して、ニヤッと笑ってやった。

〈敬遠。外せ〉

ほら、釜旭のベンチがざわついてるぜ。バッターもちらちら俺を見てる。そして、やっぱりケンイチが、いちばん初めに理解した。ここまで聞こえるぐらいに思いっきりグラブを二、三回叩《たた》いた。

「オッケー‼ 外せ外せ外せ！ 歩かせろ！」

笑いながら大声で言った。まるで攻撃のときに相手ピッチャーに言う汚いヤジみたいだ。

それで、コーイチも頷いてニッコリ笑った。セイヤもモモも、頷いて笑ってグラブをポンポンと思いっ切り叩いた。

「ヨッシ来い！」

「まかせとけ！」

外野でキャプテンのタックさんも手を振った。

「バッチコイ！」

ついさっきまでなんだかどよーんってしていた、皆の身体が軽くなったのがわかった。

やっぱりタムリンすげぇぜ。これでもし失敗してまた一点取られても、全然ダメージなんかない。

それに、九番を敬遠したら次は一番からの好打順だ。最初は驚いた釜旭は次は怒るぜ。ナメてんじゃねぇよって。一番からなら簡単に打ち取れるってか？　ってさ。よーしって力が入る。ゲッツーを取るには最高の条件じゃないか。

コーイチが丁寧に外したボールを投げる。バッターは「マジで敬遠？」って顔をして、どうしたらいいんだって顔でベンチを見た。どうしようもないよ。素直に一塁行けよ。釜旭のベンチの監督は顰め面をしてるけど、今までの顰め面とは違うよね。明らかに「何をやってる？」ってハテナマークが頭の上に浮かんでいるよ。

「よーし！　内野ゲッツー！」

大声で言う。内野の四人が「おう！」って応《こた》える。大丈夫だ。いつもの、俺たちだ。神別ナインだ。

ダテに神別なんて名前を背負ってないぜ。俺たちは神と別れたナインだ。そもそもが親に見捨てられたガキばっかりなんだぜ？

神様に頼った運なんかアテにしない。

運は、自分たちで手繰り寄せるんだ。

一番バッターの水木。もしこれが、九番がヒットで出たんなら間違いなくバントしてくる。ランナーを二塁に進める。でも水木はミートも巧いし足も速い。俺が監督だったら間違いなくヒッティング。もらったノーアウト一塁のチャンスでみすみすワンナウト取らせることはしない。

それも、初球ヒットエンドラン。敬遠とはいってもフォアボールの後の一球目はストライクを取ってくるはず、というのがセオリーだ。

そこに、高めから外へ逃げて落ちていくスライダーだ。見逃せばボールになる球。打ち気になってるバッターならゼッタイ手を出す。

(いくぜ)

コーイチが頷く。セットアップポジションからランナーを頭の動きで牽制《けんせい》してから、投げる。

(よし！)

コースはバッチリ。でも、水木は読んでいたのか身体が泳がない。しっかりミートしやがった。打球はライナーでライトに飛んで行ってこれはゼッタイヒットになるっていう当たり。一塁ランナーもダッシュしてもう塁と塁との間まで進んでいて、打球が落ちるのを確認しようとライトを見た。

ビックリしたろ。

そこにはもうタックさんがいるんだぜ。走りながらライナー性の当たりを捕球してそのままの勢いでファーストへ。慌てて戻っても、遅い。

ゲッツー。

「よーし！」

流れを戻したぜ。

九回表。最後の攻撃。ここで逆転しないと甲子園に行けない。そんなわけあるか！　って気合いを入れる。俺たちは行くんだ。甲子園へ。

打順は七番のセイヤから。タムリンが俺らの方を向いてニッコリ笑った。

「逆転しますよ」

「ウッス！」

「打順は七番からです。つまり私たちが誇るスモールベースボールを最も得意とする打順ですね。セイヤ」

「はい！」

「コージ」

「ウッス！」

「タック」

「はい！」

タムリンが全員の名前を呼んで、またニッコリ笑った。

「どんなことをしてでも、塁に出ましょう。君たち三人のうち、二人までアウトになれます。つまり、一人塁に出ればいいんです。そうしたら一番のコーイチに回ります。それでホームランで逆転です。コーイチは美味《おい》しいですね。でも」

でも？　なんだ。

「二人が塁に出れば二番のシンジまで回ります。そうなったらシンジは燃えるでしょうね。俺がホームランかあるいは長打を打って二人帰してやるって。それで逆転です。シンジは」

言葉を切って、優しい笑顔で俺を見た。

「逆転されたのは自分のせいだって思っているでしょう。もし、ここで負けてしまったら責任感の強いシンジのことです。ずっと、一生悔やみ続けるでしょう。ケンイチ」

「なに？」

「シンジにそんな思いをさせたいですか？」

ケンイチが俺を見た。見て、ニヤッと笑った。

「させねぇよ。俺らは甲子園に行くんだ。行って優勝するんだ」

「その通りですね」

普通なら、監督はこんなこと言わないだろ。余計にプレッシャー掛かっちまうだろ。でもタムリンは違う。俺らのことをわかってくれている。俺らの心の中にあるものを呼び覚まそうとしている。

ゼッタイに甲子園に行って、皆に見てもらう。

その思いはプレッシャーなんかにならない。俺たちの力になる。それをタムリンはわかってくれている。

「よっしゃあ！」

ケンイチが叫んだ。

「行くぞ‼」

「オウ！」

全員の声が揃《そろ》った。全員がベンチの枠に凭《もた》れて身を乗り出した。七番のセイヤが自分のバットを持って飛び出した。八番のコージさんもバットを持って、メットを被《かぶ》ってネクストバッターサークルに向かった。二人で何かを話している。

大丈夫だ。いつもの、二人だ。緊張もプレッシャーもない。あるのは、ただ、「勝つ」って思いだけだ。

セイヤは、セーフティバントだ。それもツーストライクまで強振して打つ気満々の姿を見せて、意表を突いてのバント。セイヤは百メートル走で一番足が速いわけじゃないけど、塁間を走らせたら一、二を争う。つまりダッシュ力が凄《すご》いんだ。

できれば、すごいファウルが打てればいい。向こうの内野手をいったん一歩下がらせることができれば、ゼッタイにセーフになる。

セイヤがバッターボックスに立つ。大声を出した。肩に力を入れてる。一球目の外角低めに外れるボールを強振した。とんでもない力を入れたスイングで。

そのまま悔しそうな顔をしてバッターボックスを外さないで構えた。向こうのキャッチャーがセイヤの表情を見ている。大丈夫だ。セイヤは演技も巧いんだぜ。

二球目、今度は高めのボールをセイヤは叩いた。三塁方向へのフライだけどかなり高く上がってスタンドの方に消えていった。いいぞ。うまくファウルを打った。

そこで力を抜け。きっとキャッチャーは、これだけ強振してくるんだから簡単に三振が取れると思う。でも、今、こいつは力を抜いたからようやく自分が力が入り過ぎていることに気づいたなって思う。力が入ったままだったら出合い頭がコワイから外角に逃げようとするだろうけど、ここで内角高めで少し体を反らせようとする。上体を起こさせて、次で外角に逃げる球だ。それで三振を取ろうとする。

きっと、右足を一歩引いてスタートダッシュを取れる体勢になりながら三塁線へ転がすのにはおあつらえ向きのボールが来るはず。

「よぉーし‼」

最高のセーフティバント。全員が叫んだ。三塁手のスタートはゼッタイに半歩遅れた。キャッチャーはもう自分は取れないと判断して一塁に向かってカバーに走った。

「セーフ！」

来たぜ！　まずは同点のランナー！

Top of the Extra-Inning

試合が終わった。最終回になんと二本のホームランを打った神別高校が、逆転されたところを再逆転する形で北北海道大会一回戦を勝った。

これでイケるって田村監督は考えたんじゃないかしら。慎重そうな人だからそんなことで浮かれたりはしないだろうけれど、そういう勝ち方だった。

高校野球のトーナメントには確実に流れというものが存在する。それはきっと関係者なら誰でもわかってる。勝ち方一つで流れが変わって、そしてそのチームが急激に成長するのだ。監督さえも信じられないと思える速度で。過去、甲子園大会で旋風を巻き起こした高校というのはほとんどがそうだ。流れを確実に引き寄せる勝ち方をして、ナインが自信を得て、あれよあれよという間に勝ち進んでいく。

もちろんそれには成長するだけの地力があることが絶対条件なんだけど、神別高校ナインに地力はある。間違いなく、この厳しいトーナメントを勝ち進んでいけるものを持っている。

「お疲れさまでした」

塩崎さんが荷物を片付けながら、にこやかな笑顔で言った。

「お疲れさまです」

「いい勝ち方でしたね。こりゃあ神別高校に決まりじゃないですかね」

「どうでしょうね。まだ三試合ありますから」

肩入れしてるなんて思われないように、ついそんな風に言ってしまった。塩崎さんは、片付けをしている神別高校のベンチの方を見ている。気になるけど、あえて話題にしない方がいいわよね。

「やっぱり新聞記者さんとしては、あまり接触しない方がいいですよね？」

「え？」

塩崎さんが、携帯電話を手にして言った。

「いやね、これから田村に電話して今晩メシでもどうだって誘おうと思ったんですけど、何でしたら前橋さんも一緒にというのは」

「あ、それは」

迷った。ものすごく迷ったけどそれを気取《けど》らせないように微笑《ほほえ》んだ。

「そうですね。正式な取材なら別ですけど、プライベートな接触となると大会期間中はちょっとマズいですね」

「ですよねぇ」

「でも」

必要以上に気にしてる、というふうには取られないように冗談めかして訊《き》く。

「恨みがあるのに食事に誘うんですか？」

塩崎さんは笑った。

「いやいやもう十何年も前のことですしね。ほら、若気の何とかってやつですよ。前橋さんはこの後の神別の試合も取材に入ります？」

「一応、その予定です」

じゃ、またそのときに、って手を振ってカバンを抱えて塩崎さんは立ち上がり去っていった。そういえば体形の割りには階段を登る足が軽やかで、確かにスポーツをやってきた人なんだなって思わせた。

「うーん」

唸《うな》ってしまった。次の試合の観戦もしないで立ち去ったってことは、本当に田村監督の試合を観《み》るためだけに来たのね。そしてこの後の神別高校の試合も観るって言っていた。

確実に、何かがあるんだ。塩崎さんの中には、ネタが。だってただ若気の何とかだけでここまで来ないでしょう。もし来たとしても一緒にメシを食ったらそれで終わりでしょう。わざわざ試合を全部観る必要はない。

もちろん、単に、スポーツライターとしてのネタを増やしておこうというだけかもしれないけど。今のところ、私に対する態度に何も不審なところも思わせぶりなところもない。単に、知ってる新聞記者に会ったというだけのものだった。そこはあまり考えなくてもいいと思う。

「どうしようか」

携帯電話を取り出した。山路さんにメールをした方がいいと判断した。

〈D学院でセカンドだった塩崎さんという方が、スポーツライターとして球場に来ました。田村監督に接触するようです〉

そこまで打って手が止まった。恨みを持ってるって言っていた。そのことも伝えた方がいいだろうか。うん、何もかも包み隠さずに伝えた方がいい。

〈冗談交じりでしたが、塩崎さんはお二人に恨みを持ってると言っていました。何か私にできることがあれば言ってください〉

文面を確認して、送信。

送信した後に思わず外野のスタンドを見て、そこにまだ山路さんがいるだろうかって確認してしまった。カメラで見ようかと思ったけどそれはさすがにストーカーみたいなので思いとどまった。山路さんにメールを送るのはこれで三度目で、前の二回は思い掛けないぐらい、というか早過ぎると思うぐらいに速攻でメールが返ってきたけど。

「あ」

来た。本当に早い。女子高生みたいに早打ちができるんだろうと思うとちょっと可笑《おか》しかった。

〈驚きました。後で田村に確認を取ってみます。恨み云々《うんぬん》に関しては心当たりがあります。

後ほどご説明します〉

あるんだ、心当たりが。

ふぅん、と、達也おじさんが顎《あご》の辺りを撫《な》でた。椅子《いす》の背に凭《もた》れて、ギイイィって音を立てた。いい加減デスクの椅子ぐらいもう少し良いものにしてあげた方がいいと思うんだけど。

「塩崎政彦《まさひこ》か」

「知ってるんですか？」

しかもフルネーム。おじさんは苦虫を噛《か》み潰《つぶ》したような表情を見せながら頷《うなず》いた。ちょっとびっくり。

「え、でもあの人は東京でしたよね」

おじさんは、ほとんど地方でやってきた。東京にもいたことはあるはずだけどそんなに長い期間じゃない。

「一度だけな。仕事をしてもらった」

「一度だけ」

おじさんはまた頷いた。一度だけしか使っていないライターさんを覚えているって。

「何かあったんですか？」

一応周囲に気を遣って、机に身を乗り出して小声で訊いてみた。おじさんは、私を見て、唇を歪《ゆが》めた。

「トラブルってわけじゃない。あいつは実に有能なライターだよ。書くものにまったく面白みがないのでいまだに署名記事なんかは少ないんだろうがな」

「じゃあどこが有能なんですか」

「取材力だ」

なるほど。そういう人はいる。とにかく取材をする力は大したものなんだけど、いざ原稿を書かせたら無味乾燥なデータを並べたような文章しか書けない人。

新聞記者であればそれでいい部分は確かにあるんだ。新聞記事は事実を明確に表さなければならない。そこに余計なバイアスを掛けてはいけないし、違うベクトルに向けてもマズい。自然、新聞記事というのは味も素っ気もない文章になっていくのだけど、実はその味も素っ気もない文章をきちんと読ませるためには高度な技術が必要になってくる。

つまり、読者が決して事実誤認をしないようにきちんと理解させながら読ませなければならないのだ。大ざっぱにいえばむしろ読者を丸め込むための文章を書く小説とは、まるで違う書き方になる。

ライターさんは新聞記事とはまた違う文章技術が必要になる。ライターさんが新聞に書くのは特集記事などが多い。自分が取材した事実に自分の個性を、思い入れを、読者へ訴えたいことをどこまで盛り込んで、かつ正確な記事が書けるかどうかが問われてくる。

だから、塩崎さんはそこのところでまだ一流になれないのだろう。取材力は一流、しかし読者に訴えかける文章は書けない。そういうことなのかしら。

おじさんは、さっきから指でくるくる回していた赤ボールペンを置いた。

「ちょいとコーヒー飲みにいくか」

「はい」

どこへなりともお供します。

そういやぁあいつはD学院だったなぁ、っておじさんは言いながらコーヒースプーンをくるくる回した。砂糖入れ過ぎだと思うんだけど。普段はブラックで飲むのに、一日に一回は糖分補給などと言ってかなり入れるのよね。

社屋の二軒隣りのビルの地下。カフェローズ。昔ながらの喫茶店の雰囲気を色濃く残してるお店で、それぞれのテーブルの周りに薔薇《ばら》の柄の布を張った仕切りがある。ゆったりとしているので、ゆっくりと、かつこそこそとした話をするのにはうってつけの場所。なので、社の人間御用達のところ。

「俺はな、絵里ちゃん」

「はい」

「偶然ってのが大嫌いなんだよ」

「そうなんですか」

そう言うしかない。偶然が好きか嫌いかなんて考えたこともないから。

「ところがさ、世の中っていかに偶然が多いか皆わかってない。ほら、小説なんか読んでいたらさ、やたら偶然が続くのをリアリティがないとかご都合主義とかいう連中がいるだろ？」

「いますね」

もちろん私も本好きなので、その辺の言い回しはわかる。おじさんは、砂糖入れ過ぎだと思うコーヒーをごくりと飲んだ。

「でもな、ほら、絵里ちゃんと俺が同じ時期に同じ職場にやってくるなんてものすごい偶然だろ？」

「まぁそうですね」

「しかもだ。これは内緒にしていたけど、俺の最初の女は絵里ってんだ」

「どう返していいかわからない偶然ですね」

嘘《うそ》でしょ。

「まったくだよ。だから今まで言わなかったんだけどな。そんなふうにな、世の中のバカな連中は気づいていないが、偶然ってのはやたら転がってるんだ。むしろそんな偶然がなきゃ世の中は回っていかないんだ。まったく嫌になるぜ」

その気持ちは何となく理解できますけど一体どこに話が向かっているのか。おじさんは、溜息《ためいき》をついた。

「絵里ちゃんが、神別高校に興味を持った」

「はい」

「神別高校には山路の息子たちが偶然いた。山路は田村に神別高校の監督を頼んだ。そして山路は絵里ちゃんを知った。それらを全部絵里ちゃんは知った。絵里ちゃんは山路に頼まれて彼らを守る気になった。しかも惚《ほ》れた」

「それは余計です」

「そこにまたしても嫌な偶然で塩崎がやってきた」

嫌な偶然、って何でしょう。

「あいつがとんでもない男だって知ってる俺がここにいたってのも、偶然だよな。要するに、運命みたいなものさ。何もかもが繋《つな》がってくるように神様が悪戯《いたずら》しやがる。しかもそういう神様が悪戯したような偶然は大抵嫌な方向に転がっていくんだ。俺は本当に神様なんて嫌いだよ」

ぐい、と、おじさんは身を乗り出した。

「あいつの、塩崎のあだ名を知ってるか」

「知りません」

「ハイエナだ」

それはまた。

「記者にとっては、古いベタなあだ名ですね」

塩崎さんは記者ではないけど、まぁやってることはほとんど同じだ。

「どうしてそんなあだ名がついたかというとな。あいつの取材力は凄《すご》い。あんな柔和そうな顔をしていながら、とことん調べ尽くす。それこそ骨の一本まで舐《な》め尽くすようにな。その結果どうなるかというと、奴が取材した後には死屍《しし》累々《るいるい》ってもんだ」

「どうしてですか」

「絵里ちゃん」

「はい」

　また溜息をついた。

「人間、長く生きてりゃ人に知られたくないことのひとつやふたつはあるよな」

「ありますね」

「三年ぐらい前まで明豊《めいほう》アタックスで四番張ってた田中《たなか》はもちろん知ってるだろ」

「もちろんです」

　その頃に突然調子を落としてしまって二軍落ちして自由契約選手になってしまって、トライアウトを受けても結局拾ってくれる球団はなかった。悲しきスラッガーとして私の記憶にも残っている。

「田中が調子を落とした原因は、塩崎の取材だ」

　びっくりした。

「どうして取材で調子を落とすんですか」

「塩崎は、その選手がどんな人間なのかということを徹底的に調べ抜く。それこそ産まれたときからな。親がどんな人なのかどんな家庭環境だったのか学校ではどんな生徒だったのかどんな食べ物が好きなのかどんな女と付き合ってきたのか何か問題は起こさなかったのか何か表彰とかされなかったのか、とにかく」

言葉を切って、私を見つめた。

「ケツの穴の毛の数まで、あいつは調べ上げる。その上で、記事を書く。そういう男なんだ塩崎は。それは決して間違った取材方法ではない。その人のことをきちんと知らなければその人に関する記事など書けっこない。まったく正しい」

その通りだった。決して間違ってはいない。でも。

「そこまでする必要はないのに、塩崎さんはするんですね」

「そうだ。結果として良い記事が上がればそれはそれで良いことだ。相手も喜んでくれればなお良い。しかしだな。人生の中には、ほじくらないでそのまま寝かせときゃいいものがたくさんあるんだよ。塩崎はそんなところまでほじくり返す。結果として〈寝た子を起こす〉ことがままある」

「寝た子を起こす」

「取材されなきゃ忘れていたものを、塩崎のせいで思い出してしまった。思い出したその人が動けば、眠っていた過去がまた動き出して現在に影響を与える」

詳しくは田中選手の名誉のために伏せるけどっておじさんは続けた。

「塩崎の取材のせいで、田中は人生を文字通り棒に振ってしまった。いや」

首をぐるりと回した。

「正確に言えば、塩崎のせいじゃないだろうな。田中の過去に何かしらの問題があったのは間違いない。しかし」

「その眠っていた過去を、掘り返さなくていいものを無理矢理に掘り起こしたのは、塩崎さんの取材力だったんですね」

「そういうことだ」

墓掘り人、と塩崎さんのことを呼ぶ人もいるそうだ。

「とにかくやり過ぎなんだ。粘着質なんだ。一体取材対象をどんな眼《め》で見てるんだって怒鳴りたくなる。俺は一度しか仕事をしていないし年上のくせに大人げないが、あいつのことは」

おじさんが顔を顰《しか》めた。

「大嫌いだ」

達也おじさんにここまで言わせるんだから、逆に言うと塩崎さんは大したものかもしれない。

「粘着質ですか」

「そうだ」

「それはちょっと、マズいですね」

マズいな、と、おじさんも深く頷いた。

「単に田村監督に会いに来たのならいい。昔のその恨み云々ってのも、本当に単なる笑い話で済ませられるものならいい。しかし」

「そうではないのなら、ですね」

「そうだ」

もちろんあいつもスポーツライターだ、っておじさんは続けた。

「今、この大事な時期に田村監督とごたごたを起こそうなんて思っちゃいないだろうさ。あいつは決してゴシップライターじゃない。そこは間違いない。しかし」

「わざわざ自腹を切って会いに来ているのなら、そこに再会以外の何らかの目的はあるはず。ということは、事前に色々と調べつくしている可能性はありますね」

そういうことだって言って、おじさんは額に手を当てた。

「ゴシップライターではないが、いつそっちの方向に走らないとも限らん」

「そうですね」

ライター稼業なんて浮き草稼業だっていうのは、私もよくわかる。お金のためには、生活していくためにはそれまでの自分の信条なんかあっさりと捨ててしまう人だって、いる。

「まさか、あのことまで調べているとは思えんが」

私も溜息をついてしまった。山路さんにも内緒で、私とおじさんが進めていたこと。

「知らないにしても、もし、この先の試合会場で塩崎さんが現場を見てしまって、何かを感じたのなら」

顔を思いっきり顰めて、おじさんは私を見た。

「塩崎に余計な材料を与えてしまうかもしれんが、もう動き出しちまった。止められん」

「そうですね」

「運を天に、いや、彼らの思いを信じるしかないさ」

神別高校ナインの強い思いが、どんな障害も乗り越えていくことを。

山路さんから連絡があったのは、翌日の夜。札幌まで行くから会ってほしいって。旭川市から札幌市までは特急を使えば一時間二十分。

明日になればまた神別高校の試合が旭川市であるのでそこで会えるんだけど、できれば人目につかない方がいいだろうって言っていたので、考えてしまった。

塩崎さんがどんなふうに動くのかまったくわからない。札幌に来ないという保証はまるでない。私の社の周りは札幌の中心部だから人目も多いし観光客の姿も多い。さて、どうしようと思って、おじさんに相談したら自分の部屋を貸してくれた。かえって普通にマンションの一室で会う方がいいだろうって。おじさんは山路さんを知ってるわけだし、私はおじさんの親戚《しんせき》だし。

社から地下鉄で四駅離れた一人暮らしのマンション。おじさんは一応妻帯者ではあるのだけど、長い単身赴任生活が原因でほとんど離婚状態になっているって聞いてる。詳しいことは聞いていないんだけど、「とにかく部屋を使われて困ることはないから安心しろ」って。

地下鉄の駅を降りて徒歩三分の中々良い環境のところ、十階建てのマンションは古いけど清潔感に溢《あふ》れていた。きっと管理会社がしっかりしているんだろうな。

「わぉ」

仕事が残っているから先に行っててくれって鍵《かぎ》を預かって入ったのだけど、十階にあった部屋の中は驚くほどきちんとしていた。とても男性の一人暮らしとは思えない。

「こんなにちゃんとできる人だったのね」

失礼とは思いながらトイレとかバスとか覗《のぞ》いてしまったけど、本当にちゃんとお掃除をしている様子が見て取れた。

「こりゃあ独身生活がいいはずだわ」

こんなにきちんと掃除をする男性って、逆にモテないと思う。

教えられたところにコーヒーメーカーがあって豆はちゃんと冷凍庫に保存してあって、しかも冷蔵庫の中も驚きの整理整頓《せいとん》。お漬物や残り物がちゃんと保存容器に入って整然と並んでた。おじさんの血統の血が少しでも私に流れていてくれればって願ってしまった。まったく流れてないいんだけど。

そのコーヒーメーカーが音を立てて、ちょうど落ちたところでチャイムが鳴った。

「済みませんでした。かえって気を遣わせてしまって」

いつものように、背筋を真《ま》っ直《す》ぐにして山路さんは頭を下げる。

「いいんです本当に。気にしないでください」

居間の焦げ茶色のソファに向かい合って座っていた。開け放した窓からは大通を走る車の音が上って聞こえてくる。

「デスクはまだ時間が掛かるようなので、先に」

「そうですか」

「あ、煙草《タバコ》も吸えますのでどうぞ」

ありがとうございますって山路さんは頷いて、胸ポケットから煙草とライターを出してテーブルに置いた。

「田村から電話を貰《もら》いました。塩崎と会ってきたって」

「そうですか」

「本当に驚いていましたよ。ほぼ卒業以来ですからね」

十八年ぶりぐらいの再会。嬉《うれ》しいものならいいんだろうけど。山路さんはコーヒーカップを取って、一口飲んだ。

「まず、塩崎が言っていた恨みについてお話しします」

「はい」

「一言で言ってしまえば、女なんです」

「女」

まぁ男性が恨み、なんていうのは金か女かと相場が決まっているんだろうけれど。山路さんは少し言い難《にく》そうにした。

「あの当時、塩崎には付き合ってる女の子がいたんです。野球部のマネージャーの一人でした」

「あら」

それだけなら微笑ましい話だけどそうじゃないんだろうな。

「ところがですね。どうも女性に話すのは気が引けるんですが、彼女が妊娠してしまったんです」

そっちだったか。大丈夫ですよ、という意味を込めて頷いた。そんなことぐらいで動揺したり怒ったりしません。

「あの頃、私がキャプテンで、田村が副キャプテンでした。その女子マネはですね、根はすごく真面目《まじめ》な子だったんですよ。そのことを誰にも相談できなかったんです。親にも、当人である塩崎にも。何故そんな考えに彼女が至ったのか、その辺の思考はいまだによく理解できないんですが」

「まさか、お二人に？」

「そうです」

女子マネが最初に相談したのは、山路さんと田村さん。

「まぁ甲子園出場が決まっていたこともあったからなんでしょうね。もしこれが外部に漏れてしまったら、ひょっとしたら、塩崎の退部はまだしも私たちの甲子園出場も取り消されるかもしれない。彼女はマネージャーとしてそれを一番に心配したんですよ」

「そうでしたか」

でも、すると。

「そこから、塩崎さんの恨みに繋がるためには」

そうなんです、と山路さんは頷いた。

「私たちは、黙っていたんですよ。もちろんそれは彼女自身の希望でもあったんですが、妊娠したことを塩崎にも誰にも教えなかったんです。そして、これも彼女が田村に相談した要因の一つなんですけど、田村の叔父《おじ》は産婦人科の医者だったんです」

おじさんの言葉が甦《よみがえ》ってきた。これも、偶然なんだって。

「じゃあ、その彼女は」

そうです、って山路さんは頷いた。

「子供を堕《お》ろしました。たとえ甥《おい》の頼みとはいえ、保護者の承諾なしにはできませんのでそこはきちんとしました。聞いた話では父親には内緒にして母親の承諾で」

「そうでしたか」

「結論を言ってしまえば、塩崎がそれを知ったのは甲子園が終わってからなんです。今でも覚えてますよ。そのときのあいつの顔を。同じ男としては同情せざるを得ない、何とも言えない表情を」

驚きと怒りと悲しみと悔しさと情けなさと、いろんな感情が一気に噴き出してきてどうしようもなくなったような表情、と、山路さんは説明した。わかるような気がする。私は女だけど。

「じゃあ、それを塩崎さんに告げたのも、山路さんたちだったんですね」

「そうです。それも彼女から頼まれたんです。私たちのためだったと、甲子園に行くためだったんだと説明してほしいと」

思わず、うーん、と唸ってしまった。今の話からその女子マネさんがどんな女の子だったのかはちょっと想像し切れないけど、真面目な女子だったということなのでいろいろと考え過ぎちゃったのかなぁ。もし私が相談されたら、何考えてるの！　って怒っていたかもしれない。

「山路さんと田村さんにしてもなかなかキツいし、難しい判断を強いられる出来事だったんじゃないですか」

「その通りです。しかも今の年齢ならまだしも十七歳の高校生だったんですから」

苦笑いした。今となっては苦笑いしか出て来ないんだろうけど。

「試合に影響するようなことはなかったんですか？」

「それは、ありませんでしたね。田村も私も」

毎日の練習の中で塩崎さんと顔を合わせる度に複雑な感情は湧《わ》いてきたけれど、いざ試合が始まってしまえば忘れられたって。

「何よりも私は、その、それよりも辛《つら》い出来事がありましたから」

「そうですね」

そうだった。山路さんは高校入学のときに家族全員を亡くしてしまったんだ。ひょっとしたら、その経験のせいで山路さんはその当時から周りの男子よりも落ち着いていて、頼れる存在になっていたのかもしれない。

試練は、人を強くさせる。試練でダメになってしまう人もいるのかもしれないけれど山路さんはきっと違ったんだ。より強くなっていった。

「それじゃあ、塩崎さんの言っていた、恨みを持っているというのは」

「そういうことですね」

失礼します、と言いながら山路さんは煙草に火を点《つ》けた。

「何故《なぜ》、真っ先に自分に教えてくれなかったのか。友達じゃなかったのか、仲間じゃないのか、ということです。裏切られたという思いを抱いたようですね。その日から一言も口をきいていなかったし、眼も合わさないという状況で卒業式を迎えてそのままです」

「そうでしたか」

考えてしまった。塩崎さんという人は、その高校球児の頃にはどんな男子だったのだろう。おじさんから聞いた〈ハイエナ〉や〈墓掘り人〉というあだ名を持つライターの塩崎さんは、もうその頃からそういう性格が出来上がっていたんだろうか。

それとも、そんな出来事があってから塩崎さんは何かが変わっていったんだろうか。

「実は、デスクは塩崎さんを知っていたんです」

「そうなんですか？」

話してみた。達也おじさんが知っている塩崎さんのことを。山路さんは眉間《みけん》に皺《しわ》を寄せて聞いていた。

「どうでしょう。高校時代の塩崎さんのイメージと通じるところはありますか」

山路さんが一度首を捻《ひね》った。吸っていた煙草をもう一度深く吸い込んで、煙を吐いた。

「粘着質、という表現を使うのなら、どちらかといえばそういうタイプの男だったかもしれません。ただそれは日常的に、たとえば嫌われるほどひどいものだったという意味ではありません。しつこいぞお前、と同じ野球部の仲間に言われて、あぁごめん、と引っ込むくらいの感じです」

「でも、片鱗《へんりん》はあったのですね」

「確かに、ありましたね。取材をする側の人間になって以降のそういう評判を聞いて、あぁあいつならそうかな、と納得できるほどには。それは、田村も言っていました」

「どんなお話をしたんですか？」

そこはまだ聞いていなかった。

「最初は、本当にただ懐かしいな、という話ばかりだったそうです。高校時代のバカ話で盛り上がったそうですよ。そのときには、塩崎も何の含みもなく、笑って懐かしがってくれていたそうです。その女子マネのことは田村ももちろん意識していたのですが、塩崎の口から話題が出ることはなかったと」

最初は、ってことは。

「何か訊かれたんですね」

山路さんは頷いた。

「おかしいな、と思ったのは、『何で縁もゆかりもない高校の監督なんか引き受けたんだ』という質問からだそうです。当然訊かれることですから、田村は用意していた答えを言いました。たまたま青山さん、中学の教頭先生だった方ですね。その人の知り合いが会社にいて話が回ってきたんだと。もちろんそれは嘘なのですが、塩崎は笑って言ったそうです。『そりゃおかしいな』と」

「え?」

「調べたけど、お前がいた会社の野球部にあそこの中学に繋がる関係者など一人もいなかったぞ、と」

「何ですって?」

一人も? 私が顔を顰めたので、同じように山路さんも顔を顰めた。

「田村も、背筋に冷たいものが走ったと言っていました。塩崎は手帳を広げながら、田村が所属していた野球部のメンバーの名前をひとりひとり挙げていったそうです。ほとんどの人間に話を聞いていたようです」

「そんなに」

何故、そんなことを。いや、どうして監督を引き受けたかという疑問を持ったときに、元の所属チームの人に話を聞きに行くのは不思議でも何でもない。むしろ取材としては正しいやり方だけど。

「田村監督は、なんと」

山路さんは口元を引き締めてから言った。

「あいつも、いろいろなことは想定して、覚悟を決めています。堂々と、あえて教える必要もないが、やましいことをしているわけじゃない、と。きちんとした形で監督に就いたのは確かだしそれについてあれこれ憶測するのはやめてくれ、と」

きっぱりと言った。うん、田村監督はそんな感じのする人だ。

「そもそも、塩崎さんは何故そんなことを調べようと思ったんでしょうね」

「推測するしかありませんが、スポーツライターとして生活してきたってことは当然昔の仲間である田村のことは気に掛けていたんでしょう。あの当時の仲間で現役の野球選手をやっていたのは田村だけです。その田村が突然縁もゆかりもなさそうな北海道の高校の野球部監督になった。何があったんだ？　と疑問を持つと同時に、その疑問と昔の感情が結びついて徹底的に調べてやろうかという気持ちになったのでしょうかね」

頷ける推測だと思う。

そして。

「塩崎さんはこれからも徹底的に調べ上げるでしょうね。田村監督のことを」

「そうでしょうね」

田村監督を調べるなら、それは山路さんにも繋がってくる。

「高校を出てからも、田村監督と山路さんは連絡を取りあっていたんですものね」

「そうです」

手紙や電話、今ならメール。そういう形で、ごく普通に友人として長い年月を過ごしていた。

「もちろん、何度も会っています。私が北海道を拠点にするようになってからは一年に一回会えるかどうかでしたけど」

それでも、会っていた。塩崎さんが田村監督について調べていけば、自然と山路さんの名前は出てくるはず。

そうしたら、塩崎さんは、事実に辿《たど》り着くかもしれない。

山路さんは小さく息を吐いた。そうして、私の顔を真正面から見て、テーブルに両手をついて、また頭を深々と下げた。

「すみません。改めてお願いします」

「わかっています」

塩崎さんは、危険だ。私も迷わなかった。山路さんの手にそっと触れて、それから挟むようにして包んだ。それで顔を上げさせた。山路さんはちょっと驚いていた。

「大丈夫です」

絶対に、守ってみせます。あの二人を。神別高校野球部の挑戦を。

「明日は、決勝戦ですよね」

手を放して、また向き直って言うと山路さんも微笑んだ。

「強敵ですね。棒学園は」

そうなのだ。棒学園は甲子園出場こそ一回しかないけれど、毎年地方大会ではベスト4以上に残ってくる強豪。

「貫井《ぬくい》監督さんの練習方法をあちこちの学校が真似《まね》ているとか」

「そうなんです」

棒学園で十年監督を続けている貫井監督。あの人の指導方法は本当に独特で、しかも北国の高校には実に効果的ではないかと思われるものばかり。

「雪国の、半年以上土のグラウンドに触れられないというのはかなりキツいですから」

それはこっちでの学生の頃、嫌っていうほど思い知った。

「そうでしょうね。私は経験はありませんが、それは本当にハンデだと思います。田村もそこがいちばんの問題だって言ってました」

まだ冬の間の練習を経験していない田村監督。この夏と秋が終わったらその課題に直面するんだろう。

「エースピッチャーの吉木《よしき》くんはサウスポーの速球派。右打者の内角にものすごいクロスファイアを決めます。加えて、あの打撃陣」

言うと、山路さんも頷いた。

「強力ですね。この大会、ほぼレギュラー全員が打率三割を超えて、クリーンナップに至っては五割を超えている」

たぶん、康一くんはめった打ちされると思う。キャッチャーの村上くんの好リードとあの守備でどこまで持ちこたえられるのかが勝負になってくる。どんなに健一くんの予測が凄くたって、指示を受けたライトの遠藤くんとレフトの林くんが完璧《かんぺき》にそれに応《こた》えるのにも限界があるだろう。健一くんの予測を超えてぐんぐん伸びていく打球だって、回転が不規則になって変化する打球だってあるはずだ。

「これまでの全試合、七点以上取っているというのは本当に凄いですよね」

「まったくです」

山路さんは、大きく息を吐いた。

「正直、もどかしいです。スタンドで観ていることしかできないというのは。田村の手腕と、そしてナインの底力を信じるしかないのですが」

確かに、そう。

でも、その底力をさらに高める何かはある。彼らの士気を高揚させて、絶対に負けないと奮起させる何かは。

「山路さん」

「はい」

「お願いがあるんですが」

「お願い？」

私はバッグから、用意しておいた茶封筒を出してテーブルの上に置き、すっ、と山路さんの方に滑らせた。山路さんがほんの少し首を傾《かし》げた。

「これは？」

「取材の謝礼です」

「謝礼？」

「私は、山路さんから〈神別高校〉についていろいろお話を伺いました。山路さんと青山兄弟の関係やいろんなことを取材しました。それに対する正当な報酬として、取材謝礼としてお支払いします。もちろん、きちんと会社の経理を通した経費です。どこに出しても何の問題もない真っ当な報酬です」

眉間に皺が寄った。じっと私を見て、山路さんは何かを思うように沈黙してから、口を開いた。

「私がそんなことを望んでいないのはもちろんご承知のはずです。それなのに、こうしていきなり用意されたということは、そしてお願いがある、と、前置きされたということは、これを何かに使ってほしいということですか」

うん、やっぱり山路さんは頭も切れる。学生時代は成績もかなり良かったんだと思う。

「その通りです」

「どういうことでしょうか」

「実は、山路さんもご存知のある方を、旭川まで呼び、そして神別高校と一緒に甲子園まで連れていきたいのです。けれどもその方はある事情で、とても交通費や滞在費をおいそれと捻出《ねんしゅつ》できる立場にありません。そして、私たちは立場上それを援助することもできません。でも、山路さんならできるのです。ですから、その方にこのお金を、山路さんからということで渡してほしいのです。ぜひ、試合を観に来てほしいと」

一瞬、細くなった山路さんの眼が大きく開かれて、笑顔が拡《ひろ》がった。

「浅ヤンを通して私がしたことを、今度は私を通してあなた方がやってくださるということですか」

私は、大きく頷いた。

「デスクが調べてくれたんです。そうして、わかったんです」

出て来られたことが。

彼らの晴れ姿を見るのに、間に合ったことが。

Bottom of the Extra-Inning

ヤバい。

ヤバいヤバいヤバいヤバい。こんなに緊張っていうか、胸がドキドキしてくるっていうか高揚？　だっけ？　そんなふうになってくるなんて思ってもいなかった。

そうだよな。こんな経験初めてだもんな。いくら自分たちに自信があるって言ったってさ、俺ら元々は弱小野球部だからな。

北北海道大会決勝戦。相手は、私立の榛学園。甲子園には一回しか行ってないけど、地方大会じゃほとんど毎年準決勝や決勝まで残ってくる強豪だ。

つまり、ずば抜けた選手こそいないけど毎年毎年きっちりとしたチームを作ってくるんだ。タムリンの話では貫井監督がすごい練習方法を確立させていて、それを毎年練り上げているんだろうってさ。ちょっと素質のあるピッチャーとか強打者《スラッガー》が入ってくればその年は甲子園も狙《ねら》えるんだろうって。

そうなんだよな。対戦したことのあるタックさんやタツさんの話を聞いても、榛学園はカタイって。どんなに揺さぶっても全然ブレない。俺たちみたいに守備がものすごいしっかりしてるし、打撃だって確実にボールをバットの芯《しん》で捉《とら》えるバッティングを全員がしてくる。つまり、全員の基礎レベルが段違いにすごいんだ。

で、今年は決勝戦まで来たわけさ。

エースピッチャーの吉木は二年生のサウスポー。身長が高くて速球派でしかもクロスファイアをがんがん投げ込んでくる。それがうまく決まればものすごくやっかい。決まってくれなくてもついつい手が出ちゃって詰まらされたりするわけだ。

向こうが後攻、俺たちは先攻。

どっちがいいかって訊かれたら、そりゃあ後攻がいいに決まってるって前は思ってた。だって、最終回でサヨナラ勝ちのチャンスがあるからだ。でもその考え方はするなってタムリンに言われた。どっちにも九回攻撃のチャンスがある。攻撃のときに、より多くの点を取った方が勝つんだって。守備のときに、点を取られなかった方が勝つんだっていう考え方をしなきゃならないってさ。その通りだなって思ったよ。

ベンチからグラウンドを見回して、大きく息を吐いたらそれをタムリンに聞かれた。

タムリンはいつもの笑顔だった。

「いいですよ、シンジ」

「はい？」

またにっこり笑った。

「皆も聞いてくださいい。決勝戦なんですから、緊張するのはあたりまえです。その緊張感を身体に覚えさせてください。そうしておけば、この次にやってくる緊張感を余裕を持って迎えられます」

なるほど、この次ってつまり甲子園ってことだな。

「ウッス！」

「さぁ、行きますよ！」

「オオッス！」

タムリンのよく通る声がベンチに響いて、俺らも声を出した。

今日の試合、タムリンは打順のストレートフラッシュをシャッフルした。そのシャッフルの仕方も笑っちゃうけど、クジで決めた。つまり、適当。いや最初からクジで決めようって言ったんじゃなくて、タムリンは俺たちで決めていいって言ったんだ。

「既にこちらの打順や攻撃の仕方は向こうに研究されています。だったら、その裏をかくんです。君たちが決勝戦を戦うのにこれがいいと思える打順を皆で考えてみてください」

そう言われたから皆であれこれ考えた。めぐみに決めさせようって案も出たけどそれはめぐみに逆にプレッシャーを与えるし、かといってフラッシュのやり方は全員が気に入ってるし。でも、確かに相手校もその対策をしっかり練ってるだろうし。

そうしたら、ケンイチが言ったんだ。

「クジでいいんじゃねぇか？」

一番　サード　山本桃太郎

二番　ショート　磯崎清矢
三番　セカンド　神田由雄
四番　ライト　遠藤匠
五番　ピッチャー　青山康一
六番　ファースト　下山達人
七番　キャッチャー　村上信司
八番　レフト　林幸次郎
九番　センター　青山健一

もう本当に適当な感じになった。スゴいよな。この大事な決勝戦の打順をクジで決めるんだから。タムリンに怒られるかと思ったけど、笑ってそれでいいんですってさ。それは、俺たちが全員のことをよくわかってるのを最大限に利用する方法だってタムリンは言った。

「榛学園も、誰が長打力があって誰が足が速いかなんていうのはわかっています。つまり、打順に意味なんかないんです。それぞれがそれぞれに全部の力を出し切ってホームを目指す。ただそれだけを考えればいいんです。君たちはそれぞれの考えてることが手に取るようにわかります。サインも、徹底的に練習して鍛えました。それを信じて、やりましょう。ただひたすらにホームを目指すんです」

タムリンはそう言った。俺たちは嬉しくてしょうがなかった。だって、本当にタムリンは俺たちのことを信用してくれてるってことだぜ？　どこの高校に打順をクジで決めるのを許す監督がいるんだ。そんなでたらめなことをするのは、できるのは、ゼッタイに勝つっていう自信と信頼があるからだ。

一番バッターのモモは、じっくりボールを見ていった。おかげで俺たちもかなりイメージできたけど、あのクロスファイアだけは実際に打席に立たないとわかんねぇよな。

「きつそうだな」

ケンイチが言って、俺も頷いた。モモはフルカウントから五球ファウルで粘ったけど、結局クロスファイアで三振を取られた。

「予想以上にキレがあるよ。ボールの上を叩《たた》くぐらいの感覚でちょうどいいかも」

戻ってきたモモがそう言って、皆が頷いた。二番のセイヤはバットを短く持って、落ち着いてバッターボックスに立った。

「きっと初球狙うな」

ケンイチが言ったその瞬間に投げた吉木の球を、セイヤは打った。でも、ボテボテ。

「イケる！」

コーイチが叫んだ。ボテボテがラッキーになって、サードが思いっきり送球したけどセーフ！

「ナイラン！」

全員で叫んだ。一塁ベースの上でセイヤがこっちを見て笑った。三番のヨッシーはどうする。

「ここは初球からヒットエンドランだろ」

小さい声でケンイチが言う。

「だな」

ランナーが出たから、ゼッタイに吉木は自信のある球を投げてくるのに違いない。クロスファイアだ。そこを狙う。ヨッシーの技術ならそれを打ち返せる。

吉木が、投げた。金属バットの音が響く。

「よぉーし！」

セイヤもわかってた。ライトに転がっていった打球を取る前にもうセカンドを回っていた。

ワンナウトランナー一塁三塁。四番は、タックさん。三球目をうまく捉えたけど、大きく外野に上がった球はセンターフライだった。これはしょうがない。

「でも、完璧に捉えてた。次は抜ける」

ケンイチが言った。そう思う。今日のタックさんはこの後ガンガンやってくれると思う。

次は、コーイチだ。うちで一、二を争うホームランバッター。当然、ここは狙う。

狙って、快音が響いた。

「油断するなよ」

「しないよ」

コーイチが笑った。そう、コーイチは油断なんかしないよな。いつも目一杯の投球を、自分が投げられる精一杯の球を投げる。

一回の表に四点取れたのはもう完璧って言ってもいいぐらいだった。データでも吉木の初回は不安定なときもあるってあったからな。今日はその日でラッキーだったかもしれない。

でも、ラッキーはここまでだって思う。

榛高校の一番は加藤《かとう》。背がすげぇ高くて細いんだけど、こいつはバットスイングがめちゃ速いんだ。そして思い切りが良い。だからスコーン！　ってヒットをよく打つ。この大会での打率は三割七分。選球眼も良いから出塁率も高い。やっかいな一番だよ。

「打たせていくぞー！」

ホームベースの前からグラウンドに散らばった皆に声を掛けて、守備位置に付いた皆が声を手を挙げる。

どう料理するか。とにかくめちゃくちゃ振りが鋭いからフライを上げさせるのは禁物。ホームランだって打つからねこいつ。苦手なコースはない。とにかくストライクになったら何でも振ってくる。

(外角低めのボール半分外れるコースへストレート)

コーイチが頷く。振ってくれれば当たってもファウル。打ち損じてくれれば、内野ゴロ。そんな狙いだったんだけど。

加藤が振った瞬間にヤバいって思った。次の瞬間にものすごいいい音が球場中に響いた。

(山はってやがった!)

ケンイチが、ほとんど走らなかった。ライトのタックさんはもうフェンス際まで走っていたけど、ゆっくり空を見上げていた。

中段まで飛んでいく大ホームラン。先頭打者でしかも一球目にホームラン。あんなに飛んだのは出合い頭ってやつだ。タイミングがバッチリ合っちまった。

(くそっ!)

コーイチのホームランのお返しをされてしまった。マウンドまで走った。

「悪い。俺の読み違いだ」

「大丈夫だよ」

コーイチが笑う。

「まだ一回だよ。全然平気平気」

「おう」

コーイチの尻を叩いて戻った。予想よりリストが強いバッターだったんだ。打ち気をそらす変化球で入るべきだった。ベンチを見たら、タムリンが耳を両手で挟むような仕草をした。

(そうか)

忘れてた。アドレナリンが出てるんだ。常連で強豪の榛学園の連中だって緊張して高揚してるんだ。その分を頭に入れてリードしなきゃならないんだ。

（よし）

二番からは読み違えない。左打者の片岡《かたおか》。こいつには長打はないけど、足が速い。小技を持ってる。

（セーフティ警戒な）

内野陣にサインを出す。セーフティを警戒するならやっぱり外角の遠いところに投げるべきだけど、ここは強気に行く。

（のけぞらせるぞ）

内角高めにギリギリのコース。決まって、片岡は予想してたより大きくのけぞった。いいぞ。ほんの少し、体重の掛かり具合が変わった。今のインコースが頭にあるし残像が残ってる。外角へ落とし気味に外れていくボール。よし、振ってくれた。これでツーストライク。

（遊ばないぜ。三球で終わらせる）

タムリンはツーストライクからの遊び球を嫌う。コーイチのコントロールは完璧だから四球になることはゼッタイにないけど、余計な球を投げさせることはないって発想だ。

（ツーストライクからセーフティはないだろ）

そう思ったとき、片岡の右手にほんの少し力が入った。狙うのか。サードとショートに気づかれないようにサインを出す。反対に左手が少し浮いた。セーフティをやりたいなら、やりやすい球を投げさせて逆に打球に勢いをつけさせてやる。

思った通り、セーフティバント。でも、サードのモモがナイスタイミングで突っ込んできてボールをそのまま取ってランニングスロー。

「オッケー!」

モモが笑って指を一本上げる。ワンナウト。大丈夫だ。一点取られたけど、まだリードは三点もある。

もうここからは取らせやしない。


明らかに、全員の、全身の筋肉が強《こわ》ばっているのがわかった。もちろん俺も。

九回の裏。

榛高校の攻撃。

スコアは、四対三。勝ってるけど、一点差。

一回でそれぞれに四点と一点取って、それからずっとそのスコアで進んでいたんだ。俺たちは榛高校の強力打線を、押さえ込みはできなかったけどあの守備でそれ以上点を取らせなかった。

ケンイチはスゴかった。いつもスゴいんだけど、今日のはいつもの倍スゴかった。ガンガンいい当たりをされる打球を全部予測で押さえ込んでいたんだ。たぶん、普通の守備をしていたら今頃ヒットの数は二ケタいってたはず。それぐらい、コーイチは打たれていた。もちろんそれは予想済みだったから精神的にはなんのダメージもないけど。

ダメージがあったのはケンイチだ。

疲れ切っていた。今までの試合は、ケンイチの予測を必要としないことだって多かったんだ。簡単な内野ゴロとかフライとか、まるっきり予測しないこともあった。

でも、この試合は違った。本当に榛学園の打撃は強力だった。

ほとんどの打者が外野にいい当たりを飛ばしていた。そして外野に打球が飛ぶってことは、ほとんどケンイチが処理していたと同じことなんだ。

肉体的にはそうでもないけど、ベンチで補給したぶどう糖でも頭の方の疲れが回復できないぐらい疲れていた。

だから、やられた。この回の先頭バッター、ピッチャーの吉木に、生まれて初めてまともに頭の上を抜かれるヒットを、二塁打を打たれたんだ。

榛のベンチは大騒ぎさ。この試合で初めて長打が出たんだからな。

それで、ノせてしまった。俺たちは動揺しちまった。なんたって、ケンイチが抜かれたんだから。今までそんなことはなかったんだから。

送りバントを決められてワンナウトランナー三塁。犠牲フライでも一点の場面で、次の打者にはレフトにヒットを打たれた。三塁ランナーはもちろん帰ってきて一塁もセーフ。

それで、二点差。その後は、盗塁を決められて、またレフトに引っ張ったヒットを打たれて、同じパターンで一点差。

棒学園のスタンドは盛り上がっていた。それが気になるぐらいに、精神的にやられていた。

このままじゃ、ヤバい。

試合中にそんなことを思ったのは、初めてだった。

この試合初めての守備のタイムをタムリンが取った。俺たちは全員、外野のケンイチ、タックさん、コージさんもマウンドに集って、輪になってベンチの方を見ていた。

伝令に走ってきたのはゲンキ。

タムリンはベンチで、いつもの表情で俺たちを見ていた。

走ってきたゲンキは、ものすごい満面の笑みだった。それは俺たちを元気づけようとしているんだって思ったんだけど。

「まず、めぐみからの伝言。『がんばれ!』って」

皆で少し笑ってベンチを見た。めぐみが両手でグーをしてそれを俺たちに向けた。審判に注意されても困るから、軽く頷いた。

「それから、タムリンから。『グラウンドで信じられるものはなんですか』って」

決まってる。俺が答えた。

「仲間だ」

ゲンキが頷いた。

「そのまま言うよ。『君たちは仲間を信じて、そして自分の力を信じてここまで来ました。でも、まだ途中ですよ。こんなところで足踏みしてる暇はありません。それは、今まで戦ってきた相手にも失礼です』」

きっと、ゲンキが伝えたのがわかったんだろう。パン！　と、タムリンがベンチで手を打つ音が聞こえた。

そしてタムリンのいつものセリフが聞こえてきたような気がした。

ニッコリ笑って、『甲子園に行きますよ』って。

甲子園。

先を見ろ、ってタムリンはいつも言っていた。今はもちろん大事だけど、足元ばっかり見てると周りが見えなくなる。

顔を上げろって。

「それから、これが最後の指示」

ゲンキがそう言ったとき、気づいた。ゲンキの眼が潤んでる。今にも泣きそうになってる。何か言おうとして言えなくなって唇を一回噛んで、涙をこらえているみたいになった。

「どうした？」

「全員、応援席を、ベンチのすぐ上を見ろって」

ベンチのすぐ上？　全員でそっちを見た。そうしたら、立ち上がってこっちを見ている人がいた。

男の人。

髪の毛が真っ白で、でもふさふさしていて、背が高くて、メガネをしていて、もうおじいさんなんだけどたくましい体つきをしていて。

その人が、右手を挙げた。高く高く、拳《こぶし》を握って天に向かって突き上げた。前より痩《や》せちゃったような気がするけど、笑っていた。

皆が、声を上げそうになった。口が開いてしまった。

ハジメ先生。

ハジメ先生。

ハジメ先生。

「出て来られたんだって。間に合ったんだって。俺たちが甲子園に行くのを、一緒に見るって」

ゲンキが、もう涙声でそう言った。

パン！ってタックさんがグローブを思いっきり叩いた。それで俺たちは、ハッとした。

「やるぞ！」

タックさんが大きな声を出す。

助かった。さすがキャプテンだ。俺なんか、いや、皆が慌ててベンチに向かって泣きながら走り出すところだった。

「おう！」

全員の声が揃《そろ》った。

ハジメ先生に向かって走り出したくなった気持ちが、嬉しさが、涙が、全部身体の中に戻っていってエネルギーになって身体中を駆け回るような感じがした。疲労感が、緊張が、不安が、全部消し飛んだ。

「勝つぞ！」

「おう！」

ゲンキが涙を拭《ふ》きながらベンチに走って戻っていった。タムリンは、俺らに向かって胸の辺りを何回も叩いた。

自分を信じろ、仲間を信じろ。

「まかせろ」

ケンイチが笑って、俺の胸の辺りをグラブでポンと叩いてセンターに向かって走っていった。

ファーストのタツさん、セカンドのヨッシー、ショートのセイヤ、サードのモモ、レフトのコージさん、センターのケンイチ、ライトのタックさん。

全員が走って自分の守備位置に戻っていって、マウンドに残った俺とコーイチに向かって一本指を立てて手を挙げた。

まずは、ワンナウト。

肩の力を抜け。どんなに頑張ったって野球はひとつずつのアウトを積み重ねて行くしかない。

「やるぜ」

コーイチが、頷いた。

「うん」

走ってホームベースの後ろまで行って、振り返って皆を見回す。

両腕を挙げる。

「おーし！　行くぞ！」

ランナー一塁。ワンナウトだ。俺たちは、あとツーアウト取って、甲子園に行く。次の試合からは、俺たちのチームをテレビで見せてやる。

次のバッターは七番の池沢《いけざわ》。大丈夫だ。こいつは引っ張るのが好きなんだ。だから、引っ張らせて内野ゴロを打たせる。

それをショートかサードが取ってセカンドに投げる。それでツーアウト。すぐさま完璧なスローイングでファーストに向かって投げる。

イメージはできた。コーイチが一度ベンチの方を向いて、頷いた。それから、いつものようにきれいなフォームで投げ込んでくる。

内角高めへ、ナチュラルに落ちるけどストライクになるボール。

押せ押せの気分になっている池沢はそれに手を出した。いい音を立てたけど、狙い通りサードの正面へ打球は飛んでいった。

モモが取る。

セイヤはカバーに走る。

モモはしっかりキャッチして、セカンドへ投げる。

ヨッシーが取る。

そのままの流れでファーストへ投げる。

タツさんが、ボールから眼を離さないで、思いっきり伸びてキャッチをする。一塁塁審の手が大きく挙がった。

「アウト！」

その瞬間に、コーイチがマウンドでびっくりするぐらい飛び上がったのが見えた。

俺も、気がついたらマウンドに来ていた。ベンチから、皆が飛び出しているのが見えた。

〈そよ風学園〉の皆、待ってろよ。

これで、甲子園だ。

See you at the next stage !

解説

大矢博子

えっ、ここで終わるの？

今あなた、そう思ったでしょう。ええ、ええ、わかります。だって私も最初に読んだときはそう思ったもの。確かにここは「一区切り」ではあるけれど、神別高校野球部に伸びる魔の手はそのままだし、彼らのゴールはまだ先。放りっぱなしのロマンスもある。ちょっと待ってちょっと待って小路さん、ここで終わるって何ですのん。

でも、大丈夫。ちゃんと続きがあるから。続編『スタンダップダブル！　甲子園ステージ』（角川春樹事務所）を読めば、本書で未解決のあれやこれやがそりゃもう見事に……いや、詳しくは言えないけどもね。っていうかこの続編のタイトル、思いっきり本書の結末をばらしてるような気がするんだけどいいのかな。

さて、まずは本書『スタンダップダブル！』のアウトラインを紹介しておこう。

舞台は北海道。大手新聞社北海道支局に勤務するスポーツ記者・前橋絵里は、ある中学の野球部に注目していた。田舎の、生徒数も少ない小さな中学校。野球部も十人しかいない。特に強いわけでもない。だが——とてつもなく不思議な守備を見せるのである。

そのチームの主要メンバー三人が同じ高校へ行くという。北海道立神別高校。こちらも特に実績のある野球部ではないが、その三人の入学と時期を同じくして、甲子園出場経験のある社会人野球の現役レギュラー選手が監督として赴任してくる。

田舎の無名高校の野球部で、いったい何が起きようとしているのか？　絵里は神別高校野球部を追い始める。実は野球部の子たちには、ある秘密と、そしてある誓いがあった――。

物語はここから、彼らが甲子園を目指して地方予選を戦ってゆく様子と、前橋記者が出会った関係者たちの話が、まるで野球のイニングの表裏のように交互に展開されていく。

まずはっきり書いておきたいのは、本書は小路幸也が初めて書いた、真正面からのスポーツ長編小説である、ということ。と同時に、小路幸也の持ち味が十二分に発揮されたヒューマンドラマでもあるのだ。

ひとつずつ見ていこう。

まずは野球小説の側面。

設定は誰もが入りやすいお馴染《なじ》みの青春友情小説である。事情を背負った少年たちがひとつの目標のもとに努力し協力し、秘密兵器を擁《よう》する無名校が勝ち進むという構造は、古き良き青春スポーツ小説のド定番。しかも双子の選手に可愛いマネージャーって、なんかそんな漫画なかった？　だから野球にそれほど詳しくない読者でもすんなり物語に入り込める。間口の広い物語なのだ。

ところが、そこで扱われるのが妙に玄人好みのプレーってのが面白い。神別高校野球部のキャッチャー・村上信司と新聞記者・前橋絵里の語り口調がとても軽妙で明るいので、楽しくするすると読めてしまうのだけれど。実は、野球に詳しければ詳しいほど身を乗り出してしまうような、通好みの描写がてんこもりなのである。

たとえば先ほど私は、野球部の子が「不思議な守備を見せる」と書いた。具体的に言おう。彼らは「外野ゴロでアウトをとる」のだ。

はい、ここでキラリンと目を光らせたあなたは野球好きですね？　念のため説明しておくと、内野の間を抜けたゴロや内野の頭を越えて落ちたフライを、外野が処理して一塁でバッターランナーをアウトにするプレーのことです。よほど前進守備をしてないと無理なプレーで、めったにお目にかかれない。

なのに、それを簡単にやるのだ、この子たちは。ゴロだけじゃない。普通ここに飛んだらポテンヒットだよね、という、内野の頭を越えるフライも、なぜかもうそこに外野手がいて捕っちゃうのだ。

つまり神別高校野球部は、ありえないほど「守備の位置取りがいい」チームなのである。

うわあ、何それ、シブすぎるだろ！

普通、無名校が勝ち進むってな内容の小説や漫画だと、一六〇キロの剛速球を投げる投手とか超高校級スラッガーとかの「派手な天才」を設定に持ち込むもの。それが守備の位置取りって。マニアックにもほどがある。

攻撃面も面白い。神別高校にやってきた新監督・田村は、従来のセオリーをガン無視した打順を組む。どういう作戦かは本文をお読みいただきたいが、一見「え?」と思うその作戦が、実に魅力的なのだ。

もちろん現実的に考えれば、守備にしろ攻撃にしろ、そうそううまくいくわけはない。だがそこが小路幸也の上手《うま》いところだ。巧妙に「これ、ありかも」と思わせるのである。

たとえば守備位置に関しては、徹底的に相手チームの打線を研究していることや、神別高校の投手が抜群のコントロールを持ちつつ素直な球筋であること(つまり狙ったところへ打たせやすいこと)などを描く。そんな現実的な裏付けの積み重ねで、ありえないはずのことに説得力が増す。そういう状況ならもしかしたら、と思えてくるのだ。おまけにその丹念な説明のおかげで、野球に詳しくない読者でも、彼らがどんなにすごいことをやっているのかが自然とわかるって寸法。

実はこの守備位置には、チームの投手とセンターが双子という裏がある。双子特有の共感覚でどこに打たれるかがわかり、奇跡的な守備位置取りができるという次第。そこだけ見れば魔球と同レベルの非現実的なものだ。ところが先ほど挙げたようなリアルで理論的な裏付けをしてくるので、そんなファンタジックな要素ですら「あるかも」と思えてくるから驚く。いや本当に説得されちゃうからね。外堀完全に埋まってるからね。

もちろん、現実には、ない。ないんだけども。でも、もしかしたら、あるかもしれない。

あればいいな。そう思い出すとわくわくが止まらない。こんなにわくわくが詰まった野球小説は、ちょっと他にない。

この「あればいいな」という思いは、もうひとつの側面、ヒューマンドラマの部分にも関わってくる。

新聞記者・前橋絵里が「私たちメディアは、マスコミは、何のために取材をしているんだろう」と考える場面がある。加熱するスポーツ報道は競技そのものだけではなく、ともすれば選手のプライベートまで追いかける。報道されることによって生まれる好奇の視線、羨望の眼差し、期待される重圧、周囲の人の態度の変化。選手の個人的なことなど知らなくても野球は楽しめるのに、高校生にそんな重荷を背負わせてまで報道すべきなのかと、絵里は幾度となく悩む。

そんな絵里が出会った神別高校野球部には、ある事情を背負った選手たちがいた。それはまさに、報道の仕方を間違えると大きな傷を残しかねない、重大な「過去」だ。

報道してはいけない。安易に広めていい話ではない。だが神別高校が勝ち進めば、彼らに興味を持つメディアが増える。彼らのことをこぞって調べるだろう。中にはゴシップを売りにするようなものもあるだろう。

子どもたちを守らねばならない。新聞記者でありながら、絵里ははっきりとそう決意する。それが嬉しい。報道する側の人間がそこに悩み、そして球児たちの側に立ってくれるということ自体が、興味優先で煽《あお》るだけのスポーツ報道に辟易《へきえき》した読者にとって、とても嬉しく、ありがたい。

絵里だけではない。神別高校の選手たちにかかわる複数の大人がみな、陰になり日向になり子どもたちを守っていく。そこには、弱い立場のものは守らねばならない、人として正しいことをしなければならない、という極めて真っ直ぐな真理がある。そんな大人たちの愛情を受けて、子どもたちもまた常に他人を思いやり、真っ直ぐに伸びていく。

野球の場面を読んで感じた「あればいいな」を、ここでも思う。

魔法みたいな守備の位置取り。取材対象の事情に配慮して報道を控えるメディア。何があっても毅《き》然《ぜん》として子どもを守る大人。素直に伸びる子ども。真面目に生きてきた人が、理不尽な苦労に耐えてきた人が、ちゃんと幸せになれる人生。

現実には、叶《かな》えるのが難しいことだらけだ。もはやファンタジーの域かもしれない。でも、あってほしい。そんなことがすべて本当にあったら――それはどんなに幸せな社会だろう。

そうあってほしい。そうありたい。

いや、そうでなくちゃいけない。そうでなくちゃおかしい。

そんな思いがこみ上げて、たまらなくなる。泣きそうになる。

そんな世界を、小路幸也は本書で描いたのだ。説得力を持って、温かく、力強く、描いたのだ。そして、そうありたいと願う気持ちを持つことが、それらを本当に現実のものにする第一歩なのだと。

続編『スタンダップダブル！　甲子園ステージ』は（もうタイトルになってるんではっきり書いちゃう）いよいよ甲子園が舞台だ。本書以上のエキサイティングな試合場面が展開され、わくわくが加速する。そして大人たちはついに、球児のため勝負に出る。

真面目に生きている人がきちんと報われる、そんな「現実にはないかもしれないけど、そうあってほしい、そうでなくちゃいけない」という世界が、続編でもあなたを待っている。最高の爽快感と、幸せな涙が、あなたを待っている。

甲子園で会いましょう。

（おおや・ひろこ／書評家）

本書は、二〇一二年十一月に小社より単行本として刊行されました。

ハルキ文庫

し 12-1

スタンダップダブル！

著者 小路幸也《しょうじゆきや》

2015年11月18日第一刷発行

発行者 角川春樹

発行所 株式会社角川春樹事務所
〒102-0074 東京都千代田区九段南2-1-30 イタリア文化会館

電話 03(3263)5247(編集)
03(3263)5881(営業)

印刷・製本 中央精版印刷株式会社

フォーマット・デザイン 芦澤泰偉
表紙イラストレーション 門坂 流

ISBN978-4-7584-3957-2 C0193 ©2015 Yukiya Shoji Printed in Japan
http://www.kadokawaharuki.co.jp/［営業］
fanmail@kadokawaharuki.co.jp［編集］ ご意見・ご感想をお寄せください。